KB240167
KB240167

로트르

② 폭풍의 주인

L'AUTRE

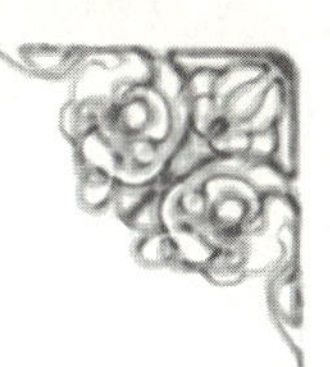

로트르

 2 폭풍의 주인

L'AUTRE

피에르 보테로 지음 ｜ 이세진 옮김

소담출판사

로트르 2 폭풍의 주인

펴 낸 날 | 2013년 2월 20일 초판 1쇄

지 은 이 | 피에르 보테로
옮 긴 이 | 이세진
펴 낸 이 | 이태권
책임편집 | 최은정
책임미술 | 정혜미
펴 낸 곳 | (주)태일소담
　　　　　서울시 성북구 성북동 178-2 (우)136-020
　　　　　전화 | 745-8566~7 팩스 | 747-3238
　　　　　e-mail | sodam@dreamsodam.co.kr
　　　　　등록번호 | 제2-42호(1979년 11월 14일)
　　　　　홈페이지 | www.dreamsodam.co.kr

ISBN 978-89-7381-746-7 04860
　　　　978-89-7381-294-3 (세트)

● 책값은 뒤표지에 있습니다.
● 잘못된 책은 구입하신 곳에서 교환해드립니다.

❖ 숫자 표기 각주는 옮긴이 주석입니다.

다시 한 번 사랑과 가족을 주제로 삼기에,
피붙이가 아님에도 서로를 알아볼 수 있는 형제인
이 모든 친구들에게.

차례

짙은 색상의 가죽 안락의자에 편안하게 기댄 남자가 유리잔을 입술로 가져갔다. 그는 버번을 한 모금 삼키고 벽에 걸린 평면스크린을 주의 깊게 바라보았다. 일본 규슈 지역에서 일어난 해일의 참상을 전하는 자료 화면이 나오고 있었다. 사망자가 수천 명, 실종자는 수만 명, 미야자키 현은 아예 지도 상에서 사라질 지경이라고 했다.

남자는 리모컨 버튼을 눌렀다.

볼리비아에서 발생한 콜레라가 전 세계적 유행병이 되어 남아메리카의 절반을 습격했다는 뉴스가 보도되었다. 콜레라의 발병 원인인 비브리오균은 지금까지 테스트한 모든 항생제에도 끄떡없는 것으로 밝혀졌고 사망자 수는 이미 수천 명에 육박했다.

남자는 리모컨 버튼을 눌렀다.

동유럽의 홍수 피해가 재앙 수준으로 확대되고 있다고 했다. 둑이 무너지고 사람들은 도시를 버리고 대피했지만 하늘이 뚫린 듯이 쏟아지는 빗줄기는 아직도 멈추지 않았다. 기상학자들은 이 유례없는 대규모 집중호우가 며칠 전 프랑스 남동부와 이베리아 반도를 초토화한 폭풍과 관련이 있는지 의문을 품고 있었다.

남자는 텔레비전을 껐다.

그는 유연하게 자리에서 일어나 피렌체 시, 피티 궁, 보볼리 정원이 내다보이는 탁 트인 전망의 통유리창으로 다가갔다. 날은 거의 저물어가고 있었다. 성난 하늘 아래 아르노 한 대가 국제적 문화 중심지라는 이미지를 공들여 쌓아온 이 도시에 어울리지 않게 쓰레기가 둥둥 떠 있는 청록색 물웅덩이들을 가르며 나타났다. 남자는 폰테 베치오 위를 맴도는 파리 떼를 보고 미소 지었다.

남자는 선글라스를 고쳐 쓰고 손바닥으로 잘 정돈된 윗도리 안쪽을 쓸었다. 모든 것이 예정대로 착착 굴러갔다. 자알라브는 로트르의 포스(힘), 가장 별 볼 일 없는 부류였을 뿐이다. 가장 약하고, 가장 쓸모없는 부류. 그의 실패는 당연했다.

에크테르는 지금부터 자신의 작품을 만들어나갈 계획을 세웠다. 인종 간, 종교 간 갈등을 부채질하고 국제적 긴장을 조장해서 피비린내 나는 전쟁을 터뜨리고 말 것이다. 인간이라는 이 하찮은 족속의 단순한 영혼들을 농락하여 서로 물어뜯고 싸우게 만들 것이다. 그들로 하여금 노예라는 삶의 조건을 받아들이게 할 것이다.

옹쥐, 그가 폭풍과 폭풍 사이에 이들을 처치하러 오리라.

멋지고 빼어난 솜씨로.

눈

1

"좋아, 그럼 간다."

"자신 있는 거야?"

"당연하지. 패러글라이딩은 많이 해봤어. 마침 바람도 적당해."

샤에는 미심쩍은 눈치였다.

"네가 급조한 그 물건은 패러글라이더와 생김새만 비슷할 뿐이야."

나탕은 자기 뒤에 열심히 펼쳐놓은 천을 돌아보았다. '다른 세상' 의 집에 있는 어떤 방 장롱 속에서 이 천을 찾아냈다. 천의 촘촘하고 탄탄한 조직이 즉시 그의 관심을 끌어당겼다. 나탕은 또 다른 방에서 찾아낸 밧줄을 산줄로 삼고 안락의자에서 뜯어낸 가죽으로 하니스[1]를 만들었다. 이 모든 부품들을 모으느라 몇 시간이나 걸렸지만 결과물이 그다지 믿음직하지 못하다는 점은 인정할 수밖에 없었다.

---

1. 패러글라이더를 타는 사람이 몸을 고정하는 멜빵 의자.

“잘될 테니 걱정 마. 높이 날아올라 집 주위를 둘러볼 수 있으면 그걸로 만족할 거야. 공연히 위험한 짓은 하지 않을 거라고.”

샤에가 걱정스러운 눈빛을 보냈다. 밧줄과 천의 우스꽝스러운 조합품은 까딱하면 찢어질 듯했지만 구급 낙하산 따위가 있을 턱이 없었다. 게다가 이 글라이더 아닌 글라이더가 공중에서는 어찌어찌 버틴다 해도 과연 출발점으로 돌아올 수 있을지는 더 미지수였다.

만약 이놈의 물건이 프라툼 보락스에 떨어지기라도 하면……

샤에는 글라이더에서 눈을 떼고 사방으로 펼쳐진 전망을 바라보았다.

그들은 다른 세상의 집에서 가장 높은 탑에 올라와 있었다. 수없이 솟아 있는 측면의 별관들, 들쭉날쭉한 지붕들, 대담하게 튀어나온 발코니, 현기증 나게 높거나 불규칙한 돌출부로 점철된 벽, 육중한 기둥과 쭉 뻗은 아치, 널찍한 첨두아치 창, 작은 벽구멍, 돌을 깎아 만든 벽날개와 유리를 깐 테라스 등, 이 집의 설계에는 광기가 어려 있었다. 정신 나간 건축 작품들에서 영감을 얻은 설계사들의 고삐 풀린 상상력이 실현된, 듣도 보도 못한 집이었다. 범상치 않은 집, 몽상의 집. 그리고 초원이 그 집을 둘러싸고 있었다.

끝없는 초원.

돌아보는 시선이 닿는 저 지평선 끝까지 에메랄드빛 물결이 펼쳐져 있었다.

프라툼 보락스.

모든 것을 삼켜버리는 초원이다.

여기서 자라는 풀은 이물질이 와 닿는 대로 통통한 줄기와 날카로운 덩굴손을 뻗었다. 돌, 나무, 금속, 동물의 살덩이…… 그 무엇도 이 풀에는 당해낼 수 없었다. 만족을 모르고 집어삼키는 풀은 뭐든지 몇 초 만에 꿀꺽 먹어 치웠다.

"좋아…… 그럼 간다."

샤에의 주의가 다시 나탕에게로 돌아왔다. 나탕이 지금 감행하려는 비행은 무모한 짓이었다. 무모하기만 한 게 아니라 위험하기까지 했다. 그렇게 해봤자 나탕이 샤에보다 뭔가를 더 알아낼 수는 없었다.

유용한 정보를 찾기 위해서가 아니라 자유롭다는 환상을 품고 싶어서 하는 짓이었다. 그래서 말릴 수 없었다. 나탕이 어리석게도 목숨이 위태로워지는 일을 저지르고 있는데도 샤에는 나설 수 없었다.

샤에는 배가 꼬이는 기분이었다. 나탕의 품에 뛰어들어 여기 함께 있어달라고 사정하고 싶었다. '나탕, 네가 떠나면 난 아무것도 아닌걸. 사랑해, 나탕. 아무도 이런 감정은 못 겪어봤을 만큼 너를 사랑한단 말이야.'

그 말은 생각에 머물렀다.

나탕이 손을 내밀었을 때 샤에는 말없이 한 발짝 물러서기만 했다.

나탕의 입가에 서글픈 미소가 떠올랐다. 다른 세상의 집에 갇혀 지낸 지 열흘째였다. 나가는 법을 몰라서가 아니라, 섣불리 나갔다가는 문마다 지키고 서 있는 군인들에게 잡혀버릴 것이 확실했기 때문이다. 그 열흘 사이에 샤에를 향한 나탕의 마음은 무서운 기세로 커져갔다. 그녀의 살갗을 어루만지지 못한 채, 그녀의 입술에 키스하지 못한 채, 그녀의 떨리는 몸을 자신의 몸으로 느끼지 못한 채 열흘이 흘렀다. 그 간절한 바람의 시간들.

그는 감정을 추스르고 욕망을 억누르느라 잠시 눈을 감았다. 샤에는 다른 이의 손길이 자기 몸에 닿는 것을 참지 못했다. 나탕의 손길도 예외가 아니었다.

그는 자신이 있었다. 언젠가 두 사람 사이를 가로막는 이 높은 장벽을 무너뜨리고 말 거라는 자신이.

두 사람이 서 있는 테라스는 색이 칠해진 기와를 덮은 가파른 지붕으로 이어져 있었다. 나탕은 크게 심호흡을 하고 앞으로 박차고 달려 나갔다.

그의 혈관에 흐르는 코지스트(생각하는 자)의 피는 자신의 몸을 완벽하게 다루는 능력을 선사했다. 덕분에 나탕은 최고의 운동선수들도 혀를 내두를 만한 실력을 과시할 수 있었다. 나탕이 아니라면 누구라도 이 임시방편일 뿐인 글라이더로는 얼마 못 가 20미터 아래로 곤두박질칠 것이다.

하지만 나탕은 눈 깜짝할 사이에 무서운 속도로 달려가 하늘 높이 날아올랐다. 그리고 곧바로 중력으로 인해 돌멩이처럼 떨어졌다. 그 순간, 그는 산줄을 거칠게 잡아당겼다. 그의 머리 위에서 천이 쫙 퍼지면서 추락에 제동이 걸렸다. 잠시 집 높이의 중간쯤에 떠 있다가 높이 부는 바람을 타고 서서히 떠오르기 시작했다.

"된다! 날고 있어!"

그는 샤에에게 소리쳤다.

샤에는 미소를 지었다. 나탕은 지금 자신이 날고 있다고 했다.

거추장스럽고 조종도 잘 안 되는 글라이더에 매달려 있는 것과 진짜 비행은 오리 보트와 바다를 달리는 요트만큼이나 천지 차이라는 걸 모르는 걸까?

속도에 취하고, 미세한 기류들에 의지하고, 정신없이 바뀌는 방향에 휘둘리고, 난폭하게 급강하하고, 그러면서도 고독한 비행자의 꿈을 꾸는 것은 샤에에게 결코 금지된 일이 아니었다.

샤에는 나탕에게 손짓으로 답하고 난간에 올랐다.

두 팔을 활짝 펴고, 눈을 감고, 잠시 바람에 몸을 맡겼다.

여전히 두 팔을 벌린 채 허공으로 몸을 던졌다.

변신이었다.

거대한 두 날개가 바람의 마법을 포착했다. 샤에는 날갯짓도 하지 않고 태양을 향해 날아올랐다.

2

하늘에서 내려다본 다른 세상의 집은 여전히 기괴했다. 하지만 그보다 사방으로 펼쳐진 프라툼 보락스가 나탕의 주의를 끌었다. 어디로 시선을 돌려도 프라툼 보락스, 그 초록의 망망대해가 이어져 있었다. 정녕 그들이 갇혀 있는 이 괴이한 세상은 빈틈없이 풀로 덮여 있단 말인가?

과학에 조예가 깊은 나탕은 그렇지 않을 거라고 생각했다. 풀이 자라려면 물이 필요하다. 비와 구름이 있으니, 물의 증발 현상 없이 식물의 발산작용만으로 구름이 형성되지는 않았을 것이다.

물. 여기에는 물이 있어야만 했다. 하지만 아무리 멀리 내다보아도 풀 외에는 아무것도 보이지 않았다.

샤에는 이미 그럴 거라 예상하고 있었다. 독수리로 변신한 샤에는 나탕보다 훨씬 더 높이 날아오를 수 있었고 몇 시간이고 비행할 수 있었다. 그러나 프라툼 보락스의 단조로움을 깨뜨리는 것은 아무것도 눈에 띄지 않았다.

하지만 며칠 전 샤에는 자신의 예상을 확신했다. 뛰어난 시력 덕분에 서쪽 저 멀리서 빽빽한 대열을 이루며 비행하는 새 떼를 발견했던 것이다. 새들이 있다는 것은 쉬면서 배도 채우고 둥지를 틀 만한 장소가 있다는 뜻이었다. 샤에는 부아가 치밀었다. 프라툼 보락스 상공에는 비행에 수월한 더운 기류가 거의 없었기 때문에 쉬지 않고 몇 시간이나 날개를 퍼덕여야 했다. 진이 쭉 빠졌다. 게다가 다른 세상의 집으로 돌아갈 기력도 비축해야 했다. 더는 원정을 계속할 수 없었다.

그래도 샤에는 새들을 쫓아 계속 날았다. 그리고 거위와 비슷하게 생긴 그 뚱뚱한 새들보다 더 높이 날아올랐다가 다시 날개를 접고 급강하했다.

샤에가 발톱으로 새 머리를 잡아채자 야생거위는 곧바로 죽어버렸다. 다른 새들은 뿔뿔이 흩어졌고 샤에는 다시 동쪽 멀리 날았다. 나탕과 샤에가 그토록 절망적으로 굶주리지만 않았어도 기꺼이 내버렸을 짐을 들고 날아가느라 날갯짓이 버거웠다.

샤에는 테라스에 내려앉아 인간의 모습으로 돌아온 뒤에 그대로 기절해버렸다. 완전히 기진맥진해서 손가락 하나 까딱할 수 없었다.

나탕은 자기보다 더 높이, 그로서는 엄두도 못 낼 만큼 가볍고 자

유롭게 날아다니는 샤에에게 기댈 수밖에 없었다. 샤에가 잡아 온 거위는 그들의 목숨을 구했다. 다른 세상의 집에 들어온 후로 그들은 하나뿐인 연못 근처 지하에서 뜯은 버섯으로 겨우 연명해왔으니까. 버섯만으로는 죽지 않을 만큼만 배를 채울 수 있었기에 그들은 차츰 기운이 빠져갔다. 이 상황이 언제까지고 지속될 수도 있었다. 적당한 먹을거리를 찾지 못하면 결국 어딘가로 나가야 할 것이다. 밖으로 나가는 데 따르는 모든 위험을 감수한 채로.

출구라.

집에는 1700개의 나무문이 있었다. 이 문들은 각기 지구 상의 어떤 곳으로 통해 있었다. 그래서 그 문들을 통해 6대륙 중 어느 곳으로든 불과 1초 만에 이동할 수 있었지만 집 밖으로 나가려면 적어도 한 번은 사용한 적이 있는 문을 지나가야만 했다.

나탕과 샤에가 다룰 수 있는 문은 두 개뿐이었다. 하나는 마르세유에 있는 바르텔레미의 빌라로 통하는 문, 다른 하나는 발렌시아 도서관 지하와 연결된 문이었다. 나탕의 파미유는 파미유 일원들을 잃게 된 책임을 나탕과 샤에에게 물어 그들을 처단하기로 결정했다. 두 사람은 다른 세상의 집으로 도망쳐 간발의 차이로 목숨을 구했고, 샤에는 엄청난 소란을 불사하고 이 집의 문들을 모두 봉쇄했다.

목숨은 구했지만 꼼짝없이 갇힌 신세가 되고 말았다.

이런 상황에 나탕은 낙심했다. 통과할 수 없는 문들이 수백 개나 있다고 생각하니 참을 수 없었다. 그래서 글라이더를 만들었던 것이다. 다만 몇 분이라도 자유를 만끽하고 싶었다.

독수리의 모습을 한 샤에는 근사했다. 샤에는 2미터에 달하는 검은 양쪽 날개를 활짝 펴고 완벽하게 균형 잡힌 비행을 보여주었다. 매서운 발톱, 평온하면서도 힘 있는 인상을 풍기는 금빛 눈. 샤에에 대한 애정이 조금만 부족했다면 나탕은 질투를 느꼈을지도 모른다.

샤에는 잠시 나탕의 주위에 머물다가 이내 바람을 타고 서쪽으로 훌쩍 날아갔다.

"기다려! 넌……"

나탕은 소리쳤지만 바로 입을 다물었다. 샤에는 이미 멀리 가버렸고 나탕은 그녀가 돌아오지 않을 걸 알고 있었다.

샤에는 자기가 원하는 대로 했다.

언제나.

나탕은 기분이 좀 가라앉았지만 글라이더가 왼쪽으로 기울어지며 추락하는 순간 정신이 번쩍 들었다. 그는 민첩한 동작으로 다시 바람을 탔고 추락이 멈추자 안도의 한숨을 쉬었다. 이제 샤에는 지평선의 한 점으로밖에 보이지 않았다.

잠깐이지만 샤에를 쫓아갈까 하는 얼빠진 생각도 했다. 하지만 이내 깨달았다. 집에서 멀어지는 것은 자살행위였다.

그는 안타까운 심정으로 집으로 내려가기 시작했다.

샤에는 오랜 시간이 흐르고 나서야 겨우 나타났다.

둑 끝에서 기다리고 있던 나탕은 샤에를 보자 심장이 바짝 조여드는 듯했다. 발톱에는 사냥감이 달려 있지 않았다. 그런데 땅에 내

려와 인간의 모습으로 돌아온 샤에의 검은 눈에는 새로운 빛이 반
짝였다.

"뭔가를 봤어, 나트!"

3

"뭔가를 봤어, 나트!"

나탕은 샤에에게서 눈을 뗄 수가 없었다.

호리호리하고 가냘픈 몸, 가무잡잡한 얼굴을 감싸는 길고 검은 머리카락, 커다란 흑요석 같은 두 눈. 고전적인 미인은 아니지만 샤에에겐 유연한 걸음걸이나 우아한 몸짓에서 풍기는 야성적인 아름다움이 있었다.

나탕은 처음 만났을 때부터 그녀의 매력에 빠져버렸다. 샤에도 자신을 좋아한다고 고백했지만 신체적 접촉으로 그 사랑을 확인할 수는 없었다. 그런데도 나탕은 샤에가 싫어지기는커녕 더욱더 그녀의 매력에 대책없이 끌려가기만 했다.

"내 말 듣고 있어, 나트?"

나탕이 고개를 끄덕였다.

“걱정했어. 너무 오랫동안 안 보여서.”

“뭔가를 봤다니까!”

나탕은 겨우 샤에의 말에 흥미를 보였다.

“뭘 봤는데? 어디서?”

샤에가 서쪽을 향해 팔을 뻗었다.

“저기. 내가 날아갈 수 있는 한계치를 넘어선 곳, 내 눈으로 볼 수 있는 가장 먼 곳. 거기에서 돛단배들을 봤어. 하얀색 돛이었어.”

“돛단배라고? 그렇다면 물이 있다는 거야! 바다였어? 강? 호수?”

“아니.”

“아니라니, 무슨 소리야?”

“배들은 초원 위로 이동하고 있었어. 물의 흔적은 보이지 않았어.”

나탕은 잠시 말이 없었다. 샤에가 가져온 정보가 어떤 의미를 가진 건지 머릿속이 복잡했다.

“그럼 배라기보다는 돛이 달린 수레들이라고 해야겠군. 이 세상에 우리와는 다른 이질적인 존재들이있고, 그들이 이동 수단을 찾아낸 거야. 프라툼 보락스에게 먹히지 않고 움직일 수 있는 수단이지. 돛이 달린 수레라니!”

“수레라기에는 너무 커. 내가 날아갈 수 있는 한계 밖에 있었는데도 내 눈에 똑똑히 보였을 정도니까.”

“크다면 얼마나 큰 거지?”

“선박만큼. 거대한 바퀴가 달린 진짜 배 같았어. 그리고 그 배에 탄 이들은 이질적인 존재가 아니었어. 인간이었단 말이야.”

두 사람은 커다란 방에서 푹신한 안락의자 깊숙이 몸을 묻고 곰곰이 생각했다. 그러다 샤에는 앞에 놓여 있던 버섯을 밀어내고 벌떡 일어났다.

"이 먹음직스러운 식사로는 만족이 안 돼?"

나탕이 괜히 놀리는 척하면서 말했다.

"여기서 나가게 되면 20년 동안 버섯은 입에도 대지 않을 거야, 맹세해."

"그럼 난 30년. 그런데 어디 가?"

"바르텔레미의 문을 한번 보고 오려고."

"나도 같이 가."

두 사람은 집의 일부를 지나갔고 샤에는 문이 나올 때마다 하나하나 손을 대보았다. 그중 한 문에 손을 댄 순간, 마치 문짝이 투명한 유리로 된 것처럼 건너편이 훤히 들여다보였다.

"뭐가 보여?"

나탕은 샤에가 나무 문짝 앞에서 발길을 떼지 못하는 것을 보고 물었다.

"정말 알고 싶어?"

"물론이지."

"이 문은 아시아의 어떤 도시에 있는 광장으로 통해. 내 생각엔 일본 같아. 여기서 불과 2미터도 떨어져 있지 않은 곳에 한 가족이 둘러앉아 있어. 음식을 잔뜩 먹고 배가 부른가 봐. 접시에 뭐가 있는지도 말해줄까?"

"아냐, 됐어."

나탕은 한숨을 쉬고 다시 걷기 시작했다.

샤에는 바르텔레미의 문에 손을 대기도 전에 뭔가 문제가 있음을 감지했다. 손가락이 나무 문짝을 스치는 순간 알 수 있었다. 마르세유 빌라의 지하실에는 단 한 명의 군인도 남아 있지 않았고 감지 장치도 전혀 없었다.

아주 당연한 일이었다.

지하실 천장까지 물이 가득 차 있었으니까.

"이해가 안 돼. 네가 제대로 본 거 맞아?"

나탕은 거듭 물었다.

"맞아."

두 사람은 큰 방으로 돌아와 그들이 가장 좋아하는 자리, 프라툼 보락스를 마주 보는 안락의자에 앉았다.

나탕이 눈썹을 찡그렸다.

"지중해의 해수면이 몇 미터 상승하기라도 한 거야? 있을 수 없는 일이야!"

"내가 언제 바닷물이라고 그랬어?"

"빌라의 지하는 해수면과 일치해. 바닷물이 아니면 무슨 물이 차겠어."

그들은 잠시 입을 다물었지만 나탕이 이내 다시 입을 열었다. 그는 중얼거리며 찬찬히 생각을 정리해보았다.

"우리가 집으로 숨어들었을 때 아무도 따라올 수 없도록 네가 문들을 잠갔잖아. 그리고 넌 그 문들 가운데 단 하나만 열 수 있고. 내 말이 맞지?"

"그래."

"그러니까 너는 발렌시아나 그 밖의 곳에서 우리를 감시하는 군인들이 이 집에 들어올 수 없는 지금은 바르텔레미의 문을 열 수 있어. 이제 마르세유에 아무도 없는 이 상황을 이용하자. 힘들겠지만 전에 써먹었던 잠수 장비가 보관된 곳까지 분명히 갈 수 있을 거야."

"난 그 문을 열지 않을 거야."

샤에가 나탕의 말을 잘랐다.

"어째서?"

나탕은 깜짝 놀랐다.

"물이 집 안까지 밀려 들어와 피해를 입힐지도 모르니까. 아니, 다른 세상의 집 자체를 파괴해버릴지도 몰라. 그런 위험을 무릅쓸 수는 없잖아."

샤에는 더 이상 왈가왈부할 수 없는 단호한 말투로 의사를 표현했다. 나탕은 항복한다는 뜻으로 두 팔을 번쩍 들었다.

"네 뜻대로 해. 곰곰이 생각해보니 확실히 썩 좋은 아이디어는 아닌 것 같다. 우리는 밀려드는 물살을 버텨내기 힘들 거야. 하지만 무인지대 한복판에 덩그러니 놓인 집에 갇혀서 버섯으로 연명하는 악몽 같은 삶을 원치 않는다면 무슨 수를 내야 해.”

“여기서 평생을 나하고 단둘이 산다면 악몽일까?”

이 말에 나탕이 부드럽게 미소 지었다.

“아냐, 당연히 아니지. 널 품에 안을 수 있다면 오히려 더없이 달콤한 꿈이 될걸.”

샤에의 얼굴이 새빨개졌다. 그녀는 고개를 돌려 붉어진 얼굴을 수습할 때까지 괜히 프라툼 보락스를 바라보는 척했다. 그러고는 자신 없는 목소리로 입을 열었다.

“좋아. 바르텔레미의 문을 쓸 수 없다면 두 가지 방법밖에 없어. 바퀴 달린 돛단배 쪽을 좀 더 알아보든가, 라피의 문을 찾아서 이 집을 구석구석 더 살펴보든가.”

“난 세 번째 방법도 알아.”

나탕이 미소를 띠고 말했다.

“무슨 방법?”

“눈 감아봐.”

“뭘 어쩌려고?”

“눈 감으라고 했잖아.”

샤에는 경계하는 눈치였지만 나탕이 시키는 대로 했다.

“그다음은?”

“떨지 마. 약속하지만 널 어쩐 않을 거야. 적어도 네가 동의하지 않는 한 그런 일은 없어. 난 다만 네 머리가 아는 것을 몸으로도 알기 바랄 뿐이야.”

나탕은 그렇게 말하면서 서로의 몸이 스칠 만큼 샤에에게 바짝

다가갔다.

"너에게 아무 해도 입히지 않을게. 절대로. 샤에, 난 널 좋아해. 말로는 내 마음을 다 표현할 수가 없어."

나탕이 속삭였다. 샤에의 호흡이 거칠어졌다. 그녀 안의 모든 신경이 도망치라고 소리를 질러댔지만 샤에는 있는 힘을 다해 눈을 감고 가만히 있었다. 그녀는 나탕의 손길을 원했다. 그가 자신을 만져주기를 바랐다.

나탕의 손가락이 샤에의 뺨을 어루만졌다.

"안 돼!"

샤에는 뒤로 몸을 빼며 소리 질렀다.

"안 돼, 날 만지지……"

샤에의 목소리가 뚝 끊어졌다.

"나트, 난…… 미안해. 도저히…… 안 되겠어."

나탕은 흠칫했다. 따귀라도 맞은 것처럼 샤에의 반응에 몸이 굳어버린 그는 가까스로 감정을 다스렸다. 하지만 전처럼 샤에를 안심시키는 미소로 답해줄 수가 없었다.

"나도 미안해, 샤에."

초록색 눈동자에 평소와 다르게 떠오른 눈빛과 말투는 나탕의 말이 자기 자신의 태도에 대한 사과가 아님을 알려주었다. 샤에는 착각하지 않았다.

"나트, 난……"

"이 일은 잊어버려."

나탕은 샤에의 말을 자르고 고개를 숙였다.

나탕은 막 잠이 들려는 순간 가벼운 소리에 정신을 차렸다. 거의 알아차릴 수 없을 만큼 희미한 소리였다.

창문으로 비치는 환한 달빛 때문에 자신을 향해 유유하고도 힘차게 다가오는 친근한 야수의 모습을 알아볼 수 있었다.

매일 밤 그랬듯이 표범의 노란 눈은 그를 노려보고 있었다.

매일 밤 그랬듯이 표범은 물 흐르듯 한 동작으로 안락의자에 냉큼 올라갔다.

매일 밤 그랬듯이 표범은 그의 가슴에 기대어 웅크렸다.

"사랑해."

나탕이 이렇게 말하자 표범이 가르랑대기 시작했다.

그는 표범을 밀어냈다.

그날 밤, 나탕은 잠을 이루지 못했다.

샤에도 마찬가지였다.

4

샤에는 꼬박 사흘에 걸쳐 배들을 추적했다. 하지만 샤에가 버틸 수 있는 한계를 넘어서서 비행을 해보아도 배는 고사하고 그림자조차 보이지 않았다. 프라툼 보락스에는 절망적일 정도로 아무것도 없었다. 사흘째 되는 날 저녁, 샤에는 안락의자에 풀썩 주저앉으며 나탕에게 털어놓았다.

"내가 꿈을 꿨나 봐. 배는 코빼기도 안 보여."

"새들도 이제 없어? 쫄쫄 굶은 두 사람 배를 채워줄 포동포동한 거위도?"

나탕은 일말의 희망을 담아 농담처럼 물었다.

"풀, 풀, 어디를 가도 풀밖에 없어."

"언젠가는 초원도 사막처럼 신기루를 보여준다는 사실이 밝혀질 거야."

샤에는 눈을 감고 무릎을 가슴팍까지 끌어당겼다.

"어쩌면 그럴지도. 어쨌든 간에 그게 신기루였다면 현실보다 더 실감 나는 신기루였겠지."

샤에는 피곤했다. 얼굴은 창백했고 근육이 여기저기 뭉쳐 있었다. 나탕은 생각했다. 샤에의 몸을 풀어줄 수 있다면 좋을 텐데……

그는 한숨이 터지려는 것을 참았다. 그들은 사흘 전의 일을 입 밖에 내지 않았다. 샤에가 모든 신체적 접촉을 꺼리기 때문에 그들의 미래가 불투명하다고 해도 지금은 그런 일을 논할 때가 아니었다.

"내일 다시 한 번 찾아볼 거야? 만약 그럴 생각이라면 말해두겠는데, 난 미쳐버릴 거야. 네가 하늘을 날아다니는 동안 나 혼자 종일 이 집에서 배회하는 짓은 이제 못 하겠어."

"아니, 그만둘 거야. 내일은 라피의 문을 다시 찾아볼래."

나탕은 두 번째 한숨도 참았다. 그래봤자 더 나을 것도 없었지만 최소한 둘이 함께 있을 수는 있을 터였다.

샤에가 스르르 잠드는 동안 나탕은 그들을 지금까지 이끌어온 상황들을 차례차례 떠올려보았다. 그는 숫자를 빌려 그 과정들을 영상화했다.

일곱.

인류의 태동기에 일곱 파미유가 태어났으니, 각각의 파미유는 뭇 인간들을 압도할 만한 특별한 능력을 지녔다. 바티쇠르(짓는 자)는 다른 세상의 집과 문들을 만들었다. 메타모르프(변신하는 자)는 동물의 모습으로 변신하는 능력을 타고났다. 음네지크(기억하는 자)는 선조의 기억을 이용하여 방대한 지식을 얻을 수 있었다. 스콜리아스트(주해하는 자)는 모방을 통해 어떤 동작이나 행동을 자기 것으로 소화하고 따라할 수 있었다. 코지스트(생각하는 자)는 보통 사람들과는 차원이 다른 신체적·정신적 능력의 소유자다. 게리쇠르(치유하는 자)는 큰 부상을 입고도 살아남게끔 세포를 재생하는 능력을 지녔고, 기드(안내하는 자)는 현실에 대한 섬세한 통찰력을 통해 미래를 예견할 수 있었다.

넷.

일곱 파미유는 오랫동안 서로 화합하며 살아갔고, 바티쇠르는 다른 세상으로 통하는 네 개의 철문을 만들었다. 그 다른 세상의 하나인 포스 아르카디에서 사악한 실체, 곧 로트르가 나타났다. 믿을 수 없을 만큼 강력한 로트르, 피비린내 나는 피조물들을 뜻대로 불러내 부리는 로트르, 그 실체는 세상을 파괴하려고 했다.

셋.

일곱 파미유는 힘을 합쳐 로트르를 세 부분으로 쪼개는 데 성공했다. 포스(힘), 하트(심장), 소울(영혼). 이 세 부분은 서로 다른 거품 세상에 갇혔고, 거기에 진입하려면 다른 세상의 집 안에 새로 만든 세 개의 철문을 이용해야만 한다.

여덟.

여덟 번째 문, 이 호칭은 그 문을 열기 위해 일곱 개의 철문들을 여는 것보다 더 큰 위험을 무릅써야 함을 일깨워준다. 여덟 번째 문은 비밀의 장소에 만들어졌다. 그 문을 열면 로트르 전체를 고스란히 대면할 수 있다. 언젠가 파미유들이 로트르를 완전히 소탕할 만큼 강성해지는 날을 대비하여 만든 문이었다.

그러나 그날은 오지 않았다. 기드들이 평화를 부르짖었음에도 나머지 여섯 파미유들은 패권을 장악하기 위해 서로 대립했고 피 튀기는 전쟁으로 수백 년을 보냈다. 그 수백 년 동안 유일한 진짜 적 로트르는 잊혀갔다. 깡그리 잊히고 말았다.

하나.

이제 단 하나의 강력한 파미유, 코지스트의 파미유만이 남았다. 다른 파미유들은 멸족되었거나 소수만이 코지스트들에게 발각되어 죽을지도 모른다는 두려움을 안고 숨어서 사는 게 고작이었다.

둘.

둘은 나탕이 좋아하는 숫자였다. 샤에와 그. 하나라고 해도 좋은.

이제 곧 하나가 될.

평화롭던 시대의 추억. 나탕의 몸에는 세 파미유의 피가 흐르고 있고 샤에의 몸에는 또 다른 세 파미유의 피가 흐르고 있었다. 어쩌다 그렇게 됐는지는 모르지만 여덟 번째 문이 열리지 않았다면 두 사람은 평생 이 사실을 몰랐을 것이다. 로트르가 풀려났다.

풀려난 로트르가 맨 처음 한 일은 나탕과 샤에를 추적하는 것이었다. 코지스트는 로트르를 골탕 먹일 수단을 갖고 있었지만 로트르를 완전히 소탕하려면 파미유들이 모두 힘을 합쳐야만 했다. 나탕과 샤에는 그 모든 능력을 이어받은 유일한 일원들이었다.

그렇기에 나탕과 샤에는 로트르의 포스 자알라브를 처치할 수 있었다. 그러나 지금은 코지스트에게 쫓기는 몸이 되었다. 코지스트는 나탕의 친척들이지만 지금 무슨 일이 일어나고 있는지 전혀 깨닫지 못하고 있었다.

로트르의 하트 옹쥐, 로트르의 소울 에크테르는 그사이 세계 정복에 박차를 가하고 있었다. 나탕과 샤에가 그들을 저지해야만 했다.

나탕은 안락의자에 틀어박혔다.

다른 세상에 밤이 왔다. 달은 자신이 유일한 광원(光源)이라는 것을 알고 사람 애간장 태우는 것을 즐기기라도 하듯이 지평선에서 빈둥대며 좀처럼 빛을 던지려 하지 않았다.

나탕과 몇 미터 거리를 두고 샤에의 차분하고 고른 숨소리가 들렸다.

샤에.

메타모르프이자 바티쇠르이자 게리쇠르.

샤에는 어느 문 뒤에서 라피를 발견할지 모른다는 희망을 품고 1700개의 나무문들을 모두 확인해보았다. 그러나 허사였다.

나탕은 베르베르 노인을 생각하며 어둠 속에서 미소 지었다. 라피 하디 맘눈 압둘 살람. 생존해 있는 마지막 기드. 어쩌면 그는 최후의 기드로 남을지도 모른다. 라피는 두 사람이 자알라브와 싸울 때 최선을 다해 도와주었고, 이 집에서 그들을 내보내줄 수 있는 유일한 인물이었다.

아직 평화가 파미유들을 지배하던 시절에 바티쇠르들은 각 파미유에게 사용할 수 있는 문들을 주었다. 그랬기 때문에 나탕의 아저씨 바르텔레미는 처음부터 코지스트에게 속해 있던 문을 자신의 문으로 물려받았던 것이다.

세월이 흐르면서 대부분의 문은 아무도 사용하지 않게 되었고 아직도 쓰이는 문은 몇 개뿐이었다. 샤에와 나탕은 라피 소유의 문이 존재하기를 바랐다. 만약 그렇기만 하다면, 만약 두 사람이 그 문을 찾아내기만 한다면, 베르베르 노인은 기꺼이 그들을 위해 그 문을 열어줄 것이고, 두 사람은 이곳에서 나갈 수 있을 터였다.

그렇지만 나탕이 희망을 가지기에는 '만약'이 너무 많았다. 다른 세상의 집은 차츰 관 같은 분위기를 띠었다. 나탕은 밤에 자주 악몽에 시달리다 퍼뜩 소스라치며 깨어나곤 했다. 나탕과 샤에가 물과 음식에 굶주려 괴로워하다가 프라툼 보락스로 몸을 던지기로 결심하는 꿈이었다.

샤에는 의심하지 않았다. 처음 문들을 확인해보고 아무것도 알아낼 수 없었지만 대수롭게 여기지 않았다. 샤에는 이렇게 말했다.

"난 그냥 문 앞에 몇 초 서 있기만 하는 거야. 문 너머에 뭐가 있는지 분간하려면 그쪽에 빛이 있어야만 해. 게다가 라피가 문 너머에서 우리를 살피고 있는 순간과도 맞아떨어져야 하고. 그러니까 한 번으로는 안 될 수 있지만 결국은 잘 풀릴 거야."

나탕은 이 놀라운 낙관주의가 진심인지 꾸며낸 것인지 알 수 없었다. 그래도 그는 샤에가 좋았다. 하루가 다르게 더 좋아졌다. 그렇지만 진심으로 그녀를 이해할 수는 없었다.

5

나탕은 며칠 전에 샤에가 잡은 야생거위의 피와 뼛조각을 이용해 발렌시아의 고서적에서 찾은 이 집의 도면을 천에 베껴두었다. 그는 샤에가 확인했던 문들을 일일이 표시해두고 아직 가보지 않은 통로들을 샤에에게 가르쳐주었다.

그래서 라피를 발견했을 때 둘은 함께 있을 수 있었다.

샤에는 문들을 손으로 쓸어보며 다양하게 보이는 장면들을 무시하는 데 익숙해졌다. 활기찬 도시, 텅 빈 사원, 어두운 지하, 아니면 칠흑 같은 어둠뿐이었다. 문짝 너머의 세상은 그들과 몇 센티미터 두께의 나무판으로만 나뉘어 있는 듯했지만 사실은 완전히 멀고 다른 공간이었다. 다다를 수 없는 곳. 그래서 샤에는 오로지 인물에만 집중했다. 늙은 베르베르인의 실루엣, 오로지 그 하나만에 집중했던 것이다. 그런데 어느 날 오후 어떤 문이 수수께끼의 광경을 보여주었고 하마터면 그토록 기다리던 라피를 놓칠 뻔했다.

두드러진 황토색, 거대하고 둥그런 돌덩어리들이 이어진 척박한 지대가 지평선까지 펼쳐져 있는 듯했다. 그리고 돌들의 미로 속에 오솔길 한 갈래가 뱀처럼 굽이를 틀며 멀리 뻗어 있었다. 인디고블루의 눈부신 하늘이 어두운 지대와 밝은 지대의 대조를 더욱 극명하게 드러냈다. 그래서 샤에는 어느 바위 아래 가부좌를 틀고 앉은 한 남자의 모습을 곧바로 알아차리지 못했다. 다만 어떤 예감 때문에 다른 문으로 발걸음이 떨어지지 않았다. 그녀가 얼어붙었다.

"라피가 여기 있어."

샤에가 나탕에게 알렸다. 차분한 음성은 가슴 벅찬 감흥과는 대조적이었다.

라피는 흰색 강두라[2]를 입고 역시 흰색 세키아를 이마에 두르고 있었다. 그 옆에는 가죽 자루 하나와 말린 대추야자를 담은 바구니가 놓여 있었다.

"어떻게 라피에게 알리지?"

나탕이 들뜬 목소리로 물었다.

"나도 몰라. 빗장은 내가 풀 수 있지만 문을 열 수 있는 사람은 라피뿐이야."

샤에는 양손의 손바닥을 나무 문짝에 갖다 대고 정신을 모았다. 그녀도 자기가 어떻게 이런 일을 해내는지 설명할 수는 없었지만 한순간도 망설임이 없었다. 그녀는 바티쇠르였고 문들은 그녀에게 복종했다.

---

2. 가운처럼 헐렁하게 걸치는 아프리카 전통 의상.

금속이 울리는 소리가 집 안에 울려 퍼졌다.

"됐다."

"라피가 뭘 하는 거야?"

샤에는 대답할 겨를이 없었다. 늙은 베르베르인이 일어나 그들에게 다가왔기 때문이다. 문이 열리며 생생한 빛이 집 안으로 쏟아져 들어오는 동안 뜨거운 돌 냄새와 향신료 냄새가 퍼졌다.

"잘 왔다, 내 친구들."

라피가 두 팔을 벌리고 환영했다. 나탕은 기쁨의 탄성을 지르며 라피를 품에 안았지만 감정을 나탕만큼 쉽게 드러내지 않는 샤에는 그저 숨을 길게 들이마실 뿐이었다.

샤에는 다른 세상의 집을 자기 집처럼 느꼈기 때문에 나탕만큼 그곳에서의 시간이 힘들지는 않았다. 하지만 샤에도 본래의 자기 세상으로 돌아오니 행복했다. 행복하고 감사했다.

나탕과 라피가 얼싸안을 때 샤에는 늙은 베르베르인의 어깨에 잠시 손을 얹었다. 강렬하고 보기 드문 그 몸짓의 가치를 이해하는지 라피는 새파란 눈으로 오랫동안 샤에를 바라보며 고마움을 전했다.

"대추야자를 좀 먹겠어? 물은?"

라피가 들고 있던 과일을 권했다. 나탕과 샤에는 허겁지겁 받아 먹었다. 그렇게 맛있는 과일을 먹어본 적이 없을 정도였다. 두 사람은 눈 깜짝할 사이에 바구니를 싹 비웠다. 그러고는 차가운 물을 꿀 꺽꿀꺽 한참이나 들이켜고 나니 라피가 오솔길을 가리켰다.

"나를 따라오렴."

"여기가 어디죠?"

나탕이 물었다.

"오 아틀라스. 베르베르족의 고장이지! 내 고향이야."

종려나무 숲 그늘에 마을 하나가 숨어 있었다. 근처에는 가까운 산에서 폭포처럼 쏟아져 내려오는 개울물이 흘러드는 연못도 있었다. 마을 초입에는 얼마 안 되는 풀을 뜯어먹느라 열심인 염소 떼를 지키는 아이들이 보였다. 이어서 평평한 지붕을 이은 집들이 나타났다. 도로는 전혀 보이지 않았고 전신주 하나 없었다.

"위르자트. 내가 사는 마을이지."

라피가 그들에게 말했다. 초록색이 도드라지는 종려나무, 연두색을 띠는 아몬드나무, 은빛이 감도는 초록의 올리브나무, 연한 초록색의 피스타치오나무와 아르간나무가 새파란 하늘과 황토색 언덕과 선명한 색감의 대조를 이루어 한 폭의 놀라운 그림을 보는 듯했다.

짚을 섞은 벽토와 돌로 지은 집들은 야트막했고, 주황색 도료를 칠한 벽은 모서리가 둥글려 있었다. 문과 덧창에는 밝은 단색을 칠해놓았다.

사람들은 저마다 자기 할 일을 하느라 바빴다. 가축을 목초지로 모는 사람, 밭을 일구는 사람, 아카시아 나뭇가지 아래서 의자를 고치는 사람, 모두들 손인사로 새로운 손님들을 반겨주었다.

"난 여기 없을 때가 많지만 사정이 허락하는 대로 고향에 돌아오지. 오직 이곳에서만 세상을 사로잡은 광기에서 벗어나 진정으로 행복할 수 있거든. 위르자트에서는 친구에게 건네는 술잔, 친구와 나누는 한 끼 식사가 가장 중요한 일이라네.”

그들은 마을에 다다르기까지 거의 한 시간이나 걸어야 했다. 덕분에 나탕은 라피에게 프리울 섬에서 헤어진 다음부터 어떤 일을 겪었는지 말할 여유가 있었다. 잠시 이야기를 중단한 것은 아르간나무 꼭대기에 올라간 하얀 새끼염소를 넋 놓고 구경할 때뿐이었다.

라피는 주의 깊게 귀를 기울일 뿐 전혀 놀라지 않았다. 나탕이 자알라브의 최후에 대해 이야기할 때조차도 그랬다. 라피는 차분하게 말을 이었다.

“길고 힘든 여정을 거쳤구나. 하지만 너희가 갈 길은 아직도 많이 남았다. 자알라브는 로트르의 남은 두 부분, 로트르의 하트 웅쥐, 그리고 무엇보다도 로트르의 소울 에크테르가 파괴될 때야 비로소 죽게 될 게다.”

라피는 더 이상은 일러주려 하지 않았고, 마을로 가는 막바지 길은 아무 말 없이 셋이서 걷기만 했다.

“들어가. 내 처소가 비록 누추하지만 너희 집처럼 편히 지내라.”
라피는 방금 열어젖힌 문 앞에서 몸을 옆으로 빼며 말했다.
나탕과 샤에는 천장이 낮은 방 안으로 들어갔다. 석회로 표백한 벽에 알록달록한 벽포와 비즈 커튼이 걸려 있었다. 바닥에는 두툼한 양탄자가 깔려 있었고 두 사람은 신발을 벗고 그 위에 편히 앉았다.

라피의 집은 이 마을과 비슷하게 마음을 안정시키는 평온한 분위기였다. 좁은 틈으로 새어 들어오는 빛이 얼마 안 되는 짙은 나무색 가구들을 적갈색으로 물들여 쾌적하고 상쾌한 기운이 감돌았다.

샤에는 편하게 숨을 내쉬고 나탕에게 웃어 보였다. 허겁지겁 대추야자를 먹어 치웠어도 여전히 배가 고파 죽을 것 같았지만, 둘 중 어느 쪽도 선뜻 집주인에게 그런 말은 할 수 없었다.

이제 라피는 예전에 만났을 때 그들을 돕기도 했지만 그만큼 예측할 수 없는 행동으로 그들을 당황하게 하기도 했던 노신사가 아니었다. 지금의 그는 지혜가 넘치는 얼굴의 고결한 베르베르인이었고, 귀인의 모습이었다.

"당신의 이름에 특별한 뜻이 있나요? 우리에게 말해준 적 없잖아요."

나탕이 물었다.

"그야 너희들이 물어보지 않았으니까 그렇지. 라피 하디 맘눈 압둘 살람. 그래, 이 이름에는 뜻이 있지. 라피, 믿을 만한 안내자, 평화의 시종이라는 뜻이야."

"좋은 이름이네요."

"고맙다, 샤에."

"라피, 혹시 마르세유에서 무슨 일이 일어났는지 알아요? 바르텔레미의 문과 연결된 통로가 침수되어 있어요. 무슨 재해라도 일어났나요?"

나탕이 끼어들어 물었다.

"세상에 닥친 사태를 표현하기에 재해라는 말은 너무 미흡하구
나. 내가 아는 대로 너희에게 말해주겠다만 우선 식사라도 할까?
배가 든든해야 머리도 잘 돌아가는 법이지. 우리에겐 할 말도, 생각
할 일도 무척 많으니 말이야."

6

“로트르의 하트 옹쥐가 방금 말씀하신 지진, 홍수, 폭우, 전염병의 원인일까요?”

나탕은 미심쩍은 기색을 감출 수 없었다. 라피는 두 사람에게 세상의 암울한 상황을 설명했다. 수만 명이 죽었고 구할 수 없는 부상자, 치료할 수 없는 질병, 쑥대밭이 된 도시, 멸망한 나라가 천지에 널렸다고 했다. 단 한 존재의 소행이 이 모든 참상을 낳았다고?

“그건 로트르가 풀려나기 전부터 과학자들이 경종을 울렸잖아요.” 나탕이 다시 말했다. “지구온난화, 빙하의 해빙, 공해, 거대 하천이 흐르는 계곡과 연안지대의 무분별한 도시화…… 지금 말씀하신 재해들은 대부분 인간이 일으킨 거예요. 인간의 탐욕 때문에, 반성적 사고가 부족한 탓에 일어난 일이라고요.”

“네 말은 옳다. 인간은 스스로 세상을 파괴하려는 짓거리를 해왔지. 오래전부터 불씨가 마련되어 있지 않았다면 옹쥐도 이 정도의 재앙들을 일으킬 수 없었을 거야.”

라피가 차분하게 말했다.

“그래도……”

“자알라브는 로트르의 포스였지. 그는 난폭하고 치명적이지만 어리석었다. 옹쥐는 자알라브보다 훨씬 더 위험해. 그는 사람들의 마음과 요원들의 알력 관계를 쥐고 흔들지. 여기서는 독을 뿌리고 저기서는 바람을 폭풍으로, 폭풍을 태풍으로 둔갑시킨단 말이야. 폭풍이 마르세유를 강타했다. 바닷물이 바르텔레미의 빌라 지하까지 들이닥쳤어. 가엾게도 수십 명이나 익사했고 말이야. 다른 곳에서 일어난 참상에 비하면 이 정도는 약과다.”

“옹쥐가 추구하는 게 뭐죠?”

샤에가 끼어들어 물었다.

“혼란을 퍼뜨리는 것. 로트르는 혼란에 시달리는 이들의 고통과 불행을 먹고 사니까. 옹쥐는 폭풍을 일으키며 에크테르를 위한 세상을 준비하는 거야.”

“제가 제대로 이해하고 있는 건지 모르겠어요.”

“에크테르는 로트르의 가장 강한 부분이야. 그는 전쟁을 일으키지. 전쟁은 옹쥐의 폭풍처럼 인류를 혼란에 빠뜨리려는 술수지만 그의 진가는 나중에 드러날 게다. 지구가 전염병, 전쟁, 지진으로 황폐해졌을 때 그의 권력은 정점에 달할 것이고 그땐 아무도 저항할 수 없게 되지. 에크테르는 인간을 노예로 전락시킬 거야.”

“거기서 우리는 무슨 역할을 하죠?”

"로트르가 너희를 찾고 있어. 그를 저지할 수 있는 존재는 너희밖에 없다. 비록 너희가 반드시 그렇게 할 수 있다고 장담한다면 거짓이 되겠지만."

샤에는 그들이 내내 머물고 있던 조용한 방을 둘러보았다. 은은하게 스미는 빛이 샤에의 피부와 그들이 둘러앉은 낮은 나무 탁자를 금색으로 물들였다. 창밖에서는 뛰어 노는 아이들 소리가 들려오고 온화한 공기에는 향신료와 나무 수액 냄새가 났다. 샤에는 기분이 좋았다. 왜 떠나야 한단 말인가?

라피는 샤에의 머릿속에 맴도는 의문을 감지했다.

"시대가 그의 편을 들어주고 있어. 하루가 다르게 힘이 커지지. 너희가 여기 머문다면 로트르는 너희를 찾아내는 데 상당한 시간이 걸릴 거야. 어쩌면 아주 오랜 시간이 필요하겠지. 그렇지만 기어이 찾아내고 말 거야. 그때는 로트르를 당해낼 수 없어."

"저희가 앞으로 해야 할 일은요?"

나탕이 물었다.

"너의 파미유와 접선해서 도움을 청해야 해."

"코지스트에게요? 그들은 우리를 죽이려고 해요!"

나탕이 외쳤다.

"지금까지 일어난 일은 너희 잘못이 아니라고 설득해야지. 코지스트들은 로트르를 제거할 순 없지만 놈이 세상에 더 큰 피해를 입히지 못하게 막거나 어느 정도 시간을 벌 수는 있어. 그러자면 코지스트들이 여덟 번째 문이 열리고 로트르가 풀려났다는 사실을 인정해야만 해."

"우선 로트르의 다른 두 부분이 어디 있는지 찾아서 없애야 하지 않을까요?"

샤에의 지적이었다.

"로트르가 먼저 너희의 위치를 찾아낼 거다. 자알라브가 실패했으니 십중팔구 옹쥐가 너희를 제거하러 올 게다. 그렇더라도 절대 두려워할 것 없다."

"옹쥐는 어떻게 생겼나요?"

"나도 모른다. 로트르의 원래 모습은 수 세기 전에 파괴되었으니. 그는 새롭게 부활하기 위해 세 사람의 몸을 선택했어. 아마도 여덟 번째 문을 연 인간들의 몸이겠지. 하지만 나도 그들이 누구인지 몰라. 어쨌든 이제 그 인간들은 로트르의 요체를 받아들이는 껍데기, 그의 손에 놀아나는 꼭두각시에 불과해."

나탕은 생각에 골몰한 나머지 대화를 끝까지 따라잡지 못했다.

"코지스트가 우리를 믿어줄 거라고 생각하세요?"

"나탕, 너의 파미유는 강하고 일부 일원들은 매우 믿을 만하단다."

"일부요?"

샤에가 물었다.

"그래."

"그럼 나머지는?"

라피는 곧바로 대답하지 않았다. 그는 자기만의 생각에 빠져 오직 기드들만이 다니는 복잡한 물길의 낯선 강을 떠다니고 있었다. 마침내 라피는 몸을 털며 파란 눈으로 젊은이들을 바라보았다.

"믿을 수 없는 코지스트들은 무시해도 좋을 만큼 극소수라고 말할 수 있다면 좋겠구나. 하지만 우리 기드들은 거짓말을 두려워하지. 그래, 우리에겐 앞길을 가로막는 두 개의 암초가 있어."

"그게 뭔데요?"

"우선 일곱 파미유의 능력 가운데 기드의 능력이 가장 잘 파악되지 않고 과오를 범하기 쉽다는 점을 알아야 한단다. 나는 과거에 묻힌 비밀들은 감지할 수 있지만 우리가 살아가는 현재에서 시작되는 어떤 길들에 대해서는 예견하기가 어렵지. 시도는 하지만 실수도 많이 한단다. 내가 보기에는 그런 실수가 지나치게 많아."

"우리에겐 암초가 있다고 하셨잖아요."

샤에가 아까의 이야기를 짚고 넘어갔다.

"그래. 첫 번째 암초는 앙통의 태도다. 나탕, 네 할아버지의 태도가 이상하구나. 바르텔레미가 지난주에 혼수상태에서 깨어났다. 그가 파미유에게 자알라브와 대결한 일을 보고했는데 앙통은 바르텔레미의 의견을 무시하고 힘도 없고 씨도 거의 다 마른 메타모르프 파미유가 코지스트 파미유를 밀어내려 한다고 주장하고 있어. 앙통의 말로는 메타모르프가 빌라 공격을 선동했다는 거야. 그 바람에 바르텔레미는 밀려났지. 아니면 그가 표면에 나서지 못하게 누군가가 뒤에서 막고 있거나."

"코지스트들 사이에 내분이 있다고 생각하세요?"

"내가 보기엔 분명히 그래."

"우리 할아버지는 그저 고집불통일 뿐이에요."

나탕은 해명하려 했다.

"물론이야. 하지만 앙통은 무엇보다 야망이 대단하고 굉장히 영리한 사람이지. 바르텔레미의 말을 들으려 하지 않는 그의 태도는 비정상적이야."

라피가 대꾸했다.

"두 번째 암초는요?"

샤에가 물었다.

"여덟 번째 문이 어디에 있는지 나도 정확히는 모른다. 단지 그 문이 남아메리카 어딘가에 있고 에크테르, 옹쥐, 자알라브가 넘어 온 것을 보면 그 문이 틀림없이 열렸다는 것밖에 모르지. 옹쥐와 에크테르가 파괴를 꾀하는 동안 자알라브는 너희를 죽이러 마르세 유까지 왔어. 그렇지만 바르텔레미를 상대하느라 심한 부상을 입 고 너희와 대결하기 전까지 거품 세상으로 돌아가 기력을 추슬러 야 했지."

"그건 저희도 잘 알아요."

나탕이 말했다.

"어떻게 자알라브가 자신의 거품 세상으로 돌아갈 수 있었을까?"

"네?"

"거품 세상이란 바티쇠르가 만든 감옥이야. 거기에 들어가려면 여덟 번째 문을 통과하든가 다른 세상의 집 안에 만들어놓은 철문 을 통과해야만 해. 자알라브는 남아메리카까지 다시 비행기를 타고 날아가기에는 아주 심각한 부상을 입었지. 다시 말해 그는……"

"……집을 통해서 들어갔다 이거죠. 라피, 무슨 말을……"

나탕은 라피의 말을 잘랐다. 그러나 이내 늙은 베르베르인이 그 에게 무엇을 깨닫게 하려는지 알아차리고는 입을 다물었다. 샤에가 나탕 대신 말했다.

"누군가가 그에게 바르텔레미의 문을 열어줬군요."

"그리고 그 사람은 필연적으로 코지스트겠지요."

나탕은 불길한 표정으로 결론을 내렸다.

무거운 침묵이 이어졌다. 라피는 인상을 찡그리며 먼저 침묵을 깨뜨렸다.

"바로 그게 가장 큰 골칫거리야. 로트르의 독이 벌써 효력을 발휘하는 거지. 나탕, 네 파미유 가운데 배신자가 있어."

라피는 잠시 입을 다물었다가 다시 결연하게 덧붙였다.

"한 명일지, 여러 명일지."

7

위르자트에 아침이 밝았다.

나탕은 크게 기지개를 켜고 입이 찢어져라 하품을 했다. 이렇게 푹 잔 것이 언제였는지 기억도 나지 않았다.

간이 의자에 벗어놓은 옷은 밤새 세탁이 되어 있었다. 당장 빨아야 할 만큼 더러운 옷이었는데 지금은 가벼운 아몬드 향까지 풍겼다. 나탕은 옷을 걸쳐 입고 방에서 나왔다. 가마타 사부가 하사한 검을 챙기는 것도 잊지 않았다.

오 아틀라스 한가운데 덩그러니 세워진 이 마을에서 검을 휘두를 일이 있을까 싶었지만 그의 삶은 한 치 앞도 알 수 없을 만큼 변해 버렸기에 늘 위험에 대비해야 했다. 이제 나탕은 잠시라도 검을 지니고 다니지 않으면 불안했다.

날은 이미 한참 전에 밝았고 집 밖으로 나오니 더운 공기가 곤봉으로 후려치듯 숨통을 턱 막았다. 이웃집 문간에서 키가 작고 무뚝뚝하게 생긴 한 남자가 머리에 전통 셰키아를 얹고 그에게 인사를 건넸다. 나탕이 손짓으로 화답하자 남자의 그을린 얼굴에 함박웃음이 번졌다.

나탕은 친구들을 찾기 시작했다.

깔깔대는 웃음소리와 말소리를 따라 마을 중앙에 있는 연못까지 이르렀다.

샤에는 그곳에 있었다. 신 나게 웃고 괴성을 질러대는 아이들에 둘러싸여 무릎까지 물에 담그고 진흙투성이가 되어 연못 바닥을 청소하고 있었다.

아이들은 저마다 가죽 바구니를 하나씩 들고 바구니가 차는 대로 다른 곳에다 비워냈다. 그러면서 다른 아이들에게 그 내용물을 듬뿍 끼얹는 장난도 빼놓지 않았다. 나탕은 꼼짝도 하지 못했다. 마을 주민들을 돕고 있는 샤에의 얼굴에 환한 미소가 눈부시게 빛나고 있었기 때문이었다.

샤에의 얼굴에서 볼 수 있으리라고는 생각지도 못했던 미소였다.

지저분하고, 머리가 헝클어지고, 찢어진 튜닉을 입고 소매를 걷어붙인 그녀가 이처럼 예뻐 보였던 적은 없었다.

샤에가 프랑스어로 아이들에게 말을 걸면 아이들은 아랍어로 대답했다. 그런데도 그들의 대화는 아주 자연스러웠다. 누가 봐도 그들이 서로의 언어를 이해한다고 착각할 법했다.

나탕은 아르간나무 둥치에 기댔다. 샤에가 이토록 자유롭고 환하게 웃고 있는 모습을 보니 되레 가슴이 아렸다. 샤에가 나탕과 함께 있는 것이 행복하다면 어째서 그와 있을 때는 저런 표정을 짓지 않는 걸까? 아니, 자신과 있을 때보다 지금이 훨씬 더 행복하단 말인가?

"네 길을 가로막는 장애물들은 아주 많지만 그 장애물들이 모두 로트르와 관련된 것은 아니란다."

나탕은 라피가 옆에 와 있다는 것을 알았지만 고개를 돌려 바라보지 않았다. 그는 샤에의 아름다움 앞에서 자신의 혼란을 다잡으려 애쓰며 가만히 움직이지 않고 침묵을 지켰다.

한 여자아이가 연못 가장자리에 철퍼덕 넘어졌다. 무릎이 조금 까졌을 뿐이지만 아이는 큰 소리로 울음을 터뜨렸다. 샤에는 울고 있는 여자아이를 자기 품에 꼭 껴안고 달래는 말을 귓가에 속삭여주었다. 누구와 살이 닿는다는 생각만 해도 강한 반감을 드러내던 샤에가 조금의 망설임도 없이 아이를 껴안은 것이다.

날카로운 송곳이 나탕의 가슴을 더욱더 깊게 후벼팠다.

"저 애를 의심하지 마. 무슨 일이 일어나든 샤에를 의심하지 말거라."

라피가 넌지시 속삭였다. 나탕은 흠칫했다.

"무슨……"

나탕은 입을 다물었다. 늙은 베르베르인은 차분한 걸음새로 멀어져가고 있었다.

"나트!"

샤에가 그를 불렀다. 다소 당황한 나탕은 그녀를 돌아보았다. 샤에는 안고 있던 여자아이를 나탕에게 내밀었다.

“네가 이 아이를 좀 돌봐줄래?”

“내가 갈게. 그리로!”

나탕은 자신의 목소리가 떨리지 않아 다행이라고 생각하며 큰 소리로 대답했다.

샤에가 미소를 지었고 나탕을 감싸고 있던 두려움은 마법처럼 온데간데없이 흩어졌다. 조금 전 아이들과 놀면서 보여주었던 미소와는 달랐다. 더 은밀하고, 환하지는 않지만 한결 더 깊은 미소, 그건 샤에가 오직 나탕에게만 보이는 미소였다. 그에게만. 단 한 사람에게만.

나탕이 여자아이를 받아 안는 순간 두 사람의 손가락이 살짝 스쳤다. 그는 샤에가 얼른 손을 거두는 것을 애써 모르는 척했다.

8

나탕과 샤에는 꼬박 사흘을 위르자트에 머물렀다.

그동안 다른 세상의 집에 갇혀 지내면서 잃었던 기력을 회복했다. 사흘 동안 세상과 동떨어진 삶의 소박한 기쁨을 마음껏 누렸다. 평화로운 순간이었다.

셋째 날 저녁이었다. 식사를 마무리하며 나탕이 다음 날의 계획을 늘어놓는데 라피가 그의 말을 끊었다.

"안됐지만 사예프는 네 도움 없이 울타리를 새로 세워야겠구나."

"무슨 말씀이세요?"

"시간이 촉박해. 위르자트는 세상을 휩쓴 재앙에 아직 휘말리지 않았지만 그리 오래가지 못할 게다. 너희는 떠나야 해."

"지금요?"

샤에가 물었다.

“그래.”

“오늘 밤만이라도 머무를 수 없는 건가요? 그래도 날이 밝았을 때 떠나야……”

“너희는 다른 세상의 집을 통해서 떠날 거다. 다른 파미유들도 그렇지만 코지스트들은 기드의 능력을 멸시하지. 하지만 우리에겐 문을 기억하는 능력이 있다.”

“우리라고 하셨어요? 위르자트 사람들은 모두 기드인가요?”

샤에가 다시 물었다.

“아니.”

라피의 목소리에 슬픔이 배어 있었다.

“그건 아니란다. 내가 우리 파미유의 마지막 후손이고 세상 어딘가에 다른 기드들이 있다 해도 난 그들을 모른다. 기드들은 수 세기에 걸쳐 파미유들의 평화를 수호했지. 권력과 지배를 꿈꾸는 파미유들은 분명 우리를 비겁자, 겁쟁이, 음모자 취급했지만 말이야. 파미유들은 우리를 곱게 봐주지 않았고 우리는 신념의 대가를 매우 비싸게 치렀단다.”

라피가 두 사람을 향해 눈을 찡긋했다.

“자, 늙은이 노망은 그만두자. 안 그랬다간 내 나이가 탄로 나겠구나. 너희는 집을 통해 움직일 거야. 파리의 골목길로 통하는 문을 내가 알고 있어. 샤에가 빗장을 풀어야 문을 쓸 수 있겠지만 그래도 가급적 밤이 더 좋겠지. 바로 지금 말이다.”

나탕과 샤에는 한참 시선을 교환했다. 위르자트에 남고 싶은 마음이 굴뚝같았지만 그들은 다시 떠나야만 했다. 계속해서 싸워야 했다.

"좋아요, 가죠."

마침내 나탕이 말했다.

다른 세상은 낮이었고 햇빛이 수많은 창문을 통해 집 안으로 물결처럼 밀려들고 있었다. 나탕은 밖을 슬쩍 내다보고 라피에게 프라툼 보락스를 가리키며 말했다.

"샤에가 돛단배들을 봤어요. 아주 서쪽에서요. 그리고 거위와 비슷한 새들이 날아다녔어요."

늙은 베르베르인이 경직되었다.

"돛단배? 초원에서?"

어떤 것에도 감정을 드러내지 않던 라피가 크게 놀란 얼굴을 하고 있었다.

"확실해? 환각이 아니고?"

라피가 샤에에게 물었다.

"아주 멀리서 보기는 했지만 틀림없어요. 분명히 바퀴 달린 거대한 배들이 돛을 달고 있었다고요."

샤에가 대답했다.

라피는 한참이나 골몰히 생각했다. 이내 그의 입가에 기쁨의 미소가 떠올랐다.

"첫 번째 문이 다른 세상을 향해 열린 이래로 그곳은 초원에 자라는 육식성 풀밖에 보이지 않았단다. 돛과 새라니! 이건 하나의 징조다. 내가 그 징조의 의미까지 안다면 얼마나 좋겠냐만! 너희는 무엇을 알고 있지? 어찌 됐건 황홀하구나! 우주는 보잘것없는 우리 인간들이 상상하는 것보다 훨씬 더 복잡해. 우리의 길에는 끝이 없어!"

라피는 두 손을 비비며 창에서 등을 돌리고 새로운 통로로 들어갔다. 샤에와 나탕은 조금 얼떨떨한 상태로 그 뒤를 따라갔다.

라피가 찾는 문은 집의 4층에 있었지만 라피는 그 문에 닿기 전에 다른 다섯 개 문의 빗장을 풀어달라고 샤에에게 청했다. 나탕이 놀란 얼굴을 하자 라피는 자세히 설명했다.

"나 외에는 이 문들의 존재를 아는 사람이 없다. 그러니 너희는 안심해도 좋아. 옹쥐도, 코지스트가 부리는 군인들도 이 문들은 쓸 수 없을 게다."

"걱정이 돼서 그러는 게 아니에요. 전 다만 이 문들이 어디로 통하는지 알고 싶어요. 행여 우리가 집 안으로 피신한다면 이 문들을 쓰게 될지도 모르잖아요."

나탕이 말했다.

"그런 일은 있을 성싶지 않구나. 이 문들은 파리에서 수천 킬로미터 떨어진 장소들로 통하지. 예를 들어 여기의 문은 루마니아의 수도 부쿠레슈티에서 50킬로미터 떨어진 숲 속에 폐허로 버려진 예배당으로 통해. 지금 이 문을 통과해봤자 나중에 다시 문을 찾을 방법은 없을 게다. 게다가 나 역시 쓸 일은 없을 것 같구나."

"그런데 왜 빗장을 풀어요?"

"우리 앞에 그려지는 어떤 미래들에는 이 문들이 등장하거든. 내일이면 사라질 밑그림들처럼 있을 법하지 않은 미래지만 난 위험을 조금도 무릅쓰고 싶지 않구나. 나를 믿어다오."

샤에는 그들의 안내인을 유심히 지켜보았다. 라피는 그들에게 전부 다 털어놓지 않았다. 그 점은 명백했다. 제대로 설명하기에는 시간이 부족해서였을까, 아니면…… 아니야! 라피는 자신들을 몇 번이나 구해주지 않았던가. 그의 정직을 의심한다는 건 말도 안 된다!

"갈까?"

라피가 물었다.

"가요."

샤에가 대꾸했다.

샤에는 지나가며 문짝을 손끝으로 쓸어보았다. 문 너머의 정경이 눈앞에 띠올랐다. 달빛 아래 빛나는 무너진 벽, 벌레 먹은 나무 십자가, 십자형 예배당의 좌우로 보이는 잔해, 그리고 저 멀리에는 음침한 숲 기슭……

안도의 한숨이 나왔다.

샤에가 빗장을 풀자 라피는 파리로 통하는 문의 손잡이를 잡았다.

"잘 가거라, 내 친구들. 너희를 기다리고 있는 것이 무엇인지 일러주고 싶다만 나도 모른단다. 미래를 분별하기에는 우리의 현재에 수많은 미지의 지표가 뒤죽박죽 얽혀 있구나. 어쩌면 그게 내 혜안이 예전만 못하다는 신호일지도 모르겠다. 우선 코지스트들을 설득하는 데 힘쓰려무나. 그들은 로트르를 막을 순 없지만 놈의 폭력적인 수탈을 제한할 수는 있어. 옹쥐를 경계해라. 에크테르에 가까이 가서는 안 된다. 그리고 살아가면서 미소를 잃어서는 안 된다. 나도 마음은 항상 너희와 함께 있단다."

라피는 나탕과 포옹을 하고 샤에에게는 고개를 숙이고 천천히 문을 열었다. 비와 안개 냄새가 집 안에 엄습했고 세찬 바람이 그들 사이로 지나갔다.

나탕과 샤에는 문지방을 넘었다.

등 뒤에서 닫힌 문은 금세 희미해지며 파르스름한 빛의 테두리밖에 남지 않았다. 일곱 파미유의 일원들만이 볼 수 있는 빛이었다.

그들은 쓰레기봉투와 종이 상자가 혼잡하게 쌓여 있는 어둠침침한 골목길에 서 있었다. 사나운 광풍이 몰고 온 차갑고 빽빽한 빗줄기가 사선으로 마구 떨어졌다. 가로등 불빛은 희미한 후광에 지나지 않아 땅바닥까지 채 닿지도 않았다.

샤에는 추위에 떨다가 문득 그 자리에서 굳어졌다.

"들려?"

나탕은 고개를 저었다. 그는 샤에만큼 예리한 청력을 지니지 않았다. 가까운 대로에서 차들이 지나가는 소리, 골목길을 따라 주차된 자동차에 부딪히는 빗소리밖에 들리지 않았다. 하지만 나탕도 샤에가 그 소리들을 두고 한 말이 아닌 것쯤은 알고 있었다.

"아니. 무슨 소리가……"

"쉿!"

샤에는 아무도 없는 마당 입구에 만들어진 검은 우물을 향해 팔
을 뻗었다.

"들어봐."

샤에가 속삭였다. 바로 그 순간 개 짖는 소리가 울렸다. 힘찬 울음
소리. 야성의 소리. 수많은 소리 중에서도 구분할 수 있는 그 소리.

"그륑이다! 사자의 개들이야!"

나탕이 외쳤다.

두 사람이 불안한 눈길을 주고받을 때 그륑의 울음소리 사이에서
어떤 소리가 들렸다.

도와달라는 외침이었다.

9

　나탕과 샤에는 고민할 틈도 없이 박차고 달려 나갔다.

　두 사람은 골목길을 지나 현관 아래로 들어갔다. 그곳에서 나탕은 어둠에 눈이 익숙해질 때까지 잠시 뜸을 들였다.

　반면 샤에는 속도를 더 냈다.

　그녀의 눈이 변했다. 밤 사냥에 적합한 노란 눈의 동공은 주위의 아주 사소한 것까지 어렵잖게 파악할 수 있었다.

　한 남자가 코너에 몰려 있었다. 지팡이를 임시방패 삼아 휘두르고 있는 그 남자는 다섯 마리의 그륑을 상대하는 중이었다. 그륑은 키가 1미터쯤 되는 개와 비슷한데 불그스름한 털가죽과 무시무시한 송곳니가 번득이는 아가리를 가지고 있었다. 이제 곧 남자는 갈가리 찢겨 죽을 찰나였다.

　샤에가 으르렁대며 앞으로 튀어나가는 동시에 변신했다.

표범으로 바뀐 샤에는 그륑 한 마리의 등짝에 떨어져 사나운 발
길질로 놈의 목뼈를 부러뜨린 다음 다시 앞으로 뛰어 올라 남자 앞
을 가로막고 섰다. 그때 다른 한 마리가 공격에 돌입했다. 사자의
개는 거칠게 으르렁댔지만 샤에의 발톱이 가슴팍을 후려치자 이내
고통으로 신음했다. 비틀거리는 놈에게 샤에는 한 번 더 충격을 가
했다. 세 번째 그륑이 쓰러지자 찢어진 목덜미에서 피가 샘처럼 콸
콸 솟아나왔다. 샤에는 육중한 몸집을 추스르며 싸움을 이어나가
려다가…… 차분해졌다.

살아 있는 그륑은 없었다. 나탕의 검 마사무네가 등장한 것이다.

나탕은 자신이 쓰러뜨린 두 마리 그륑 중 하나의 털가죽에 날을
닦고는 검을 도로 칼집에 넣었다.

표범의 실루엣이 흔들리는가 싶더니 샤에가 나타났다. 그녀는
남자를 돌아보았다. 지팡이를 여전히 앞으로 뻗고 있던 남자가 바
닥에 주저앉았다. 부상을 입은 것 같지는 않았지만 조금 전의 습격
으로 충격받은 티가 역력했다.

“무, 무슨…… 무슨 일이 일어난 거죠?”

남자가 더듬거렸다. 나탕이 그에게 다가갔다.

“이제 안전합니다.”

“그…… 그것들은 도망갔나요?”

“아뇨, 죽었습니다.”

“죽었어요? 정말 고맙습니다. 여러분이 도와주시지 않았다면 그
놈들이 날 죽였을 거예요.”

남자는 잠시 사이를 두었다가 다시 절박한 목소리로 말했다.

"그것들의 털이 무슨 색이었는지 알려주실 수 있나요?"

나탕과 샤에는 영문을 몰랐다. 어째서 이자는 사자의 개가 무슨 색인지에 관심을 보이는 걸까? 어째서 자기 눈으로 직접 확인해보지 않는 걸까? 무엇보다, 왜 샤에의 변신을 보고서도 동요하지 않는 걸까?

두 사람은 남자의 검정색 선글라스와 지팡이를 보고 깨달았다. 낯모르는 이 젊은 남자는 맹인이었던 것이다.

"털 말입니다! 그놈들 털이 무슨 색이었나요?"

"왜 그걸 궁금해하십니까?"

나탕이 신중하게 물었다. 남자의 표정이 일그러졌다.

"제발 부탁입니다! 중요한 문제예요."

"붉은색이었어요."

샤에가 말했다.

"오, 안 돼!"

낯선 이의 입에서 새어 나온 탄식에는 섬뜩한 불안이 서려 있었다.

"여기 있으면 안 됩니다." 나탕이 결단을 내렸다. "다른 개들이 또 올지 몰라요. 걷는 걸 도와드릴까요?"

"아뇨, 감사합니다. 시력은 형편없지만 움직이지 않거나 천천히 이동하는 물체를 분별할 정도는 됩니다."

"저를 따라오세요."

나탕은 샤에가 경고의 눈빛을 보내는 것도 모른 채 현관으로 걸어갔다.

그들이 골목길과 희미한 가로등 불빛 아래로 돌아갔을 때 그륑

과 싸우는 동안 한층 더 세차게 내리꽂히던 빗줄기가 그쳤다. 첫
번째 눈송이가 그들 앞에서 춤을 추었다. 눈송이는 축축한 땅에 닿
자마자 녹았지만 이미 어둠은 하얗고 차가운 베일을 둘러싸고 있
었다.

눈이었다.

나탕은 행복한 기운이 등줄기를 타고 내려가는 것을 느꼈다.

비록 이제 그의 머릿속에서 눈은 부모님의 죽음과 필연적으로
연결되어 있었지만 그는 여전히 눈에 대한 강한 애정을 품고 있었
다. 어린 시절, 눈은 고독이 헤집어놓은 상처를 감싸주었고 그의
상상력을 살찌웠으며 감동과 평온을 안겨주었다. 기원을 알 수 없
지만 분명히 알 수 있는 어떤 힘으로, 그는 눈과 이어져 있었다. 아
주 강력한 힘으로.

나탕은 자기 옆에서 걷고 있는 남자에게 눈길을 돌렸다.

남자는 맹인인데도 지팡이 끝으로 보도를 툭툭 쳐가면서 잘 걸
어갔다. 그는 청력을 최대한 곤두세우려는 듯 고개를 앞으로 구부
정하니 빼고 있었다.

샤에도 듣고 있었다. 그녀의 모든 감각으로. 그토록 오랜 세월
두려워하던 변신 능력을 자유자재로 구사할 수 있게 된 후부터 샤
에는 인간보다 훨씬 우월한 지각 능력을 갖게 되었다. 이제는 이
기막힌 능력의 일부가 그녀 안에 각인되어 어떤 모습으로 변신하
느냐에 상관없이 언제든 발휘될 수 있었다.

그래서 샤에는 귀를 기울였다. 혹시나 그륑들이 나타날지 몰라
신경을 곤두세우기도 했지만 그들이 지금 막 구한 이 남자가 발산

하는 파장 또한 분석하고 싶었다.

그리고 샤에의 동물적 본능은 이 남자를 조심하라고 일러주고 있었다.

눈은 펑펑 쏟아졌고 조금씩 보도가 흰색으로 변해갔다. 샤에는 오한이 났다. 나탕은 성큼성큼 걸어가고 있었다. 도대체 어디로 가는 거지? 샤에가 나탕을 소리쳐 부르려는데 마침 그가 불빛이 비치는 카페 앞에 멈춰 섰다.

"이리로 들어가죠. 따뜻한 음료 한 잔씩 마시자고요."

낯선 남자는 망설이는 듯했다.

"그리고 당신에게 물어볼 것도 있습니다."

나탕이 남자에게 말했다.

축축하게 젖은 윗옷들을 옷걸이에 걸고 나서 그들은 구석에 동떨어져 있는 탁자에 둘러앉았다. 나탕이 생각을 정리하고 막 입을 열려는 찰나, 낯선 이가 먼저 말을 꺼냈다.

"무례하게 보일 수도 있습니다만, 두 분 성함을 알아야겠습니다."

나탕은 굳어졌다.

"왜요?"

남자는 아주 잠깐 주저하는가 싶더니 이내 말을 꺼냈다.

"저는 특정한 소년 한 명과 소녀 한 명을 찾고 있죠. 그 사람들이 여러분일 것 같기는 하지만 그래도 확실히 해두고 싶습니다."

“어떻게 당신이……”

나탕이 말을 꺼냈다. 샤에는 손짓으로 그 말을 막았다. 샤에는 남자에게서 눈을 떼지 않았다. 밝은 곳에 들어와서 보니 남자는 아까보다 훨씬 젊어 보였고 기껏해야 스무 살이 넘지 않았을 것 같았다. 가무잡잡한 피부, 갈색 곱슬머리의 청년은 묘한 매력을 풍겼고 스크린처럼 검은 선글라스가 그런 분위기를 한층 더해주었다. 샤에는 문득 이 사람은 전혀 위험하지 않을 거라는 확신이 들었다.

“나탕과 샤에예요.”

청년은 고맙다는 뜻으로 완벽하게 고른 치열을 드러내며 환하게 웃었다.

“기다렸어요. 내 이름은 에밀리아노. 나는 기드입니다.”

10

"당신은 라피를 알아요?"

나탕과 샤에의 입에서 동시에 질문이 튀어나왔다. 에밀리아노는 놀란 표정을 지었다.

"라피? 아뇨, 모르겠네요. 그 사람이 누구죠?"

"기드예요. 당신과 같은."

나탕이 설명했다. 에밀리아노는 잠시 생각에 잠겼다가 이내 입을 열었다.

"반가운 소식이군요. 우리 기드들은 극소수밖에 남지 않았으니까요."

"라피는 자신이 최후의 기드라고 생각했죠."

"잘못 생각했군요. 내가 알기로는 네 명의 기드가 남아 있습니다. 이제 곧 나머지 셋을 만날 겁니다. 그 라피라는 사람은 어디 살기에 그렇게 사정을 잘 모릅니까?"

나탕이 대답하기 전에 샤에가 끼어들었다.

"우리에게 뭘 알리고 싶었던 거죠?"

"로트르의 힘이 하루가 다르게 커지고 있어요. 당신들은 그의 포스 자알라브를 제거하는 데 성공했죠. 하지만 옹쥐와 에크테르는 자알라브보다 백배 더 강합니다. 당신들만으로는 승산이 없어요. 코지스트들을 설득해서 도움을 받아야 합니다."

나탕과 샤에는 서로 날 선 눈길을 주고받았다. 라피도 그들에게 똑같은 당부를 했었다.

"당신이 그걸 어떻게 알죠?"

나탕이 물었다.

"어떻게 알다니, 뭘 말입니까?"

"우리가 자알라브와 싸워서 이겼다는 걸 어떻게 알았습니까?"

에밀리아노가 선글라스 알을 어루만지는 동안 그의 입가에 서글 픈 미소가 떠올랐다.

"기드들은 다른 사람들이 보지 못하는 것을 볼 수 있죠. 눈으로 본 것만 곧이곧대로 믿는다면 어리석은 일이 되고 말 겁니다. 나는 오래전에 시력을 잃었지만 그 덕분에 능력은 더 커졌습니다. 당신들이 무슨 일을 했는가는 그 일이 이루어지던 때부터 알고 있었죠. 당신들이 언제 어디서 나타날지도 알고 있었고요."

"그럼 그뢩들은?"

"로트르의 힘이 커졌다고 말했잖습니까. 로트르도 당신들을 감지하고 있어요. 늘 감지하고 있었고요. 이제 당신들에게 남은 시간은 얼마 없습니다. 그뢩들도 나처럼 당신들을 기다리고 있었던 거예요. 서둘러야 합니다. 코지스트들에게 알려요.”

“라피도 똑같은 말을 했어요.”

나탕이 지적했다.

“그 사람 말이 옳아요. 지금 그 사람은 어디 있죠?”

“코지스트들은 우리를 죽이기로 작정했는데요.”

샤에가 끼어들었다.

“어떻게 그들을 설득해서 로트르의 위험을 알리죠?”

“앙통은 나탕의 할아버지잖아요. 그러니 앙통도 나탕의 말은 들을 겁니다.”

나탕과 샤에가 서로 시선을 주고받았다. 에밀리아노는 그들을 도와준 적이 없었다. 이 젊은 기드는 그동안 나타나지 않고 무얼 하고 있었던 것일까? 부실하다고 해도 좋을 체격, 평범한 옷차림의 청년은 존재감이 약한 인상이었지만 자꾸 신경이 쓰이고 주의를 쏠게 되는 기묘한 에너지를 풍겼다.

“두 사람은 내가 크게 도움이 되지 못한다고 생각할 겁니다. 그리고 사실 로트르와의 대결은 당신들의 소관이죠. 그래도 나는 당신들을 지원할 수 있습니다.”

남자는 나탕과 샤에가 주고받은 눈길의 의미를 훤히 꿰뚫어보듯이 말했다. 그러고는 주머니에서 지갑을 꺼내 탁자에 내려놓았다.

“여기 돈이 있습니다. 여러분은 돈이 필요해요. 두 사람이 올 걸 알고 호텔에 방도 잡아두었습니다. 지갑 속 명함에 호텔 주소가 적혀 있고 방값은 일주일치 선불로 치러두었죠. 그리고 당신들 이름은 콜랭과 리자 브랄리입니다. 오빠와 동생 사이라고 했어요.”

"일주일이요? 왜 그렇게나?"

나탕이 깜짝 놀라 물었다.

"앙통을 설득하는 일이 길어질지도 모르고 당분간은 코지스트도 적이라는 사실을 잊으면 안 되니까요. 처음에는 전화로 접촉을 취하는 게 좋을 겁니다. 앙통의 전화번호도 지갑 안에 들어 있어요."

그때 종업원이 다가와 주문을 받았다. 에밀리아노는 종업원이 저만치 물러나기를 기다렸다가 말을 이었다.

"파리로 오는 데 사용한 문은 어디 있죠?"

"당신은 그 문을 몰라요?"

샤에가 놀라서 물었다.

"몰라요. 그 문은 모릅니다."

"그런데 어떻게 우리를 어디서 기다려야 하는지 알 수 있었나요?"

에밀리아노는 샤에를 돌아보았다. 지금까지 그는 나탕과 샤에 중에 딱히 어느 한 사람을 바라보지 않고 애매한 시선으로 이야기해 왔다. 그런데 샤에는 이제 그가 자기를 쏘아보고 있다는 느낌이 들었다. 그의 눈은 선글라스 렌즈에 가려 보이지 않았지만 샤에의 영혼 밑바닥까지 읽어내는 것 같았다.

"나를 경계하는군요, 그렇죠?"

사실은 그보다 복잡했지만 샤에는 사실을 분석하거나 밝힐 겨를이 없었고 그럴 마음도 들지 않았다.

"네."

나탕이 흠칫했다. 샤에에겐 최소한의 타협도 불가능한 걸까?

"그게 정상일 겁니다. 당신들의 안전에도 좋은 일이고요. 그렇지만 내가 같은 편이라는 건 알아줘요. 옹쥐와 에크테르의 힘은 엄청나죠. 그들에겐 인간을 농락해서 서로 맹세를 저버리고 배신하게 만드는 힘이 있어요. 하지만 그 사악한 힘이 기드에게는 통하지 않아요.”

에밀리아노는 자신 있는 동작으로 종업원이 그의 앞에 놓고 간 커피 잔을 들어 단숨에 들이켜고 자리에서 일어났다.

“어떻게 생각하든 간에 당신들은 혼자가 아니에요. 내가 마음으로 함께할 겁니다. 성공을 빕니다.”

그는 어렵잖게 테이블 사이를 지나 옷걸이로 다가갔다. 그곳에서 잠깐 주저하더니 옷가지를 더듬더듬 만져보고 자기 것을 찾아냈다. 나탕이 도와주려고 했지만 에밀리아노는 이미 자기 외투를 찾아서 걸치고 있었다.

그는 돌아보지도 않고 카페를 나갔다.

나탕은 지갑에 든 돈의 액수를 보고 휘파람을 불었다. 그는 샤에를 돌아보았다.

“정말로 그 사람을 경계하는 거야?”

“모르겠어. 우리가 도착할 곳에서 시간 맞춰 기다리고 있었던 것도 그렇고, 그륌들의 공격을 받았지만 아무 해도 입지 않고 있었다는 것도 그렇고…… 수상해.”

“라피도 때맞춰 우리가 있는 장소에 몇 번이나 나타났었잖아.”

"그거랑은 달라. 라피는 평화의 사람이야. 그의 몸짓, 말, 결심을 보면 알잖아. 그런데 에밀리아노는……"

"에밀리아노는?"

"그는…… 위험한 느낌이 들어."

나탕은 의자에 조심스레 기대어놓은 검의 비단 칼집을 손끝으로 어루만졌다.

"샤에, 우리도 마찬가지인걸. 아마 에밀리아노보다 우리가 더하겠지. 그리고 모든 기드들이 라피 같지는 않을 거야."

샤에가 고개를 주억거렸다.

"네 말이 맞아. 그럼 이제 우린 어떻게 하지?"

"에밀리아노가 말해준 호텔에 가서 우리 할아버지에게 전화를 걸어야지."

"그럼 옹쥐는? 우리가 옹쥐를 맡아야 하는 거 아냐?"

"그 문제에 대해서는 라피가 명확하게 말했다고 생각해. 옹쥐 쪽에서 우리를 찾아낼 거야."

11

  그들은 카페를 나와 자동차, 보도, 차도에 소복하게 쌓인 눈을 보고 감짝 놀랐다. 차량들은 이미 깊게 파인 바퀴 자국을 따라 느리게 서행하고 있었고 자칫하면 도로가 주차장으로 변할 상황이었다.

  기온도 뚝 떨어져서 나탕은 얼굴을 매섭게 때리는 칼바람에 일순간 몬트리올로 돌아온 기분이 들었다.

  "이렇게 눈이 많이 오는 건 처음 봐. 캐나다에서도 못 봤어."

  나탕이 말했다.

  "라피는 옹쥐가 폭풍을 다스리는 자라고 했어. 이 일도 옹쥐의 소행이라고 생각해?"

  샤에가 눈더미에 막혀 통행이 차단된 대로를 가리키며 말했다.

  "옹쥐가 지진을 일으키고 강물을 범람시키거나 해일을 일으킬 수 있다면 눈을 부르는 것도 식은 죽 먹기겠지."

두 사람은 발목까지 푹푹 빠지는 눈을 밟고 지하철 입구의 파리 시 안내 게시판으로 걸어갔다.

"우리 호텔은 어디 있지?"

나탕이 위치를 파악하는 동안 샤에가 물었다.

"별로 멀지 않아. 걸어서도 갈 수 있지만 이 추위를 뚫고 가기에는 옷차림이 너무 허술해. 지하철을 타자."

그것이 실수였다.

저녁 6시였다. 안 그래도 항상 붐비는 시각인데 눈 때문에 자가용을 이용할 수 없는 파리 시민들이 지하철을 타려고 한꺼번에 들이닥쳤던 것이다. 지하도의 쪽문은 열린 상태로 고정되어 있었지만 숨도 못 쉴 만큼 사람들로 꽉 막혀 아비규환이 따로 없었다.

샤에는 금세 기분이 불편해졌다.

그녀는 다른 사람과 몸이 닿는 것을 참지 못했다. 갇혀 있는 상태도 견딜 수 없었다. 누구에게나 불편한 상황이었지만 특히 샤에에게는 지옥이나 다름없었다.

"난 나가야겠어."

샤에가 거칠게 숨을 쉬며 말했다.

나탕이 주위를 돌아보았다. 인파에 떠밀려 그들은 한 방향으로 이동할 수밖에 없었다. 반대 방향으로 뚫고 나가기란 불가능했다. 나탕은 이런 문제를 예상하지 못했던 자신을 저주하며 말했다.

"조금만 버텨봐. 사정이 되는 대로 나가자."

플랫폼으로 밀려드는 인파가 너무 빽빽해서 꼼짝도 할 수 없었다. 숨도 못 쉬게 더웠고 지독한 냄새가 풍겼다. 창백해진 샤에는 불안을 다스리기 위해 죽을힘을 다했다. 일단 소리를 지르기 시작하면 그 무엇으로도 자신을 막을 수 없을 것임을 알고 있었다.

지하철이 우레와 같은 소리와 함께 나타났을 때 샤에는 무너지기 일보 직전이었다. 문이 열리자 사람들이 밀물처럼 안으로 파고들었다. 나탕은 샤에 옆을 지키느라 온 정신을 집중했다. 열차가 흔들리자 그는 앞으로의 상황이 좋지 않을 것을 예감했다.

여유 공간은 1센티미터밖에 없었다. 서로 어깨가 맞닿거나 모르는 사람의 머리칼에 얼굴을 처박기 일쑤였으며 발을 밟히거나 옆구리에 무언가가 부딪히곤 했다. 승객들은 가축과도 같은 상태로 전락하고도 체념한 채 숨을 참았다.

샤에는 벽면에 등을 대고 눈을 감았다. 이제 숨결은 쉭쉭 소리가 날 정도로 거칠어졌고 식은땀이 이마에 방울졌다. 나탕은 힘을 써 한 손으로 샤에의 얼굴을 이리저리 막아가며 자기 몸으로 그녀를 보호해주었다.

"잘 버텨. 버텨야 해."

나탕은 샤에의 사소한 반응 하나하나를 지켜보며 계속 당부했다.

샤에에겐 눈앞의 현실이 붉은 안개를 뒤집어쓴 것처럼 보였다. 그녀는 젖먹던 힘을 다 짜내 나탕의 목소리에 매달렸다.

지하철은 전속력으로 달렸다. 열차는 커브를 돌며 살짝 덜컹거렸을 뿐이었지만 콩나물시루처럼 승객들로 미어터지는 객차 안에서 그 반향은 엄청났다. 나탕과 붙어 있고 샤에와도 가까이 서 있던 남자가 차가 흔들리는 바람에 손잡이를 잡으려고 두 사람 사이로 팔을 뻗었다. 그때 남자의 손가락이 샤에의 가슴을 스쳤다.

"건드리지 마!"

샤에가 고함을 질렀다.

나탕은 그녀의 입술 아래 튀어나온 위협적인 송곳니를 보고는 질겁했다. 그녀의 눈이 길게 늘어지더니 노란색으로 변하고 동공이 확장되었다. 손에서 시커먼 동물의 털이 돋아났다.

나탕은 그녀에게 달라붙어 움직이지 못하게 꽉 껴안았다. 그리고는 귓속말을 했다.

"샤에, 제발 부탁이야. 버텨야 해!"

"만지지 말라니까!"

샤에가 내뱉었다. 나탕은 그녀의 손가락이 발톱으로 변해 그의 옷을 종잇장처럼 가르고 옆구리에 불처럼 뜨거운 상처를 입히는 것을 느꼈다.

"그만둬. 그만둬, 샤에, 나 아파!"

분노와 공포로 일그러진 샤에의 얼굴은 순식간에 차분해졌다. 송곳니가 사라졌고 눈빛도 다시 검은색으로 돌아왔다. 그녀는 공기를 들이마시려고 고개를 쳐들었다.

나탕은 근육에 힘을 주어 등 뒤에 들러붙은 인파를 밀어내고 샤에의 주위에 약간의 공간을 만들었다. 협소한 공간이지만 샤에가 감정을 수습하기에는 충분했다. 샤에가 나탕의 눈을 똑바로 바라보았다.

"난 여기서 나가야겠어."

샤에가 더듬거렸다.

그 순간, 지하철이 속도를 늦추더니 정차했다.

문이 열렸다.

나탕은 파고들었다. 사람들을 밀치는 것도 아랑곳하지 않고 샤에가 플랫폼까지 걸어갈 수 있도록 길을 냈다.

플랫폼에도 열차 안과 다를 바 없이 인파가 밀려들었다.

"내 옆에 있어야 해. 나가자."

나탕이 샤에를 이끌며 말했다. 그는 코지스트였다. 어린 시절에도 그랬고 청소년기에도 그랬고 그는 자신이 지닌 남다른 신체 능력 탓에 이목을 끌까 봐 늘 조심해왔다. 하지만 더 이상 그럴 때가 아니었다.

그는 팔꿈치, 이따금 주먹까지 써서 저항하는 사람은 누구든 가차 없이 밀쳐내며 쇄빙선처럼 인파를 가르고 길을 텄다.

사람들이 몇 번이나 고통의 비명과 저주 섞인 욕설을 퍼부었지만 나탕은 조금도 신경 쓰지 않았다. 마침내 밖으로 나가는 에스컬레이터에 다다랐다. 샤에는 그를 악착같이 따라다녔다.

바깥으로 나오자 샤에는 잠시 비틀거리더니 고개를 들어 밤하늘과 함박눈을 올려다보았다. 그녀는 그렇게 한참이나 서 있다가 나탕을 돌아보았다.

"미안해. 내가…… 널 다치게 한 거야?"

샤에는 크게 찢어진 나탕의 겉옷을 가리키며 말했다.

"그냥 긁힌 정도야. 우리 계속 걸어서 가자. 괜찮지?"

나탕은 샤에를 안심시켰다. 그는 지하철 입구의 안내 게시판을 보고 방향을 잡아 샤에와 나란히 걷기 시작했다.

서로 몸이 닿지 않게.

12

두 사람은 눈에 젖은 동태 꼴로 호텔에 도착했다.

"날씨가 참 굉장하지요? 텔레비전에서 그러는데 1947년 이래로 최대의 폭설이래요!"

호텔 프런트 종업원이 호들갑을 떨었다.

"정말 굉장하네요. 콜랭과 리자 브랄리 앞으로 예약된 방 있죠?"

나탕이 말했다.

종업원은 컴퓨터 모니터를 확인해보더니 그렇다고 대답했다.

"네, 그렇습니다. 511호. 특수한 방이지만 아주 좋은 곳이죠. 객실료 선불 확인되었습니다."

"특수하다니요? 무슨 뜻인지?"

프런트 직원이 너털웃음을 터뜨렸다.

"안심하세요, 걱정하실 필요는 조금도 없으니까요. 이 호텔은 아주 유서가 깊죠. 그래서 오랜 세월에 걸쳐 다소 마구잡이로 증축이 되었답니다. 511호는 꼭대기 층에 있습니다. 그래서 파리 시내 전망을 끝내주게 감상할 수 있고 저층에 비해 굉장히 조용하답니다. 그 방이 특수한 이유가 그거죠. 엘리베이터가 바로 그 층까지 올라가지는 않는다는 단점이 있지만요. 그 점은 죄송합니다. 짐은 없으십니까?”

“짐이 공항에 도착하지 않아서요. 내일 찾으러 가볼 겁니다.”

나탕은 거짓말을 했다.

호텔 직원은 대중교통은 믿을 수 없다는 둥 그렇고 그런 얘기를 주절거리다가 그들에게 열쇠를 건넸다. 직원의 말은 사실이었다. 그들은 방에 가기 위해 해괴하고 놀라운 계단들을 잔뜩 지나 이리저리 뒤틀린 복도를 걸어야 했다.

“우리가 호텔 방을 같이 쓰는 것도 두 번째구나. 나중에는 평생 같이 산 노부부처럼 되어버리겠는걸.”

나탕이 문을 열며 한마디 했다.

샤에는 움찔했지만 나탕이 해맑은 미소를 지어 보이자 어색함이 금세 사라졌다.

방은 작지만 아늑했고 프런트 직원의 말대로 파리를 바라보는 전망이 끝내줬다. 파리의 지붕들을 굽어볼 수 있는 두 개의 창문이 있었고 세 번째 창은 눈 덮인 작은 테라스로 이어졌다. 나탕과 샤에는 겉옷과 풀오버와 신발을 벗어서 물기를 말리기 위해 라디에이터에 널었다. 두 사람은 잠시 잠시 망설이다가 축축한 바지도 벗었다.

"지금 할아버지에게 전화할 거야?"

샤에가 물었다. 나탕이 인상을 썼다.

"바보 같지만 옷이 마를 때까지는 기다리고 싶은데. 팬티 바람으로 전화하긴 좀 그래. 할아버지가 날 보고 있는 것 같아서 괜히 반응을 상상하며 당황하게 될 것 같아."

샤에가 웃으면서 고개를 끄덕였다.

"그래도 할아버지에게 전화하기 전에 턱시도를 빼입지 않아도 되니 다행이네! 그래, 할아버지에 대한 두려움이 사라지길 기다리는 동안 난 샤워나 해야겠다."

샤에는 욕실로 들어갔고 그제야 나탕은 한숨을 쉬었다. 사실 옷을 입었든 벗었든 앙통 할아버지에게 전화를 거는 것과는 아무 상관 없었다. 하지만 그는 알고 있었다. 샤에가 옆에서 그들의 통화를 듣기 원하지만 샤에가 옆에 있으면 자신이 심란해지리라는 것을.

샤에가 욕실에서 나오자 나탕이 바로 들어갔다. 나탕까지 샤워를 마쳤을 때는 옷이 어느 정도 말라서 다시 입을 수 있었다.

나탕은 자신의 손짓이 좀 더 결연했으면 좋겠다고 생각하며 에밀리아노가 알려준 전화번호를 눌렀다. 그리고 신호가 스무 번쯤 갈 때까지 계속 기다렸다.

아무도 전화를 받지 않았다.

"안 계신가 봐."

샤에가 넌지시 말해보았다.

"응. 아마 그렇겠지. 밥이나 먹으러 가자. 식사 후에 한 번 더 걸어봐야지. 그때도 안 받으면 내일 또 걸면 되고."

나탕은 샤에를 데리고 파리의 거리로 나가 식당을 찾을 요량이었다. 파리에 도착한 후부터 계속 쌓인 긴장을 풀기에는 그게 좋을 것 같다고 생각했기 때문이다. 하지만 아까보다 눈발이 더 거세졌기 때문에 그 계획은 접어야 했다. 이제 거리를 지나가는 차는 단 한 대도 없었고 보도에는 눈이 20센티미터도 넘게 쌓여 있었다.

"시베리아에 온 것 같군요! 늑대들만 있으면 되겠네요. 더 끔찍한 문제는 일기예보에서 며칠 내로 상황이 나아질 거라는 말도 없다는 거죠."

프런트 직원이 말했다.

나탕과 샤에는 호텔 식당으로 발길을 돌려야 했다.

놀랍게도 그들이 주문한 세 가지 치즈를 넣은 칼조네는 매우 맛있었다. 나탕이 이탈리아에 살 때 즐겨 먹었던 피자와 비교해도 절대 뒤지지 않는 맛이었다.

"언제나 전부 끝날까?"

나탕이 샤에에게 음료를 한 잔 따라주며 물었다.

"피자 말이야?"

샤에의 대답에 나탕은 웃었다.

"아니, 로트르, 코지스트, 파미유에 얽힌 이 모든 일들이……"

"그게 뭐?"

"넌 어떻게 할 생각이야?"

샤에는 잠시 생각에 잠겼다.

"전혀 모르겠어. 내 삶은 적잖이 혼란스러워졌지. 어떤 일들은 너무 빨리 닥쳐서…… 대답하기가 힘들어."

"그래도 해봐."

"그래, 좋아. 네가 한 달 전에 이런 질문을 했다면 아무것도 모르겠다고 대답했겠지. 아니, 이건 거짓말이야."

샤에는 소리 내어 웃고는 다시 말했다.

"널 밀쳐내면서 네 일에나 신경 쓰라고 했겠지!"

나탕의 웃음소리도 가세했다.

"그래, 아직도 그럴 거야?"

샤에가 진지해졌다.

"한 달 전의 나는 후견인들과 이별하고 내가 살던 숨 막히는 집에서 나올 생각밖에 없었어. 선생님들은 지옥에나 가버리라고 하고 난 스쿠터를 타고 비트롤에서 최대한 멀리 떠나는 게 꿈이었어. 그 밖에는 크게 바라는 게 없었지."

"그런데 지금은?"

"지금은 달라. 모든 게 변했어. 내 미래를 집어삼키던 쇼즈는 사라졌고……"

"그리고?"

샤에는 동요했다. 작은 몸짓으로 고개를 숙이자 길고 검은 머리채가 떨어져 얼굴을 가렸다.

그녀는 결심한 듯 다시 고개를 들고 검은 눈동자로 나탕의 눈을 바라보았다. 그러고는 감정에 벅차 작게 떨리는 목소리로 말했다.

"지금은…… 지금은 네가 여기 있지, 나트. 이 일이 모두 끝나면 난 그저 네 곁에 있고 싶어."

　나탕이 샤에의 고백을 되뇌는 동안 고작 1미터 떨어진 곳에서—나탕에게는 1광년은 되는 듯했지만—잠들어 있는 샤에의 평화로운 숨소리가 규칙적으로 들렸다.

　앙통 할아버지는 나탕이 접촉을 취하려 해도 전화를 받지 않았다. 그런데도 그런 일은 아무래도 좋았다.

　지금 당장은 샤에의 고백만이 중요했다.

　'그 애를 절대 의심하지 말거라.'

　라피는 그에게 말했었다.

　나탕은 웃었다.

　의심? 샤에를?

　말도 안 된다. 샤에를 향한 그의 사랑은 변할 수 없었다.

　절대로.

　그리고 언젠가 그는 손을 내밀 것이다.

　언젠가 그녀의 피부를 어루만질 것이다.

　언젠가 두 사람의 입술이……

　고막이 찢어질 듯한 굉음과 함께 세 개의 창문이 박살 났다.

13

방탄조끼를 입은 세 남자가 방으로 침입한 그 순간에 나탕은 서 있었다. 그는 순식간에 그들을 알아보았다. 코지스트 대원들이었다.

나탕은 몸을 틀어 침입자 한 명의 턱 아래에 발차기를 날려 상대를 쓰러뜨렸다. 날아오는 곤봉을 피하면서 검으로 손을 뻗었지만 그때 대원 셋이 더 나타났다. 그중 한 명이 권총을 그에게 겨누고 방아쇠를 당겼다.

작은 화살이 나탕의 쇄골 밑에 꽂혔다. 그는 최면성 물질이 몸속에 퍼지는 것을 느꼈다. 움직임이 둔해지고 비틀거렸다. 그는 슬로 모션처럼 샤에를 향해 고개를 돌렸다. 샤에는 침대에 앉아 자신의 허벅지에 박힌 작은 화살을 황망히 내려다보고 있었다. 그녀가 뒤로 쓰러지는 순간 나탕의 눈이 감겼다. 그는 어둠이 자신을 덮치는 와중에도 생각했다.

‘샤에는 게리쇠르야. 샤에는 이겨낼 수 있어……’

나탕은 쓰러졌다.

“심장이 뛰는지 확인하고 꽁꽁 묶어. 지붕으로 빼내서 그물로 끌고 자동차까지 간다.”

공격을 지휘한 사내가 명령했다.

두 사람이 의식을 잃고 쓰러진 대원을 처리하는 동안 나머지 대원들은 나탕에게 다가가 몸을 숙이고 있었다. 그들이 결박을 마쳤을 때 귀청이 떨어질 듯 우렁찬 울음소리가 뒤에서 일어났다. 그들은 단번에 뒤를 돌아보았다. 최소한 30분은 잠들어 있어야 할 소녀가 사라지고 없었다.

대신 그 자리에는 위협적인 흑표범 한 마리가 귀를 머리에 납작 붙이고 무시무시한 송곳니를 드러내고 있을 뿐이었다. 대원들이 자기 눈으로 본 장면을 받아들이기도 전에 표범은 창문으로 튀어 올랐다. 표범을 가로막으려 했던 대원 하나는 벽에 패대기쳐졌다. 맹수는 어둠 속으로 사라져버렸다.

“젠장! 어떻게 저 짐승이……”

한 남자가 소리쳤다.

“나중에! 소년이나 수습해. 우린 철수한다.”

지휘관이 다급하게 내뱉었다.

“그래도……”

“그래도는 무슨! 실시!”

대원들은 나탕의 어깨와 발목을 잡고 창문으로 넘어갔다.

갑작스러웠던 이 습격은 1분이 채 걸리지 않았다.

나탕은 대원들이 그를 그물에 넣어 도로로 내릴 때까지도 의식이 없었다. 덩치 큰 세 사람이 그를 힘 좋은 SUV 차량에 싣고 나머지 사람들은 다른 차에 탈 때도 마찬가지였다.

눈은 쉬지 않고 내렸다. 자동차들은 도로 아무 데나 버려져 있었고 눈더미가 쌓여 있었다. 제설 작업에 들어갔다고는 하나 겨우 주요한 도로들을 뚫는 정도였다. 그래도 차량이 장비를 잘 갖추고 운전자가 능숙하다면 자동차 이동이 불가능하지는 않았다.

나탕을 태운 차를 포함한 두 대의 사륜구동은 사실상 어려움 없이 내달렸다. 두 자동차는 예정되어 있었던 듯 알마 다리 앞에서 서로 갈라졌다. 한 대는 센 강 부두 쪽으로 향했고, 나탕을 실은 차는 다리를 건넜다.

나탕이 정신을 차린 것은 바로 그때였다. 그의 몸에 주입된 약물은 완벽하게 작용했다. 순간적으로 잠이 들었다가 눈을 떴을 땐 옴짝달싹 못하는 상태가 되어 있었다. 그는 결박을 풀 수 있는지 시험해보았지만 팔다리는 철통같이 묶여 있었다.

"깨어났네."

나탕의 옆자리에 타고 있던 요원이 말했다.

"샤에는 어디 있지?"

나탕이 쏘아붙였다.

"네 여자 친구는 추잡한 표범으로 둔갑해서……"

"닥치지 못해!"

조수석에 앉아 있던 요원이 뒤를 돌아보고 동료를 무섭게 노려보았다.

나탕은 머릿속이 전속력으로 돌아갔다. 샤에는 빠져나가는 데 성공했다. 예상대로 게리쇠르의 능력 덕분에 아무 어려움 없이 마취에서 벗어날 수 있었던 것이다. 나탕은 한결 편하게 숨을 내쉬고 자신의 상황에 집중했다.

그들은 코지스트의 명을 받드는 무리였다. 그들이 갖춘 장비를 보건대 확실했다. 분명 앙통 할아버지의 명령으로 호텔에 쳐들어왔을 것이다. 나탕이 전날부터 접촉을 취하려고 해도 불가능했던 할아버지였다. 그런데 어떻게 할아버지가 그들이 파리에 온 것을 알았을까?

나탕은 정신을 차렸다. 그건 별로 중요하지 않았다. 그는 앙통 할아버지에게 로트르가 의미하는 위험을 알려야 했다. 이렇게 끌려가서 만나는 게 이상적인 절차는 아니겠지만 아예 못 만나는 것보다는 나았다.

나탕은 속으로 중얼거렸다. 이들이 그를 앙통 할아버지에게 끌고 간다고 어떻게 믿을 수 있나?

"어디로 날 끌고 가는 거지?"

앞자리에 앉은 남자가 나탕을 지키는 동료를 쏘아보며 입도 못 열게 했다.

"날 어디로 데려가냐니까!"

나탕은 재차 물었다. 돌아오는 건 침묵뿐이었다.

나탕은 현재 위치를 알아내려고 고개를 돌렸다. 파리의 지리는 잘 몰랐지만 할아버지가 어디에 사는지는 알고 있었다. 거리나 표지판을 알아볼 수 있다면 저들이 그를 어디로 끌고 가는지 짐작할 수 있을지도 몰랐다.

하지만 어둠과 눈 때문에 그러기가 쉽지 않았다. 시야는 거의 확보되지 않았고 큰길들은 다 비슷비슷해 보였다. 나탕은 포기하려는 찰나 무심결에 위를 쳐다보았다. 검은 깃털에 황갈색 줄무늬가 있는 거대한 독수리가 지상에서 2미터 높이로 날며 사륜구동 왼쪽을 지키고 있었다.

샤에!

나탕이 자신을 봐주길 기다렸던 것처럼 맹금은 갑자기 높이 날아오르더니 날갯짓 몇 번으로 자동차를 앞질렀다.

나탕은 길게 뺐던 목을 다시 움츠렸다. 그가 아는 샤에라면 자동차를 따라오는 정도로 만족하지 않을 것이다. 그녀는 지체 없이 행동에 들어갈 것이다.

운전수 입에서 요란한 욕설이 튀어나왔다.

거대한 맹금이 앞 차창으로 급강하했던 것이다. 운전수는 새를 피하려고 죽을힘을 다해 핸들을 꺾었지만 독수리는 훨씬 빠르고 가까웠다.

자동차와 독수리와 부딪히기 직전, 순간적으로 독수리의 윤곽이 흔들리는가 싶더니 거대한 멧돼지가 사륜구동을 들이받았다. 차창은 박살이 났다. 운전수는 거대한 짐승이 자기 가슴팍으로 돌진하자 비명을 질러댔다.

자동차가 선로에서 벗어났다.

앞좌석에 앉은 요원은 냉정을 잃지 않았다. 그는 허리춤에서 권총을 꺼냈고, 거품을 질질 흘리는 성난 흑표범의 얼굴을 마주했다. 그때 짐승의 송곳니가 그의 팔목을 잡아채 권총을 손에서 떨어뜨렸다. 요원은 바로 몸을 빼냈다. 더는 생각할 것도 없이 차 문을 열고 뛰어내렸다. 자동차는 정신없이 계속 내달렸다.

뒷좌석에 있던 유일하게 멀쩡한 요원은 반응이 더 느렸다. 그는 미친 듯이 비명을 질러대다가 겨우 권총의 손잡이를 잡았다. 그의 동작은 끝을 보지 못했다. 나탕이 뒷좌석에서 몸을 틀어 두 발로 그자의 면상을 걷어찼기 때문이다. 요원은 소리 없는 비명과 함께 쓰러졌다.

사륜구동의 질주는 기둥에 부딪히면서 끝났다. 갑자기 튀어나온 한 남자가 그 장면의 유일한 목격자였다. 남자는 두툼한 눈밭을 헤치면서도 어려움 없이 개입하기에 좋은 위치를 차지했다.

그는 무기를 지니고 있었다. 그는 엘리트 사수였고, 사정거리도 완벽했다. 그러나 나탕과 샤에가 밖으로 뛰쳐나오는 순간, 그는 움직일 수 없었다. 심리적인 압박을 견디지 못했던 것이다.

그는 그저 자신을 잊어주기만을 바랐다.

14

나탕은 오래 달리지 않았다.

사륜구동을 버리고 도망친 것은 어리석은 짓이었다. 눈을 아무리 좋아한대도 이건 아니었다. 그는 맨발에 티셔츠와 트렁크 팬티 바람이었다. 5분도 버티지 못할 것 같았다. 샤에 역시 나탕만큼이나 옷차림이 허술했지만 그녀는 변신을 할 수 있었다. 게다가 나탕은 샤에가……

갑자기 나탕이 우뚝 멈춰 섰다.

검.

대원들이 그의 검을 빼앗아갔다. 나탕은 갑자기 힘을 잃고 약해진 기분이 들었다. 당장에라도 병에 걸릴 것 같았다.

"돌아가야 해."

나탕이 외쳤다. 그러고는 샤에가 따라오는지 기다리지도 않고 오던 길을 돌아갔다.

자동차 안의 두 요원들은 여전히 의식불명 상태였다. 샤에가 그들을 보도로 밀어내는 동안 나탕은 자동차 뒤로 갔다.

트렁크에는 호텔에 침입할 때 썼던 장비들이 들어 있었다. 검정색 패딩 잠바도 세 벌 들어 있었다. 그 옷을 들춰보니 나탕의 일본도가 보였다.

나탕이 반가운 마음에 칼을 쥐는 순간, 배 속의 응어리가 마법처럼 사라졌다. 그는 서둘러 샤에에게 달려가 잠바를 한 벌 건네고 운전석에 앉았다.

"세 번째 군인이 저기 있어. 우리를 보고 있지만 끼어들지는 않을 것 같아."

샤에가 알렸다.

"우린 그럴 기회를 주지 않을 거야."

나탕이 액셀을 밟으며 대답했다.

사륜구동이 미끄러지며 넓은 타이어가 눈을 파고들었다. 그들은 빠른 속도로 그 자리를 떴다.

"넌 괜찮아?"

추격자가 더 이상 없다는 것을 확인한 나탕은 샤에에게 물었다.

"네가 저 칼만큼이나 내 상태를 신경을 써주니 기분 좋은걸?"

멈칫한 나탕은 도로에서 시선을 거두어 샤에에게 돌렸다.

"무슨 말이 하고 싶은 거야?"

"됐어, 아무것도 아냐."

"난…… 우리에겐 이 칼이 필요해, 샤에!"

샤에는 잠시 말이 없더니 이내 고개를 끄덕였다.

"분명히 그렇지."

"차를 들이받을 생각을 하다니, 많이 아팠을 텐데."

나탕은 걱정이 되기도 했지만 그들 사이의 긴장을 풀 생각으로 말했다.

"그러기 위해서 멧돼지로 변신했던 거야."

"응?"

"내가 어렸을 때 아빠가 멧돼지와 충돌했던 이야기를 여러 번 해 줬거든. 차는 다 부서졌는데 멧돼지는 꿈쩍도 안 했대. 아빠가 과장이 심했던 것 같아. 앞 차창이 박살 나는 순간 내 갈비뼈 두 개가 부러지는 걸 확실히 느꼈거든. 멧돼지가 튼튼해봤자 한계가 있지. 우리 아빠는 괴상한 이야기를 좋아하는 사람이었어."

나탕은 향수에 젖은 마지막 말에는 반응하지 않고 외쳤다.

"갈비뼈 두 개가 부러졌다고?"

"안심해, 뼈는 도로 붙었어. 이 치유력이 어떻게 작용하는지는 모르지만 확실히 효과가 있네. 변신은 훨씬 더 까다로웠는데."

"변신이?"

"메타모르프의 능력은 내가 생각했던 것보다 복잡하고 까다로워. 표범으로 변신하기는 하루가 다르게 쉬워지는데 다른 동물로의 변신은 힘들어지고 있어."

"하지만 독수리로도 변신했잖아. 바로 조금 전에도……"

"그건 달라." 샤에가 나탕의 말을 끊고 말했다. "하려면 할 수 있지만 엄청난 집중력이 필요해. 몇 주 전까지는 그 정도까지 집중력을 쏟아붓지 않아도 가능했어. 사실은 내 변신 능력이 어느 한 모습, 그러니까 표범의 모습에 한정되어 차츰 다른 모습으로의 변신을 막는 것 같아."

"멧돼지로의 변신은?"

"난 안 될 줄 알았어. 그런 경험을 다시 할 마음은 추호도 없어."

잠시 두 사람은 말이 없었다. 이윽고 샤에는 깊은 상념에서 벗어나기가 힘든지 몸을 부르르 털었다.

"그놈들은 우리가 그 호텔에 있다는 걸 어떻게 알았을까?"

"나도 몰라. 하지만 그들은 나를 할아버지에게 데려가려고 그랬을 거야."

샤에의 얼굴이 어두워졌다.

"내가 방해가 돼버린 거야?"

"아니, 전혀 그렇지 않아. 내가 앙통 할아버지를 만나야 한다지만 손이 꽁꽁 묶인 채 경비병 두 사람에게 끌려가고 싶진 않아. 네가 나선 건 백 번 잘한 일이야."

나탕이 자신의 뜻을 밝히자 미소가 보답으로 돌아왔다.

"우린 어디로 가?"

"이런 행색으로 호텔에 갈 수는 없잖아. 방값이 없는 건 둘째 치고서라도. 차에서 밤을 보낼 수도 있겠지만 불운하게도 네가 앞 차창을 박살 냈기 때문에 시동을 끄면 여긴 냉동고가 돼버릴걸."

"그래서 계속 달려?"

샤에는 사기를 떨어뜨리는 듯한 말투로 말해보았다. 나탕이 운전 계기판을 흘끗 보았다.

“연료는 있지만 눈이 계속 퍼붓는다면 북극곰들이 아니고서야 파리에서 이동하는 건 불가능해.”

그는 사륜구동을 조심스럽게 몰아 생마르탱 대로로 진입하다가 느린 속도로 진행 중이던 제설차와 만났다.

“도움을 청할 수 있을 거야.”

“위험하기도하지만 그럴싸한 사연을 꾸며내기 힘들 거야. 할아버지는 우리가 가짜 이름으로 호텔에 묵었는데도 찾아냈잖아. 그리고⋯⋯.”

“나탕?”

“응?”

“생각 없이 떠들지 좀 마.”

나탕은 어안이 벙벙해서 샤에를 바라보았고 이내 빈정대는 미소를 알아보았다. 샤에는 나탕을 놀리고 있었다. 단지 그뿐이었다.

나탕도 깔깔대고 웃어버렸다. 그때 50미터 전방에서 누군가가 도로로 뛰어들어 그들의 차를 마주보고 우뚝 섰다. 서행 운전을 하고는 있었지만 사륜구동은 무거웠고 눈길에서 바로 차를 세우기란 불가능했다. 나탕은 충돌 직전에야 겨우 차를 세울 수 있었다. 대로 한복판의 사나이는 움직이지 않았다. 샤에가 나탕보다 아주 조금 먼저 그자를 알아보았다.

“에밀리아노!”

나탕과 샤에가 너무 놀라 말 없이 쳐다만 보고 있는데 젊은 기드는 차를 돌아 뒷좌석 문을 열고 들어와 앉았다.

“당신은⋯⋯ 앞을 못 보지 않아요?”

나탕이 겨우 더듬거리며 말했다.

"내 입으로 그렇다고 한 적은 없는데. 난 다만 시력이 형편없다고 했죠."

에밀리아노가 웃으며 말했다.

"우리가 이 차에 타고 있다는 건 어떻게 알았죠?"

샤에가 딱딱한 목소리로 물었다.

"아직도 나를 경계하나요?"

"그건 대답이 아닌데요."

"일곱 파미유가 지닌 능력들 중에서 기드의 능력은 가장 파악하기 힘들고 설명하기도 어렵죠. 가끔은 예견되고, 가끔은 훤히 읽히고, 결국 가끔은 그렇게 알 수 있답니다. 난 두 사람이 올 줄 알았어요. 그게 내가 할 수 있는 최선의 해명이죠."

"그러면 그 호텔에서 우리에게 무슨 일이 일어날지도 훤히 읽었겠네요?"

샤에는 빈정대듯이 '훤히'라는 단어를 강조하며 쏘아붙였다.

"아뇨. 하지만 앙통이 당신들을 찾아냈을 거라 생각합니다."

"통찰력 한번 대단하네요!"

나탕이 눈살을 찌푸렸다. 에밀리아노는 분명히 괴상한 사람이긴 했지만 아무래도 샤에는 지나치게 적의를 표하고 있었다. 라피도 사람을 놀라게 하는 짓을 밥 먹듯이 했지만 샤에가 라피를 이런 식으로 공격한 적은 없었다. 나탕은 생각을 고쳐먹었다. 아니, 그건 거짓이다.

처음에 만났을 무렵만 해도 샤에는 늙은 베르베르인에게 모질게

굴었다. 부당하다고 해도 좋을 정도로. 샤에에게 경계심은 제2의
본성 같았다. 좀처럼 떨치기 힘든 본성.

"내 아파트가 여기서 멀지 않습니다. 나탕이 차를 다시 몰기로 한
다면 그곳에서 오늘 밤을 보내라고 말하고 싶군요. 두 사람의 과업
이 중단되었지만 내일 중단된 데서부터 다시 시작하면 되겠죠."

에밀리아노는 샤에의 적개심에 조금도 동요하지 않은 듯 말했다.

"당신이 우리 할아버지와 통화할 수 있다고 알려준 번호의 전화
는 아무도 받지 않더군요."

나탕이 에밀리아노에게 지적했다. 에밀리아노는 검은 선글라스
테를 만지작거렸다.

"큰 문제는 아닙니다. 제가 다른 걸 찾아낼 테니까요."

15

에밀리아노의 집은 몽마르트르의 기이한 건물 꼭대기 층에 자리
잡은 복층 아파트였다. 붉은 포석 바닥에는 인도산 양탄자가 깔려
있었고 첨두아치형의 좁은 창으로 눈보라가 몰아치는 파리의 야경
이 보였다. 벽에는 색색의 장식용 피륙들과 클라랑스 가뇽[3]의 거대
한 복제화가 장식되어 있었다.

취향에 맞게 선별한 이국적인 목재 가구들은 간소했지만 간접조
명 때문에 매우 돋보였다. 의자 등받이에 걸린 옷가지, 바닥에 아
무렇게나 놓인 책, 커튼의 얼룩무늬 너머로 가지를 뻗고 있는 녹색
식물. 그렇게 다소 어질러져 있는 이곳은 상당히 매혹적이었다.

거실 공간에서 유일하게 현대적인 물건이라고는 거대한 평면 텔
레비전뿐이었다. 샤에는 그 텔레비전을 보고 다시 한 번 이 집 주인

---

3. 캐나다 출신의 화가.

의 시력에 의심을 품었다. 에밀리아노는 정말 맹인일까? 조금 전
그가 사륜구동을 막아서는 모습과 여기 떡하니 놓인 텔레비전을 고
려한다면 의심하고도 남을 일이었다.

하지만 지팡이로 바닥을 툭툭 치는 거동이나 바로 맞은편 사람에
게 눈길을 주지 않는 태도는 전형적인 맹인의 모습이었다. 그리고
절대로 벗지 않는 저 검정색 선글라스……

"주무시지요. 저는 앙통을 만날 방법을 다시 생각해봐야겠습니
다. 내일이면 두 사람은 확실한 방법을 손에 넣을 겁니다."

에밀리아노가 말하며 복도를 가리켰다.

"저쪽에 침실이 있습니다. 자기 집처럼 편하게 생각해요. 이 아파
트는 꽤 넓어서 피차 공간을 여유 있게 써도 됩니다."

"무슨 뜻으로 하는 말이죠?"

에밀리아노가 나탕에게 미소를 지었다.

"어떤 이들의 바람이 다른 이들의 바람과 일치하는 경우는 드물
죠. 샤에가 오늘 밤에 혼자 자고 싶다면 독방을 쓸 수 있다는 겁니
다. 침대 하나를 독차지하고요. 제 말뜻은 그런 거였고 실제로 그렇
게 말한 겁니다."

샤에가 굳어졌다. 에밀리아노의 말은 놀랍기도 했지만 그녀의 마
음속에 두 개의 반향을 일으켰다.

샤에는 그 말에서 나탕을 좋아하면서도 약간의 접촉도 견디지 못
하는 자신의 갈등을 보았다. 나탕은 이러한 난관 앞에서도 놀라운
인내심을 보여주었고 샤에도 그들 사이의 높은 벽을 조금이라도 허
물기 위해 매일같이 노력을 쏟았다. 그러나 헛되고 힘 빠지는 노력

이었다. 너무나 힘이 빠져서, 에밀리아노의 제안이 솔깃했다. 샤에는 부끄러웠다.

이것이 첫 번째 반향이었다.

두 번째는 누군가에게 자유를 간섭당할 때면 항상 그녀의 마음속에서 꿈틀대던 감정과 관련이 있었다. 운신의 자유, 선택의 자유, 혹은 마음의 자유랄까. 샤에는 분노가 치밀었다.

분노 대 피로.

그리고 분노가 이겼다.

분노가 끓어올랐지만 샤에는 자제했다.

"저는 나탕과 같은 방을 쓸 거예요."

그녀의 목소리가 딱딱하고 단호하게 울렸다. 에밀리아노는 우아하게 고개를 숙였다.

"그래요. 좋은 밤 보내기 바랍니다."

샤에는 가볍게 고개를 까딱했지만 에밀리아노는 보지 않았다. 나탕은 좀 더 다정하게 인사를 했고 두 사람은 침실로 들어갔다. 방문이 닫히자 나탕이 말했다.

"네가 다른 방을 쓸 수도 있었잖아."

"나도 알아."

나탕이 한숨을 쉬었다.

"널 이해 못 하겠어."

샤에는 말이 없었다. 나탕은 참아왔던 이야기를 용기를 내 큰 소리로 말했다.

"널 이해 못 하겠어, 샤에. 난 널 좋아하고 너도 날 좋아해. 이 두 가지는 확실하니까 절대로 의심하지 않을 거야. 그렇지만 도대체……
어떻게…… 젠장! 샤에, 난 널 안아주고 싶어 죽겠어. 너에게 키스하
고 싶고 만지고 싶어! 그런데 넌, 넌 나에게 아무 느낌도 없는 거야?
내 말은, 육체적으로는 아무것도 못 느끼는 거냐고.”

속에만 담아둔 말을 이렇게 입 밖으로 내뱉기까지 그에게는 엄청
난 노력이 필요했다. 마침내 말을 마치고나니 관자놀이에서 맥박이
세차게 뛰었다.

샤에는 아무 감정도 드러내지 않고 나탕을 바라보기만 했다.

이해 못 하겠다는 나탕의 말에 놀랄 일은 없었다.자신조차 자신
을 지배하는 감정의 혼란과 그에 못지 않는 욕구에 대해 아무것도
이해할 수 없는데.

나탕은 잘생겼고 똑똑하고 현기증이 날 만큼 매혹적이었다. 샤에
는 그에게 딱 들러붙어 있고 싶었지만 그럴 수 없었다. 그건 너무나
단순한 일이면서도.

어처구니없이 복잡한 일이었다.

“뭐라고 말 좀 해봐.”

나탕이 재촉했다.

“난 이미 너에게 전부 말했다고 생각해.”

샤에는 그렇게 중얼거릴 뿐이었다.

샤에의 대답에도 나탕은 의심스러웠다. 그녀의 사랑에 대해서. 틀
림없었다. 샤에가 그에게 아무것도 표현하지 않는데, 손으로 만질
수조차 없는데, 그런 그녀가 나탕을 비난할 수 있단 말인가?

샤에는 나탕의 눈을 보고 자신이 나탕과의 사이에 유지하려고 했

던 안전거리를 그가 곧 깨뜨리려 한다는 것을 알았다. 그가 자신을 안을 준비가 되었다는 것을.

자신을 안으려 한다는 것을.

"어쩌면……"

샤에는 나탕을 저지하기 위해 입을 열었다. 나탕이 경직되었다.

"어쩌면…… 내 몸은 너무 오랫동안 내 생각과 따로 놀았을 거야."

샤에는 유심히 나탕을 주시하고는 나머지 말을 이었다.

"난 시간이 필요해, 나트. 시간과 믿음이 필요해."

나탕은 두 손을 들고 웃어 보였지만 아쉽고 서운한 마음을 완전히 감추지는 못했다.

"문제없어. 우린 앞으로도 살아갈 날이 더 많은걸."

나탕은 조금은 지나치게 들뜨고 큰 소리로 말했다. 하지만 의도적으로 꾸민 목소리였다.

그들은 서로 몸이 닿지 않게 조심하면서 이불을 덮었다.

둘 다 망연자실했다.

밖에는 소리 없이 눈이 내리고 있었다.

기묘하리만치 조용한 수도에 아침이 밝았다.

마침내 눈이 멎었다. 하얀 눈이 1미터도 더 되는 두께로 거리에 쌓여 차도와 보도의 구분을 없애버렸다. 자동차들은 모서리가 둥그런 이름 모를 덩어리들로 변했고 지하실의 환기창은 다 막혔으며 건물 입구마저 지나다니기 힘든 상황이었다.

거리를 돌아다니는 차는 단 한 대도 없었다. 제설차가 다니는 소리조차 나지 않았다. 반면에 보행자는 많았다. 나탕과 샤에는 방 창문에 얼굴을 갖다 대고 사람들을 구경했다. 보행자들은 꽁꽁 싸매고 허벅지까지 올라오는 눈을 헤치며 걸어가고 있었다. 더러 장비를 잘 갖추고 있거나 영리한 사람들은 크로스컨트리 스키나 스노슈즈를 이용했다.

"어디로 가는 걸까?"

샤에가 물었다.

"출근하겠지."

샤에는 어깨를 으쓱했다.

"집에서 따뜻하게 있으면 더 좋을 텐데."

상인들이 보도에 나와 대부분 임시방편으로 구한 삽을 들고 가게 앞 눈을 치우고 있었다. 어느 빵집 진열장 앞으로 손님들이 몇 미터나 줄을 서 있었다. 나탕이 눈싸움하는 어린애들을 가리키며 말했다.

"저렇게 눈을 즐길 수 있는 것도 지금뿐이지."

"왜 그런 말을 해?"

"이제 곧 이 상황이 전혀 재미있지 않아질걸."

"넌 몬트리올에 살았었지? 거긴 눈이 안 와?"

"안 오긴, 당연히 오지. 여기보다 훨씬 많이 오는걸. 하지만 캐나다 사람들은 눈에 익숙해. 몇 주 전부터 폭설에 대비하고 아무리 거센 눈보라가 닥쳐도 어떻게 대처해야 하는지 잘 알거든. 도시에는 제설차가 여러 대 준비돼 있고 자동차들도 눈길에 맞는 장비를 갖추고 있어. 게다가 몬트리올에는 지하 도로가 아주 길게 뻗어 있어서 지하 도시를 방불케 할 정도야. 주민들은 지하 도로를 통해 이동하고 물자를 구해서 정상적으로 살아갈 수 있어. 그런데 여기는 그렇지 않잖아. 파리 인구는 200만 명이 넘어. 이들이 먹고살려면 얼마나 많은 양식이 있어야 하는지 알아? 이들이 하루에 얼마나 많은 쓰레기를 배출하는지는? 이 상황은 금세 비극으로 치달을 거야."

그들이 거실로 나왔을 때 에밀리아노는 앉아서 텔레비전을 보고 있었다. 눈으로 봉쇄된 파리 시내를 배경으로 한 기자가 도로 관리 작업에 따르는 어려움을 설명하며 집에서 멀리 나가지 말 것, 특히 개인 차량 사용을 자제해달라는 도지사의 지침을 반복적으로 전달하고 있었다. 또한 낮 동안에 다시 눈이 내릴 가능성도 있다고 전했다.

다음 뉴스는 동유럽의 홍수 피해가 남유럽으로 확산되고 있다는 내용이었다. 점점 더 물이 불어나 수천 명이 집을 잃었다고 했다. 사태가 완화될 조짐은 조금도 보이지 않았다.

남아메리카에 창궐한 콜레라는 북아메리카까지 맹렬한 기세로 퍼지고 있었다. 출입국 관리를 강화하고 엄격한 방역 조치를 취했음에도 미국에서 첫 번째 발병 환자들이 나타났고 이웃 나라들이 그랬듯이 미국 역시 바이러스를 퇴치할 도리가 없었다.

생각지도 않은 전염병이 이탈리아 피렌체에서 발생했다. 원래 겨울에는 존재하지 않는 파리들이 떼로 다니며 뇌막염 바이러스와 비슷한 무서운 바이러스를 옮기는데, 특히 전염병에 취약한 어린이와 노년층이 감염되면 48시간 내에 죽는다고 했다.

기자는 더욱더 비관적인 단평으로 마무리를 지었다. 이처럼 자연재해들이 한꺼번에 몰아닥친 전례가 없는데도 인간은 여전히 서로 싸우고 있었다. 대륙마다 새로운 분쟁이 터지는 것이 일상이 되었고 학살과 테러도 끊이지 않았다.

에밀리아노는 리모컨을 눌러 텔레비전을 끄고 손님들에게로 몸을 돌렸다. 그의 얼굴에는 불안과 슬픔이 인상적으로 뒤섞여 있었다.

"내가 두려워했던 이상으로 상황이 끔찍합니다. 에크테르가 이 전쟁들을 일으키고 옹쥐는 자연재해의 배후에 있어요. 그들의 힘이 하루가 다르게 커지고 있습니다. 당신들이 어서 코지스트들을 설득해서 싸움에 뛰어들게 해야 해요."

16

나탕은 배낭을 고쳐 메고 길을 나섰다.

파리를 지배하는 어둠 때문에 그는 길을 잃지는 않을까 천천히 걸었다. 극지방 뺨치는 추위가 파리를 강타하는 바람에 에너지 소비가 급등해 전력 공급에 비상이 걸렸다. 공공 조명은 절반으로 줄었고 일부 동네는 아예 전무해졌다. 상인들은 점포 진열장과 간판의 불을 끄라는 지시를 받았다.

나탕은 에밀리아노가 알려준 이정표들을 따라 길을 찾아갈 수밖에 없었다. 새벽 3시, 눈보라가 세차게 불고 기온은 영하 20도 아래로 떨어진 날씨에 그는 완전히 혼자였다.

오전 중에 주요 도로는 웬만큼 제설 작업이 끝나서 부분적으로 교통이 가능해졌지만 정오부터 눈이 다시 내리기 시작했다. 그것도 어느 때보다 심한 폭설이어서 도로 관리인의 수고는 물거품이 되어버렸다. 자동차 엔진 소리는 멎었고 언제 다시 그 차들을 몰 수 있을지 아무도 몰랐다.

지하철도 더 이상 운행하지 않았다. 전차의 가선 케이블과 선로 바꿈 틀도 한파로 작동하지 않았다. 공항과 기차역은 전날부터 봉쇄된 채 운행이 재개되지 못하고 있었다. 더욱더 심각한 것은 병원과 긴급구호기관이 포화 상태여서 더 이상 정상적인 기능을 할 수 없다는 것이었다. 단순한 겨울날의 해프닝처럼 시작된 사태가 끔찍한 재앙으로 시시각각 변해갔다.

해가 넘어갈 무렵부터 공포의 기운이 파리를 엄습하기 시작했다. 식품점들이 습격을 당했고 경찰력이 동원되었다. 정치인들이 시민들의 이성에 호소했지만 밤이 되고 나서야 겨우 상황이 진정되었다. 그것도 상대적으로 진정되었을 뿐이었다. 프랑스와 유럽의 북쪽 절반의 상황은 여전했다. 프랑스 보르도에서 크로아티아 자그레브를 잇는 선 아래쪽으로는 폭우가 계속되었다. 남쪽에서는 둑이 무너져 물이 넘치고 마을이 고립되어 전기가 끊어지거나 침수되었다. 폭설로 입은 피해는 그에 비하면 우스운 수준이었다.

나탕은 눈더미들을 헤쳐가다 문득 그가 지금 입고 있는 옷을 에밀리아노가 어떻게 구했을지 궁금해졌다. 가볍고 몸에 딱 맞는 검정색 방한 작업복은 아주 따뜻했다. 그 위에 걸쳐 입은 아노락 점퍼가 필요 없을 정도였다. 같은 소재의 장갑, 눈과 입만 트여 있는 두건도 안성맞춤이었다. 반장화를 신은 발에는 스노슈즈를 장착했다. 모든 것이 전문적인 장비였다. 나탕의 배낭 속에 든 물건을 제외하고서라도 말이다.

그날 오후는 텔레비전이 보여주는 비관적인 뉴스 속보들로 도배되었고 밤의 원정을 꼼꼼하게 준비하느라 시간이 금세 갔다. 에밀리아노는 이렇게 말했었다.

"앙통은 자기 집에 있어. 하지만 경비원들이 널 들여보내주지 않겠지. 네가 그쪽에 끌려갔었다면 그를 설득할 가망성이 더 희박했을 거야. 원칙적으로 앙통은 널 믿지 않으니까."

"어떻게 하면 좋을 것 같아?"

두 사람은 어느새 말을 놓는 사이가 됐다.

"밤이 오기를 기다렸다가 보호망을 뚫고 그의 집으로 들어가. 그렇게 네가 상황을 장악한 후에야 설득을 할 수 있을 거야."

앙통은 샹 드 마르스를 내려다보는 거대한 건물의 펜트하우스에 살고 있었다. 어떻게 했는지는 모르지만 에밀리아노가 그 집의 보안시스템 도면을 구해 왔다. 용적 측정 알람, 적외선 센서, 방탄문, 방탄유리창, 감지 장치, 홍채 인식 개폐 장치. 앙통은 침입이 불가능한 요새에 살고 있었다.

나탕이 잠입해야 할 요새였다.

전방 3미터 이상을 눈으로 분별할 수 없을 정도로 눈발이 퍼부었다.

눈. 나탕의 입술이 경련을 일으키듯 뒤틀렸다. 지금까지 눈이 그에게 안겨주었던 차분한 마음과는 거리가 멀었다. 마지막으로 보았던 뉴스 속보는 파리에서 열두 명이 사망했고 전국적으로는 그 두 배가 사망했다고 전했다. 실제 사망자 수는 그보다 훨씬 웃돌 것이 분명했다.

'옹쥐는 폭풍을 다스리는 자야. 그는 돌풍을 소환하고 지진을 부르며 화산을 깨우지. 그렇지만 가장 큰 피해는 그가 사람들의 마음속에 일으키는 폭풍에서 비롯돼.'

이 목소리는 나탕의 머릿속에서 울려 나왔지만 그는 놀라지 않았다. 음네지크의 선조 대부터의 '앎'은 이런 식으로 갑자기 튀어나오곤 했다. 그는 앎의 기억을 마음대로 통제할 수 없었지만, 그것으로부터 얻을 수 있는 정보는 대개 나탕이 당면한 문제와 관련이 있었고 그 덕에 몇 번이나 목숨을 구했다. 그런데 이번에는 달랐다. 그는 폭풍 속에서 헤매고 있었으나 목소리는 새로운 정보를 주지 않았다. 그게 아니라면……

라피는 옹쥐가 자연의 요소들뿐만 아니라 사람들의 마음도 다룰 수 있다고 했다. 나탕은 그 부분을 딱히 중요하게 생각하지 않았었다. 음네지크의 목소리가 깨닫게 하려는 것이 바로 그 부분일까? 만약 그렇다면 그게 지금 이 상황과 무슨 관련이 있을까?

나탕은 알마 다리를 건너다가 거센 블리자드를 맞받는 바람에 비틀거렸다. 넘어지지 않기 위해 다리 난간을 잡고 버텨야 할 정도였다. 균형을 되찾은 후에 난간에 몸을 숙여 센 강을 바라보았다. 강물은 기다란 얼음 띠가 되어 있었다.

나탕은 이 폭풍이 파리와 파리 시민들에게 입혔을 끔찍한 피해를 생각하며 몸을 떨었다. 그 순간 비명소리가 들렸다. 이어서 소란스럽게 쩍쩍거리는 소리가 울려 퍼졌는데 나탕은 그것이 무슨 소리인지 알 수 없었다.

그는 검의 손잡이를 잡고 어둠과 바람에 귀를 기울인 채 한참 동안 경계 자세를 취했다. 어떠한 움직임도 없다는 걸 확인하고 나서 긴장을 풀었다. 그 존재들은―인간이 낼 수 있는 소리는 아니었으므로―그를 향해 다가오고 있지는 않은 듯했다.

'임!'

나탕은 욕이 나올 뻔했다. 음네지크의 목소리가 이처럼 간단명료했던 적은 없었다. 임이 뭐야? 로트르의 하수인인가? 위험한 놈들인가? 그뢰보다 더 위험한가?

임이 무엇이든 간에 생각 없이 밤거리를 쏘다니다가 그들을 마주치는 사람이 없기를 바라며 그는 다시 발길을 옮겼다.

스노슈즈를 신었고 컨디션도 완벽했지만 눈길을 헤치고 나아가려니 힘이 빠졌다. 눈바람이 넘어가기 힘든 거대한 눈더미를 만들어놓은 데다 그를 희롱하며 배낭을 낚아챌 듯 몰아치는 통에 몸을 구부정하게 숙이고 나아가야 했다.

그는 회오리치는 희끄무레한 안개에 잠긴 에펠탑을 보지 못한 채 그 아래를 지나 샹 드 마르스에 이르렀다. 에밀리아노가 세부적인 부분까지 가르쳐준 덕분에 앞이 잘 보이지 않는 와중에도 할아버지가 사는 빌딩을 찾아낼 수 있었다.

그는 젊은 기드가 일러준 대로 빌딩 모퉁이가 나올 때까지 쭉 따

라 걷다가 자동차가 눈에 파묻혀 형체를 알아볼 수 없게 된 덩어리
뒤에 몸을 숨겼다. 고개를 들어 올려다보니 잘 꾸며진 건물 외벽은
5층까지 뻗어 있었고 꼭대기에는 지붕이 딸린 테라스가 있었다. 그
곳이 나탕의 목표지였다.
　나탕은 어깨에서 배낭을 내리고 장비를 꺼냈다.
　준비는 끝났다.

17

"걱정되지 않아?"

샤에는 대꾸하지 않았다. 그녀는 혼자만의 생각에 빠져 에밀리아노가 뭐라고 묻는지도 듣지 못했다.

샤에는 안락의자에 책상다리를 하고 앉아 허공을 멍하니 응시하고 있었다. 손가락 끝으로는 창가에 걸린 아메리카 인디언의 드림캐처[4]를 만지작거리는 중이었다. 에밀리아노가 야트막한 탁자 위에 놓아둔 찻잔은 아직 건드리지도 않았는데 이미 차갑게 식어 있었다. 후회가 그녀의 머릿속을 괴롭혔다. 가슴을 치는 후회가.

나탕과 함께 갈 수도 있었을 텐데!

그 문제로 두 사람은 오랫동안 입씨름을 했다. 샤에는 함께 갈 경

4.　dreamcatcher, 잠을 잘 때 머리맡에 걸어두면 좋은 꿈은 통과하고 나쁜 꿈은 걸린다고 믿는 주술도구.

우에 자기가 큰 도움이 될 거라고 강조했지만 나탕은 샤에가 함께 있으면 앙통에게 역효과를 미치게 된다고 지적했다.

"코지스트와 끝까지 대항했던 마지막 파미유는 메타모르프들이었어. 이제 메타모르프가 거의 다 사라졌다 해도 그건 중요치 않아. 앙통 할아버지는 지금 닥친 일이 메타모르프 때문이라고 굳게 믿고 있으니까. 할아버지에게 너는 적이야. 날 믿어. 내가 혼자 가는 편이 더 나아."

나탕은 그렇게 주장했다.

"보안시스템을 뚫는 데는 그렇지 않을걸. 그 시스템을 피한다는 건 거의 불가능해."

"바로 그래서야. 나는 잡히더라도 경비들이 총을 쏘진 않을 거야. 반면에 그들이 너를 처리하려고 마음먹는다면……"

샤에는 목이 꽉 막힌 듯한 답답한 심정으로 장비를 꾸리는 나탕을 지켜보았다. 그들이 각자 따로 움직이면 잘못된 길로 빠지게 될 것 같은 예감이 들었다.

아니, 그 이상이었다.

잘못된 길이라는 것을 아는데, 다시 한 번 잘 생각해달라고 애원하고 싶어 죽을 지경이었다. 그의 품에 뛰어들어 사랑한다고 외치고 싶어 죽을 것 같았다.

나탕이 다녀올게, 라고 했을 때도 그녀는 어두운 눈빛으로 가만히 고개만 끄덕였다. 그가 내미는 손에 시선조차 주지 않았다.

그녀는 자신이 미웠다.

"나탕은 위험에 빠질 리 없어. 나탕에게 해를 끼치는 자는 그의 할아버지가 내버려두지 않을걸."

샤에는 부드러운 음성으로 재차 강조하는 에밀리아노를 쳐다보았다. 샤에와 마주 보는 그의 얼굴에는 사려 깊은 표정이 떠올라 있었다.

"어떻게 그렇게 확신할 수 있는데?"

에밀리아노는 곰곰이 생각하고 나서 대답했다.

"코지스트의 본성 때문이지. 코지스트는 그 어떤 파미유보다 혈연에 집착하거든. 바로 그렇기 때문에 오늘날 코지스트가 이처럼 막강해진 거야. 혈연을 중시하기 때문에, 그리고 그들의 지배에 걸림돌이 되는 자들은 가차 없이 도려내기 때문에."

"라피의 말대로라면 가차 없는 태도는 어느 파미유나 마찬가지로 갖고 있어."

샤에가 짚고 넘어갔다.

"어쩌면 네가 너무 순진해 보였던 거지."

에밀리아노는 평온한 목소리로 말했지만 그의 말은 샤에를 아프게 꼬집었다. 그녀는 눈살을 찌푸리며 말했다.

"무슨 말을 하고 싶은 거야?"

"나탕과 너는 그 라피라는 사람 얘기를 자주 하더라. 너희가 그에 대해 정말로 아는 게 뭔데?"

"라피는 기드이고 친구야! 뭘 의심하는 거야?"

"원칙적으로 난 모든 것을 의심해. 옛날부터 그런 태도 덕분에 위기를 많이 모면했지. 내가 한 번도 라피라는 사람 얘기를 들어본 적이 없어서 놀랍고, 그자가 너희를 좀 더 도와주지 않는 것도 놀랍

고, 옹쥐와 에크테르의 힘이 하루가 다르게 커지는 이 와중에 그 작
자가 어딘지도 모를 곳에 숨어 있다는 사실이 놀라워. 뜻을 모아보
자. 라피가 네 말대로 그자가 주장하는 대로의 사람일지도 몰라. 하
지만 난 확실치 않은 이상은 그 사람에게 기대를 걸지 않겠어. 신중
하게 굴고 싶다면 너도 나처럼 생각하도록 해.”

샤에가 고개를 저었다.

“라피는 정직해. 난 마음으로 분명히 알 수 있어.”

“그렇다면 나야 어쩔 수 없지. 그래도 난 그를 직접 만나보기 전
에는 내 뜻을 굽히지 않을 거야. 그 사람이 어디에 산다고……”

“네가 설명을 해줬으면 좋겠어.” 샤에가 말을 자르고 물었다. “네
말대로라면 모든 파미유가 그렇게 관용을 모르고 권력을 탐하지는
않는다 이거야?”

“그렇다니까. 원래부터 코지스트는 뻔뻔하고 위험한 지배욕을 드
러냈었어. 서로 돕고 현명하게 살아갈 수 있다고 믿었던 파미유들
이 가장 먼저 제거 대상이 됐지. 코지스트는 포식자들이야. 특히 바
티쇠르들은 코지스트들 때문에 아주 쓰라린 경험을 했지. 하지만
지금은 그런 코지스트의 특성이 우리에게 유리하게 작용할 거야.
늑대들은 자기들끼리 잡아먹지 않는 법이니, 나탕이 자기 할아버지
집에 찾아간다 해도 무슨 해를 입진 않겠지.”

샤에는 일어났다. 나탕의 안전을 생각하면 에밀리아노가 한 말이
조금 위안이 되었지만 그의 말은 또 다른 의혹을 불러일으키기도
했다. 그런데 그녀는 그런 의혹 따위 생각하고 싶지 않았다.

라피는 정말로 샤에가 생각하는 것과 같은 사람일까? 라피를 둘

러쌍 비밀에 시커먼 의도가 감춰져 있지는 않을까?

그녀는 라피에 대해 모르는 것이 너무 많았다. 다른 세상의 집에 있는 일부 문들의 빗장을 풀어달라고 했던 라피의 모습이 생각났다. 그때 라피는 고집스럽게 몇 번이나 설명을 거부했다. 그녀가 라피를 맹목적으로 믿는다면 자신이 지나치게 순진하다는 점을 입증하는 셈이 될까?

샤에는 어두운 밤이 내다보이는 창가로 걸어가 이마를 기댔다.

여전히 눈이 내리고 있었다.

나탕이 보고 싶었다.

18

한 벌뿐인 검정색 스키복을 입고 어깨에 검을 둘러메고 필요한 장비를 묵직하게 허리에 두른 나탕은 손을 놓칠 위험을 무릅쓰고 몸을 뒤로 숙였다.

그는 바닥에서 10미터 높이의 발코니 아래 숨어 있었다. 빌딩을 타고 오르기 전에 봐두었던 이 발코니 하나만 문제없이 넘어가면 나머지는 해볼 만했다. 나탕은 몸을 거의 수평으로 눕힌 채 등을 구부리며 팔을 뻗어 돌로 된 코니스의 닳아빠진 모서리를 붙잡았다.

바로 그 순간 발이 미끄러지면서 그는 허공에 대롱대롱 매달리고 말았다. 오로지 모서리를 붙잡은 오른손 힘으로만 버텨야 했다. 길게 버티기에는 모서리가 부실했다. 미끄럽고 금방이라도 부서질 듯했다.

그래도 문제될 것이 없었다.

나탕은 코지스트 가문의 사람이었다. 그는 건물 벽을 등지듯이 몸을 틀어서 다른 쪽 손으로 발코니를 잡았다. 절제된 동작으로 손목에 힘을 주고 다리와 상체를 거꾸로 쳐들었다. 그러고는 발코니 안으로 뛰어들어 무릎으로 착지했다.

그는 재빨리 몸을 일으켜 건물 벽에 딱 붙었다. 쌓여 있던 눈에 깊은 발자국을 남겼지만 한밤중에 그 발자국을 볼 사람은 없어 보였다. 더욱이 거칠게 몰아치는 폭풍이 10분 내에 발자국을 눈으로 덮어버릴 터였다.

나탕은 다시 벽을 타기 시작했다. 조금이라도 파인 부분을 활용하고 창턱을 버팀목 삼아 배수관이나 코니스를 붙잡으면서 능숙하게 올라갔다. 나탕이 올라가는 속도는 아주 빨랐다. 눈이나 얼음이 없었더라면 훨씬 수월하게 목표 지점에 도달했을 것이다. 그는 중간쯤 이르러 환하게 빛나는 통유리창 옆을 피해 돌아가야 했다. 불과 몇 센티미터 옆에서 한 여자가 창문에 얼굴을 갖다 대고 야경을 바라보고 있었다. 하지만 나탕은 그 여자의 얼굴까지는 보지 못했다.

'잠이 안 오는가 보군!'

나탕은 지금 시각이 새벽 3시쯤이라고 짐작했다.

그가 목표 지점에 도달했을 때 입들이 짹짹대는 소리가 다시 들려왔다.

난간 위에 웅크리고 있던 나탕은 그쪽에 신경 쓰지 않았다.

에밀리아노가 육안으로는 확인할 수 없다고 말해주었지만 그래도 나탕은 테라스를 이리저리 가로지르는 적외선 레이저를 분별하려고 애썼다. 레이저에 몸이 닿았다가는 바로 비상벨이 울리며 입구는 자동 봉쇄되고 경비들이 총출동할 것이다.

예상대로 나탕의 눈에는 아무것도 보이지 않았다. 그는 등 뒤의 아득한 허공에 신경 쓰지 않고 난간에서 떨어지지 않도록 조심히 허리띠의 총을 풀었다. 총에 강철 화살촉을 넣고 맞은편 벽을 향해 방아쇠를 당겼다. 화살촉은 금속 케이블을 달고 전속력으로 어둠을 가르고 날아갔다. 둔탁한 소리를 내며 화살촉이 벽에 박혔다.

나탕은 화살촉이 무거운 중량을 버틸 수 있을지 걱정했지만 줄을 당겨보니 끄떡없었다. 에밀리아노는 진짜 프로급 장비를 준비해주었던 것이다.

그는 난간을 떠받치는 두 개의 다리 사이에 총을 쑤셔 넣고 버튼을 눌렀다. 케이블이 팽팽하게 당겨졌다. 이제 건너가기만 하면 되었다.

맞은편 벽은 5, 6미터쯤 떨어져 있었다. 화살촉은 컴컴한 두 개의 창 사이에 박혀 있었다. 나탕은 심호흡을 한 번 했다. 케이블에 매달려 아래쪽으로 건너간다면 분명히 적외선 레이저를 건드리고 말 것이다. 따라서 줄타기 곡예사처럼 케이블을 밟고 건너야 했다.

운 좋게도 이곳 테라스는 지붕이 있었기 때문에 파리를 지배하는 사나운 바람이 미치지 못했다. 만약 지붕 없는 테라스였다면 불가능했을 것이다. 처음 한 발짝은 아주 조심스럽게 떼었다. 비틀거렸지만 균형을 잡기 위해 두 팔을 벌렸다. 다행히 자세를 바로 잡고 다시 한 발을 더 내디뎠다. 떨어질 뻔하다가 순간적으로 다시 균형을 잡았고 3미터를 남겨둔 지점부터 거의 뛰다시피 했다. 두 손을 벽에 대고 두근거림이 가라앉기를 기다렸다가 다음 코스로 넘어갔다.

이제 그는 한쪽 창문의 가장자리에 위태롭게 매달려 허리띠에서 빨판과 다이아몬드 침이 달린 컴퍼스를 꺼냈다. 그는 창문 위쪽에 빨판을 붙이고 다이아몬드 침을 한 바퀴 돌려 유리를 원반형으로 잘라냈다. 그 구멍을 통해 에밀리아노가 가르쳐준 적외선 탐지 장치에 냉각제 스프레이를 분사하고 안으로 팔을 뻗어 창문을 열었다. 그는 소리 없이 실내로 잠입했다.

'보안 장치가 가장 적은 곳은 서재야. 너는 바로 그곳을 통해 들어가야 해.'

소형 회중전등의 가느다란 빛살이 책이 그득한 서가와 잡지들이 놓인 야트막한 탁자 그리고 푹신한 안락의자 세 개를 비추었다. 어두운 색상의 나무문이 이 방의 유일한 출입구였다.

그 문은 안전장치로 잠겨 있었지만 에밀리아노는 그 점도 다 예상해놓았다. 나탕이 자물쇠에 끼워넣은 신기한 물건이 첩보 영화에서처럼 폭발하지 않길 바랐다. 쉭쉭거리는 소리를 내던 자물쇠는 빨간 다이오드 램프가 잠깐 깜박이는가 싶더니 딸각 소리와 함께 떨어져 나갔다.

나탕은 문을 살짝 열고 빠져나갔다.

'왼쪽 벽에 딱 붙어서 통로를 따라가. 그러면 이동 감시카메라의 가시권에서 벗어날 수 있어.'

두툼한 양탄자 덕분에 발소리는 나지 않았다. 나탕은 지나온 문을 하나, 둘, 셋까지 세고 네 번째 문 앞에서 멈춰 섰다.

'네 번째 문이 앙통의 방이야. 네 할아버지의 침대는 그 방 오른쪽 구석에 있어.'

문은 열려 있었고 나탕이 문짝을 밀었을 때도 아무런 소리가 나지 않았다.

무슨 말을 하고 어떻게 행동할지 준비할 짬이 조금 있었다. 우선은 할아버지를 깨울 것이다. 갑작스레 어수선해진 분위기로 할아버지의 심기가 불편해지면 안 된다. 사람을 부르지 않도록 할아버지를 잘 달래서 설득해야 한다. 그의 진심을, 샤에의 결백을, 웅쥐가 의미하는 위험을 납득시켜야 한다. 할아버지가 잘못 생각했다고 깨달을 때까지 대화를 해야 한다.

나탕은 소형 회중전등으로 방구석을 비추었다.

스위치를 누를 겨를도 없었다.

강렬한 빛이 느닷없이 비추면서 나탕은 눈을 찌푸렸고 서서히 펼쳐지는 눈앞의 광경에 아연실색했다. 그곳은 앙통 할아버지의 방이 아니라 호화로운 거실이었다.

그리고 뒤에서 들리는 목소리는 할아버지의 것이 아니었다.

"그래, 사촌, 날 다시 만나니 좋아?"

19

샤에는 어두운 밤과 눈을 바라보았다. 나탕과 만나고 나서 겪은 일이 그 이전의 삶을 산산이 흩어버렸다. 하지만 아직도 그 자리에 다른 삶을 건설하지 못한 것처럼 기묘한 허무감이 들었다. 샤에의 마음을 그나마 채워주고 있는 것은 위르자트에서의 짧은 추억뿐이었다.

그리고 그녀를 나탕과 연결해주는 강렬한 감정뿐이었다.

"차를 준비할게."

뒤에서 에밀리아노가 말했다.

샤에가 고개를 돌렸지만 에밀리아노는 벌써 자리에서 일어나 주방으로 걸어가고 있었다. 자신 있는 걸음새였지만 그는 거실 탁자 옆을 지나다가 모서리에 세게 부딪치고 말았다. 에밀리아노가 신음 소리를 내며 그 자리에서 한쪽 무릎을 꿇었다.

"괜찮아?"

샤에가 걱정스레 물었다.

에밀리아노는 손으로 더듬더듬 안락의자를 찾아 힘겹게 주저앉았다.

"괜찮아. 내 잘못이야. 너희에게 가구 위치를 바꾸지 말아달라고 미리 얘기했어야 했는데."

"우린 아무것도……"

샤에가 말을 하려다 입을 다물었다. 나탕이 이곳에서 나가기 전에 소파에 앉았다가 다리를 쭉 펴느라 탁자를 밀었던 것이 떠올랐기 때문이다. 기껏해야 20센티미터쯤일까. 하지만 에밀리아노의 동선에 문제를 일으키기에는 충분했다.

"미안해. 많이 아파?"

샤에가 에밀리아노에게 다가가며 물었다.

"아냐, 금방 괜찮아져. 알다시피, 워낙 익숙하거든. 우리 집에선 모든 사물이 제자리에 있지만 바깥은 사정이 다르잖아. 이상하게 서 있는 가로등이나 나에게 고약하게 구는 광고판에 만날 부딪치고 돌아오기 일쑤지."

그는 애써 농담을 던졌지만 아픈 기색을 다 감추지는 못했다. 샤에가 에밀리아노를 마주보고 앉았다.

"태어날 때부터…… 눈이 안 보였어?"

샤에가 다정하게 물었다.

에밀리아노가 벌레에라도 쏘인 듯 몸을 흠칫 떨었기 때문에 샤에는 괜한 말을 꺼낸 것 같아 후회했다. 하지만 그는 샤에의 호기심에 기분이 상한 것 같지는 않았고 대답을 해주었을 때도 비록 목소리에 힘은 없었지만 의연했다.

"완전히 안 보이는 건 아냐. 전에도 얘기했지. 그리고 음, 태어날 때부터 이렇진 않았어. 10년 동안은 풍부한 색깔들, 근사한 형태들, 우리의 지평을 이루는 풍경들을 한껏 만끽하고 살았지. 그 10년 동안은 금빛과 핏빛이 어우러지는 가을 숲의 색조와 장미의 완전무결한 아름다움과 어머니가 사랑한다고 말할 때 그 눈동자에서 춤추는 불꽃을 다 보고 살았어. 10년 동안은 나도 볼 수 있었어. 어린아이만이 가질 수 있는 날카로운 통찰력으로."

에밀리아노가 입을 다물었다. 그의 어깨가 축 처졌고 맥 빠진 얼굴에서 절절한 피로가 묻어났다. 숨소리도 들릴 듯 말 듯 약해졌다.

샤에는 측은한 마음으로 그를 바라보았다. 그들이 만난 후 처음으로 이 젊은 기드가 경계를 풀고 약한 모습을 보였기 때문에 마음이 몹시 흔들렸다. 샤에는 그가 계속 이야기하기를, 자기 이야기를 들려주기를 바랐지만 말이 얼마나 고통스러운 추억을 들쑤실 수 있는지 잘 알았기에 차마 재촉할 수 없었다.

그럼에도 에밀리아노는 일단 물꼬가 트이자 자신도 벅찬 감정을 주체할 수 없다는 듯 말을 이어나갔다.

"나는 이탈리아에서 자랐어. 토스카나 남부의 작은 마을이었지. 참으로 아름다운 빛의 고장이어서 위대한 화가들이 그곳에서 영감을 얻곤 했어. 우리 가족의 가장 오랜 기억으로 거슬러 올라가보면 조상 대대로 올리브 경작을 했고 우리 부모도 예외가 아니었지. 동그란 언덕 꼭대기에 우리 농가가 있었어. 사이프러스 나무 사이로 난 하얀 돌길을 따라서 그 집에 올라가곤 했지. 우리 집은 부자는 아니었지만 가난하지도 않았어. 무엇보다 우린 행복했어. 나에게 행복이란 가을의 올리브 수확이나 아빠의 익살에 터지는 엄마의 웃음소리처럼 확고불변한 것이었어.”

에밀리아노가 갈색 곱슬머리를 손으로 쓸어 넘기자 샤에는 숨을 죽였다. 청년의 희미한 목소리에서 어떤 비극이 예감되었다. 그녀는 이야기를 마저 듣고 싶은지 확신이 서지 않았.

“나는 몰랐지만 우리 부모님도 기드였어. 내가 알았더라도 변하는 건 전혀 없었겠지만 말이야. 어머니는 일이 어떻게 돌아갈지 내다보셨어. 어머니들은 모두 다 그렇지 않을까? 아버지는 우리가 필요로 할 때 항상 함께 있어주셨지. 아버지들은 모두 다 그렇게 행동하는 거 아냐? 내 여동생 키아라는 사랑스러운 아이였고 난 참 행복했어. 그저 행복하기만 했어. 그런데 어느 날……”

에밀리아노는 이야기를 계속하려면 용기를 쥐어짜야 하는 듯 손으로 탁자를 더듬어 차갑게 식어버린 찻잔을 찾았다. 샤에가 찻잔을 밀어주는데 두 사람의 손이 스쳤다.

에밀리아노의 손이 그녀의 손을 잡았다. 순간 팔에 찌릿한 전기가 일었다. 강렬했다. 묘했다. 특별했다. 샤에는 손을 뿌리치고 싶었지만 그는 이미 끔찍할 것이 분명한 과거에 빠져 다시 입을 열었다. 그를 현재와 연결해주는 것은 샤에의 손뿐이었다.

체념한 채 내맡긴 손.

“5월의 어느 일요일이었어. 봄 내음이 물씬 풍겼고 이제 곧 여름을 맞을 때였지. 우리 식구는 강가로 소풍을 가서 개구리도 잡고 키아라에게 수영도 가르쳐주려고 집을 나서는데 하얀 돌길에서 남자들이 나타났어. 검은 양복을 입은 장정 여섯이 말이야. 아버지가 나서서 원하는 게 뭐냐고 물었어. 그러자 한 남자가 권총을 꺼내 아버지 머리에 한 발을 쐈지. 아버지는 쓰러졌어. 멀쩡하게 살아 있던 사람이 1초 만에 죽어버린 거야. 키아라는 비명을 질렀고 엄마는 우리 보고 도망가라고 했지만 우린 꼼짝도 할 수 없었어. 그때 아빠를 죽인 놈이 이렇게 물었어. 딱 한 마디였지. ‘여기 또 다른 기드가 있나?’ 엄마는 모른다고, 무슨 말인지 모르겠다고, 아무래도 잘못 찾아온 것 같다고 했어. 그자는 키아라를 겨누고 방아쇠를 당겼어. 전혀 망설이지도 않고. 난…… 난……”

에밀리아노의 목소리가 갈라졌다.

검은 선글라스 아래로 한 줄기 눈물이 볼을 타고 흘러내렸다.

그는 한 손으로는 계속 샤에의 손을 잡은 채 다른 쪽 손으로 눈물을 훔쳤다.

“키아라는 겨우 여섯 살이고 천사 같은 애였어. 수영을 배우기로 했던 천사. 하얀 원피스가 무참하게 피로 물들었지만 나는 그 애가 죽었다는 걸 얼른 깨닫지 못했어. 지금도 가끔 밤이면…… 그 애가 죽지 않았을 거라는 생각을 해.”

에밀리아노는 심호흡을 했다. 이야기가 이어졌다.

“사내는 또 다시 물었어. ‘여기에 또 다른 기드가 있나?’ 그의 총부리는 이제 나를 겨누고 있었지. 엄마가 입을 열었어. 엄청 많이, 아주 빨리 말을 했어. 엄마가 그저 내 목숨을 구하려고 말을 한다는 것을, 엄마가 하는 말에는 아무 의미도 없다는 것을 알았어. 그때까지 조용히 있던 한 남자가 엄마를 경멸하듯 쏘아보며 말했어. '바르텔레미, 이 여자는 아무것도 몰라. 괜히 시간 낭비만 하는 거야.' 총을 든 남자가 고개를 끄덕거렸지. '그 말이 맞아.' 그러고선 다시 방아쇠를 당겼어. 엄마는 가슴에 시뻘건 총상을 입고 쓰러졌어. 그다음은······."

"그다음은?"

샤에가 재촉했다.

에밀리아노에게 잡힌 손이 아팠지만 샤에의 가슴을 저미는 괴로움에 비하면 아무것도 아니었다. 에밀리아노에게 아무것도 묻지 않았더라면 좋았겠지만 이젠 너무 늦었다. 그녀는 이제 이야기의 결말을, 그 또한 무서운 결말을 들어야만 했다.

"그들은 나를 집 안으로 끌고 들어갔어. 나에게 기드가 뭔지 아냐고 물었지. 나는 정말로 몰랐고 그들에게 그렇게 얘기했지. 그들이 내 말을 의심하는 것 같지는 않았어. 바르텔레미라는 사람이 이런 말을 했던 것 같아. '코지스트 연대기에 눈먼 기드는 기드가 아니라고 나와 있지.' 난 전혀 알아들을 수 없는 말이었지. 부하들이 내 어깨를 붙잡자 그자는 주머니에서 칼을 꺼냈어. 강철 칼날과 내 가족을 죽인 원수의 눈을 마지막으로 보고 난 후에 나는 의식을 잃었어. 그리고 시력도 잃었지."

한참 동안 깊은 침묵이 방 안을 지배했다. 에밀리아노는 계속 샤에의 손을 꼭 잡고 있었다. 샤에는 이제 그 손을 뿌리칠 마음이 들지 않았다. 그가 마침내 다시 입을 열었다.

"기드의 능력과 시력이 상관없다는 사실을 알았더라면 틀림없이 나도 살려두지 않았을 거야. 하지만 그딴 건 중요치 않아. 어떤 파미유도 코지스트들처럼 야만적으로 굴지는 않았어.”

“바르텔레미.” 샤에가 쉰 목소리로 말했다. “그 사람…… 나탕의 아저씨라는?”

“그래.”

“……말도 안 돼. 나도 그 사람을 봤어. 얘기도 해봤어. 그는…… 그럴 사람이 아니야.”

“하지만 사실이야, 샤에. 그리고 한두 번의 일도 아니야.”

“무슨……”

샤에는 무슨 말을 또 듣게 될지 덜컥 겁이 나서 입을 다물었다.

“샤에, 그자가 네 부모도 죽였다고!”

20

"가엾은 나탕, 아주 밑바닥으로 전락했구나."

에놀라가 재미있다는 듯이 미소를 머금고 사촌을 바라보았다.

"넌 여기서 뭐 하는 거야?"

나탕은 방어 태세로 물었다.

에놀라는 푸른 눈을 묘하게 반짝이며 사뿐사뿐 걸어왔다.

"앙통 할아버지께서 우리 파미유의 이익을 지키실 수 있도록 돕고 있지. 앙통 할아버지, 기억나지? 바로 네 친할아버지잖아! 파미유는? 파미유, 하면 뭐가 좀 생각나? 바로 너의 파미유인데!"

에놀라는 신랄하게 빈정대고 있었다.

나탕은 냉정을 유지하려고 애썼다. 왜 앙통 할아버지의 방이 아니라 이 거실에서 에놀라를 상대하고 있어야 하는지, 어째서 에놀라가 자신의 등장에 놀라지도 않는지 이해가 가지 않았다. 하지만 그가 유리한 입장이 아닌 것만은 분명했다. 에놀라에게는 호감이 가지 않지만 그녀의 비위를 거슬러서는 안 된다. 당장 밝히고 싶은 일이 한두 가지가 아니지만 일단 제쳐놓아야 했다. 나탕이 대답하기도 전에 에놀라는 다시 질문을 쏟아냈다.

"그래서 배신자 역할을 떠맡기로 작정한 거야? 네 조상들까지 잊어버리다니, 그건 네 엄마가 물려준 결점 탓이니, 아니면 그 계집애 탓이니?"

"샤에는 아무 잘못도 없어!"

에놀라가 통명스럽게 웃었다.

"바로 그 점이 걱정스러웠지. 네가 파미유의 권력을 차지하려는 계략을 또 꾸몄을까 봐. 어차피 실패로 끝날 어리석은 짓이었겠지만 그래도 널 이해할 순 있을 것 같아. 널 배후에서 조종하는 계집애의 예쁘장한 눈에 홀려서 정신을 못 차린 거지. 사촌, 넌 아무것도 아니야. 낙오자라고. 앙통 할아버지가 이 명백한 현실을 받아들일 수 있도록 설득하기란 어려운 일이 아니었어. 이제 할아버지는 너를 경멸할 뿐이지."

상황이 걷잡을 수 없이 돌아가는 듯했다. 이상할 정도로 에놀라는 자신만만했다. 앙통 할아버지는 에놀라를 그냥 어린애 정도로밖에 생각하지 않을 텐데 말이다. 에놀라는 위원회에 참석할 수도 없는 데다 아직 미성년자였다. 하지만 이 아이는 온갖 술수로 무장하고 어려운 게임을 풀어나가듯 자신만만했다.

갑자기 라피가 했던 말이 떠올랐다.

'바로 그게 가장 큰 골칫거리야. 로트르의 독이 벌써 효력을 발휘

하는 거지. 나탕, 네 파미유 가운데 배신자가 있어.'

배신자. 어쩌면 그 배신자는 여자일지도 모른다. 자알라브에게
바르텔레미의 문을 가르쳐준 사람. 자알라브를 다른 세상의 집 안
으로 끌어들여 그의 거품 세상으로 통하는 철문까지 인도한 사람.
자기 파미유의 적을 도운 사람.

그 사람이 에놀라일까? 에놀라가 로트르를 위해 자기 사람들을
배신했을까? 그 생각에는 반감이 일었지만 그래도 의문을 제기해
보지 않을 수 없었다. 하지만 지금은 그럴 수 있는 처지가 아니었으
므로 한 번 더 다른 얘기를 꺼내 둘러대기로 마음먹었다. 나탕은 무
례한 말투가 되지 않도록 노력하며 말했다.

"그래, 난 샤에가 좋아. 네 말대로 걔는 메타모르프야. 하지만 너
도 나와 마찬가지로 이 일이 메타모르프나 그 밖의 살아남은 다른
파미유의 소행이 아닌 줄은 알잖아? 그뤼들이 공격할 때 너도 있었
지. 네 아버지가 자알라브를 상대할 때도. 그러니까 우리의 적은 로
트르라는 걸 잘 알 텐데. 메타모르프는 우리의 적이 아니란 말이야.
샤에도 그렇고. 어째서 넌 그 애를 그렇게 못 잡아먹어 안달이지?"

나탕은 에놀라의 반응을 기대하며 유심히 바라보았다. 에놀라
는 오히려 나탕을 설득하려고 할까, 화를 낼까? 아니면 가식적인
연기를 할까?

그녀는 웃음을 터뜨렸다.

"가엾은 사촌, 사람이 어쩌면 이렇게 우스워졌니! 메타모르프가
진짜 위험거리 축에도 못 드는 줄은 알지. 우리는 그들보다 훨씬 세
니까. 그들은 절대 우리에게 맞서지 못해. 그래도 그게 메타모르프

들을 살려둘 이유는 못 돼!”

“그래도……”

에놀라의 푸른 눈이 빛났다.

“나트, 내 말을 끝까지 잘 들어. 우리 파미유는 가차 없이 밀어붙였기 때문에 패권을 유지해왔던 거야. 이제 우리는 세계를 지배하고 있지. 앞으로도 이렇게 나아가려면 반드시……”

“넌 내 질문에 대답하지 않았어.”

나탕이 에놀라의 말을 끊었다.

“네가 무슨 질문을 했는데?”

“네 아버지를 죽일 뻔한 자알라브와 로트르에 대해서.”

에놀라는 어깨를 으쓱했다.

“로트르는 파미유를 위협하지 않아.”

나탕은 얼굴에 핏기가 가시는 기분이었다. 에놀라, 얘가 지금 진지하게 하는 말인가?

“네가 한 말이 무슨 뜻인지는 아니? 넌 이미 온 인류와 모든 파미유를 파괴할 뻔했던 존재에 대해 얘기하고 있는 거라고. 우리 부모님을 죽였고 네 집을 습격했던 장본인, 게다가……”

“그건 다 오해일 뿐이야.”

“뭐라고?”

“서로 잘 몰라서 빚어진 오해라고. 난 옹쥐와 벌써 얘기를 나누어 봤는데 우리의 관점은 같았어. 우리가 힘을 합치면 모든 것을 가질 수 있을 거야.”

“옹쥐와 얘기를 했다고?”

나탕은 어이가 없어서 중얼거렸다. 에놀라는 당황하지 않고 태연히 대꾸했다.

"그래. 옹쥐는 코지스트가 로트르보다 더 강하다고 인정했고 우릴 도와주겠다고 했어."

"너 완전히 미쳤구나! 옹쥐는 널 갖고 노는 거야. 널 이용하고 농락하는 거라고!"

나탕은 격분했다.

"농락당하는 사람은 너야, 나트. 네가 메타모르프 계집애에게 우롱당하고 있잖아."

"네 아버지는 어떻게 생각하시지? 자기 딸이 로트르와 모종의 계약을 맺었다는 걸 알았는데도 가만히 계셨어?"

나탕은 침착함을 잃지 않고 물었다.

"우리 아빠는 마르구이야 섬에서 쉬고 계셔. 부상이 다 낫지도 않았는데 이런 소소한 일로 귀찮게 하고 싶진 않아."

"앙통 할아버지는?"

"차츰 내 의견에 귀를 기울이고 계셔. 이제 곧 내가 얼마나 사태를 제대로 보고 있는지 깨닫고 나를 도와 위원회를 설득하실 거야."

"내가 할아버지에게 말해야겠어! 설명을 해야……"

"옹쥐는 네가 그렇게 나올 거라고 했어. 솔직히 나는 널 설득해볼 수도 있지 않을까 하는 한 가닥 희망을 품었지만 넌 정말 구제불능이구나. 하지만 넌 결과적으로 날 돕게 될 거야."

"그럴까?"

"그럼. 앙통 할아버지는 네가 암살을 목적으로 집에 숨어들어 온

줄 아시면 더욱더 내 편을 들어주시겠지.”

“웃기지 마. 할아버지는 네 말을 절대 믿지 않을걸.”

“사촌, 정신 좀 차려. 할아버진 내 말을 믿을 거야. 그렇잖으면 네가 창문으로 기어들어 온 걸 어떻게 설명할래? 게다가 중간에 맞닥뜨린 나를 죽이려고 하는데?”

“무슨 소리……”

나탕이 말을 하려는 순간 에놀라는 이미 행동에 들어갔다. 그녀는 나탕의 턱을 향해 주먹을 휘둘렀다. 생각했던 것보다 빠른 주먹이었다. 게다가 아주 작정하고 휘두른 주먹이었다.

그렇지만 나탕의 반사 신경이 먼저였다. 그는 날아오는 주먹을 피해 옆으로 방어 자세를 취했다.

에놀라의 눈을 보았다. 검은색 눈동자. 완전히 새까맸다. 공포를 자아내는 눈. 자알라브처럼 어둠을 품고 있는 두 개의 눈이 거기 있었다.

나탕은 혼란스러웠다.

그 순간 에놀라가 다시 주먹을 휘둘렀다.

한곳을 겨냥해 완벽하게 휘두른 일격이 나탕의 급소에 맞았다. 나탕은 숨이 턱 막혀 허리를 구부렸다. 에놀라는 손날을 세워 정확하고 가차 없이 나탕의 목을 내려쳤다. 나탕은 눈앞이 캄캄해지는가 싶더니 그대로 의식을 잃고 쓰러졌다.

에놀라는 나탕을 한 번 흘끗 내려다보았다.

눈은 다시 푸른색으로 돌아왔다.

그녀는 나탕의 검을 집어 들고 잠시 호기심 어린 눈으로 바라보

다가 숨을 멈추고 자기 팔에 살짝 그었다. 마사무네의 날은 쉽게 에
놀라의 살갗을 갈랐다.

에놀라는 예상보다 피가 너무 많이 쏟아지자 두려웠지만 그래도
자해를 한 번 더 하고 난 다음에야 검을 놓고 날카롭게 비명을 질
렀다.

그에 화답하듯 곧바로 복도를 뛰어오는 발소리가 울리고 비상등
이 켜지면서 사람을 부르는 소리가 울려 퍼졌다. 에놀라는 세심하
게 연구해놓은 자세대로 바닥에 누워 눈을 감았다.

에놀라의 얼굴에 미소가 번졌다.

21

샤에는 더 이상 숨을 쉴 수 없었다.

어떻게 숨을 쉴 수 있겠는가? 온몸이 그저 고통스러운 상처 덩어리로 변해버린 마당에.

끔찍하고 한없는 아픔.

11년 전 부모님이 교통사고로 돌아가시면서 그녀의 삶은 무너졌다. 제대로 밝혀지지 않은 그 사고가 샤에를 의지할 데 없는 천애의 고아로 만들었다. 그녀는 미래도 없이 오랫동안 그렇게 믿어왔다. 그 사고는 행복하고 천진했던 어린 시절을 절대 고독으로 뒤덮어버렸다. 쇼즈가 깨어나 그녀의 몸을 장악하게 된 결정적 계기도 그 사고였다.

그게 사고가 아니라 살인이었다니.

그녀가 좋아하는 소년의 아저씨가 저지른 살인.

샤에는 계속 숨을 쉴 수 없었다.

아버지는 그녀를 목말 태워 산책 나가곤 했다. 엄마와 배꼽을 잡고 웃던 일, 매일 밤 읽어주셨던 이야기책, 뺨을 어루만지던 다정한 손길, 미소, 세 식구가 나눠 먹던 케이크, 눈물을 닦아주던 손, 스르르 사라지던 슬픔, 행복하다는 확신……

살인이라니. 몸이 떨리기 시작했다. 아팠다. 아프지 않은 곳이 없었다. 죽을 것 같았다.

샤에는 숨이 차올라 눈을 크게 뜨고 산소를 들이마시려 입을 벌렸다. 숨을 쉴 수 없었다. 그녀는 이미 살아 있지 않았으니까.

그녀는 앞으로 엎어졌다.

그 순간 놀랄 만큼 탄탄한 근육질 팔이 그녀를 잡아주었다.

단단한 가슴이 그녀의 등에 와 닿았고 관절이 두드러진 손이 그녀의 흉골 아래를 거침없이 눌렀다.

에밀리아노가 온 힘을 다해 지압점을 누르는 동안 샤에는 흉곽이 터질 듯했다. 무서운 고통이 온몸으로 퍼지는가 싶더니 갑자기 공기가 다시 그녀의 폐로 흘러들어 갔다.

참을 수 없는 눈물이 터졌다. 쉰 목소리로 부르짖지 않을 수 없었다.

"왜!"

에밀리아노가 손에서 힘을 풀었다. 그는 다정하게 샤에의 머리카락을 쓸어주었다. 그의 손가락이 샤에의 뺨을 스치다가 목덜미를 어루만졌다.

"쉿, 진정해. 숨부터 다스리고…… 그래, 그렇지."

에밀리아노가 귀에 대고 속삭였다.

"왜?"

샤에는 오열하면서 다시 한 번 물었다.

"코지스트들은 괴물이고 네 부모님은 메타모르프였으니까."

"우리 부모님은 권력도, 파미유도, 파미유들끼리의 다툼도 상관 안 했어. 그리고 난…… 난……"

"쉿."

에밀리아노가 조용히 말했다.

"말하지 않아도 난 다 알아."

샤에의 호흡이 가라앉았다. 에밀리아노는 계속 그녀를 끌어안고 있었다.

"네 기분이 어떤지 알아. 오랜 세월 나도 똑같은 기분이었으니까. 부모님이 돌아가신 그날부터 지금까지 사무치는 고독을 떨칠 수 없었다는 것도 알아. 네 안에서 그 힘이, 정말 괴물 같은 그것이 깨어났을 때 어떤 두려움이 엄습했을지도 알아. 네가 정말로 찾는 사람들은 투명한 그림자처럼 보이지 않는데 네 주위 사람들을 대하며 어떤 혼란에 빠졌을지 나는 다 알아."

샤에는 이제 울지 않았다. 에밀리아노가 하는 말은 치유의 연고처럼 그녀의 영혼을 감싸주고 마음을 사로잡는 위로를 불어넣었다. 그녀는 에밀리아노에게 몸을 기댄 채 자신의 배를 잡고 있는 그의 손과 목덜미를 어루만지는 손길을 순순히 받아들이고 있었다.

"나도 너와 같아. 나도 너처럼 괴로워했고, 꿈꾸었고, 그러면서 또 희망을 품고, 그러다 또 고통스러워했지……"

젊은 기드는 계속 속삭였다.

샤에는 기분이 좋았다.

부모님이 살해당했다는 소식이 불러온 고통은 여전히 남아 있었지만 이제 활활 타는 불길처럼 그녀를 괴롭히진 않았다. 고통은 차가운 분노로 바뀌었고 그러한 분노가 묘하게도 지금 느끼는 기분 좋은 감정과 어우러졌다. 그녀는 바르텔레미를 죽일 것이다. 어떤 확신이 그녀의 등을 어루만지는 에밀리아노의 손가락처럼 샤에의 미래에 구체적으로 다가왔다.

"내가 도와줄게."

샤에는 그에게 무슨 말이냐고 묻지 않았다.

묻지 않아도 알았다.

나탕의 모습이 뇌리를 스쳤다. 그녀는 깊은 잠에서 깨어나듯 흠칫 떨었다. 에밀리아노에게 몸을 맡기고 뭘 하고 있는 거지? 에밀리아노가 무슨 권리로 나를……

"그는 잊어." 포근하고 거부할 수 없는 음성이 귀에서 속삭였다. "그는 너에게 아무것도 아니야. 그는 널 이해 못 해. 널 모른다고. 그러니 잊어버려."

샤에가 들어 올린 팔이 힘없이 떨어졌다. 에밀리아노의 음성과 그 손길만이 중요했다. 나탕은 사라졌다.

청년의 입술이 손가락을 대신해 샤에의 목덜미에 바람처럼 가볍게 내려앉았다가 뺨으로 다가갔다.

그녀는 고개를 돌렸다.

두 사람의 입술이 만났다.

샤에는 그대로 빠져들었다.

22

나탕은 눈을 떴다.

그는 등받이가 높고 불편한 의자에 앉아 있었다. 방한 스키복이 벗겨져 있었고 배낭과 검은 보이지 않았으며 손발은 비닐 노끈으로 꽁꽁 묶여 있었다. 시험 삼아 당겨보았지만 단 1밀리미터도 늘어나지 않는 튼튼한 노끈이었다.

한편, 고개를 움직이자 목덜미를 찌르는 듯한 날카로운 아픔이 느껴졌다. 아픔은 금세 물러났다. 에놀라의 일격은 완벽했다. 쉽사리 그를 제압한 걸 보면 오래전부터 무예를 연마한 게 틀림없었다.

의식을 잃은 사이에 마루판이 깔린 넓은 거실로 옮겨졌다. 가구는 차갑고 번지르르했다. 주위를 둘러볼 겨를도 없이 등 뒤에서 발소리가 났다. 방탄조끼로 무장한 대원 한 사람이 시야에 들어왔다.

"뭘……"

나탕은 의연한 목소리가 나오기를 바라며 입을 열었다.

"입 다무십시오!"

단호한 명령이 떨어졌고 나탕은 시키는 대로 했다. 그는 포로를 잠깐 바라보고는 가까운 탁자에 놓여 있던 수화기를 들었다.

"깨어났습니다."

그는 대답을 기다리지 않고 전화를 끊은 다음 나탕을 묶은 노끈을 확인하고는 방을 나갔다.

나탕은 기절해 있는 동안 시간이 얼마나 흘렀는지 알 수 없었다. 두꺼운 커튼이 쳐져 있는 데다 손목시계도 볼 수 없어 막연히 추측만 할 뿐이었다.

그래도 에놀라에게 당한 시각에서 그렇게까지는……

그는 고개를 저었다. 시간 따위 중요치 않았다. 에놀라는 옹쥐와 접촉했고 그의 손에 놀아났다. 자알라브가 다른 세상의 집을 지나가도록 도와준 사람도 에놀라였다. 옹쥐는 에놀라를 자신의 졸개처럼 부리고 있었던 것이다. 앙통 할아버지와 코지스트들에게 긴급히 알려야 했다. 그럼에도 섬뜩한 예감이 그의 뇌리를 스쳤다.

에놀라가 할아버지 집에서 뭘 하고 있었던 걸까? 어째서 그 애는 앙통 할아버지가 자기와 뜻을 같이한다고 확신했을까? 할아버지까지 로트르의 편으로 넘어갔단 말인가?

나탕의 생각에 화답하듯 문이 열리고 앙통이 방으로 들어왔다. 나탕은 할아버지를 제대로 알아볼 수 없었다. 첫 만남에서 그토록 깊은 인상을 주었던 영리하고 당찬 노사자의 이미지는 온데간데없었다. 구부정하니 서 있는 앙통은 안색이 창백했고 갈기처럼 덥수

룩한 백발은 윤기를 잃었다.

하지만 나탕 앞에 이르자 할아버지는 어깨를 쫙 펴고 손자를 준엄한 눈으로 내려다보았다.

"이렇게 실망스러울 데가! 우리 집안의 혈통에 마가 꼈다고 믿어야 할 수밖에. 처음에는 뢱이 그러더니 이젠 네가……"

"에놀라가 거짓말한 거예요. 그 애는 로트르의 손아귀에 놀아나고……"

나탕이 서둘러 말했다.

"닥치거라, 가엾은 녀석! 에놀라 그 애는 날 실망시킨 적 없다. 에놀라가 조카손녀가 아니라 친손녀였다면 좋았을 텐데!"

"제 말을 안 믿는 건 그렇다 치고, 왜 바르텔레미 아저씨의 말까지 믿지 않으세요? 아저씨는 자알라브와 싸웠어요. 그러니……"

"바르트는 이 일에서 빼! 메타모르프들이 빌라를 공격하는 바람에 심한 부상을 입었으니까. 그 공격에서 네가 무슨 역할을 했는지는 영 분명치 않다만, 바르트는 생 루이에서 요양 중이니 안정을 취해야 해."

"잘됐군요. 하지만 에놀라가 할아버지를 속인 건 아세요? 그 애가 웅쥐와 계약을 맺은 건 아시냐고요?"

"에놀라가 날 속여? 차마 밝힐 수 없는 속셈으로 한밤중에 내 집에 침입한 사람은 네놈 아니냐?"

"그건 사실이 아니에요. 전 우리 파미유와 모든 인간을 덮치려는 무서운 위험을 경고하러 왔어요. 전 할아버지를 설득하려고……"

나탕은 입을 다물었다. 앙통은 침통한 표정으로 고개를 돌리고 있었고 손자를 바라보는 것 자체가 괴로워 보였다.

"너의 결백을 증명하려고 사촌누이를 죽이려 했던 게냐?"

앙통 할아버지는 독을 뿜듯 내뱉었고 나탕은 흠칫했다. 에놀라의 마지막 말이 섬광처럼 기억에 떠올랐다. 도대체 그 애가 무슨 수작을 꾸민 걸까?

"전…… 에놀라를 건드리지 않았어요."

나탕이 더듬대며 말했다. 앙통의 눈이 획 돌아와 다시 손자의 눈을 노려보았다.

얼음처럼 차가운 눈빛으로.

"거짓말!"

나탕은 반박하려고 입을 열었지만 할아버지가 더 빨랐다.

"네가 무슨 목적으로 이런 짓을 꾸미는지 모르겠지만 파미유에게 위험한 존재라는 건 알겠다. 그리고 파미유를 보호하는 것이 나의 의무다. 에놀라, 들어와라!"

에놀라가 방으로 들어왔다. 소녀는 창백했고 왼쪽 팔을 붕대에 감아 어깨에 두르고 있었다. 앙통이 다정하게 그녀의 어깨를 어루만졌다. 하지만 이내 입을 열었을 때 그의 말에는 어떤 애정도 담겨 있지 않았다.

"나탕은 널 건드리지 않았다고 하는구나."

에놀라가 화들짝 놀랐다. 순식간에 눈에는 눈물이 그렁그렁해졌고 손을 들어 눈가를 훔치려다가 상처의 통증 때문에 얼굴을 찌푸리며 다친 팔을 부여잡았다. 사촌누이의 가증스러운 연기에 나탕은 할 말을 잃었다.

"나탕이 갑자기 쳐들어와 절 위협하면서 할아버지 방이 어딘지 말하라고 했어요. 제가 말하지 않았더니 그만……"

목소리가 갈라져 나오자 그녀는 얼른 목을 가다듬었다.

"나탕은 절 죽이려고 했어요. 그래도 제가 기지를 발휘해 나탕을 때려서 기절시킬 수 있었죠."

앙통 할아버지는 고개를 주억거렸다.

"네 생각엔 내가 어찌하면 좋겠냐?"

에놀라는 짐짓 생각하는 척했다. 파란 눈은 나탕을 쏘아보고 있었고 오직 나탕만이 그녀가 입을 여는 순간 그 눈에 드리워진 검은 그림자를 알아볼 수 있었다.

"파미유의 안위가 달린 일이에요. 할아버지가 나탕을 처단하셔야죠!"

23

샤에는 달콤한 마비 상태에 빠져 있었다. 자신이 어디에 있는지, 무슨 일이 일어나고 있는지 모르고 있었다.

기분이 좋았다.

악마처럼 달콤하게 몸을 더듬는 에밀리아노의 손길에 그녀는 전에 없는 쾌감에 빠져들었다. 청년의 뜨거운 입술이 그녀의 살갗을 간질이고 희롱하는 동안, 귓전에 맴도는 은밀한 속삭임이 그녀를 노곤한 기운으로 감싸안았다.

기분이 좋았다.

한편으로는 어째서 자신이 이렇게 수동적이고 고분고분한지 이상하다는 한 가닥 의식이 번득였지만 그 의식마저 점점 희미해져 갔고 사에는 계속 그대로 빨려들고 있었다.

기분이 좋았다.

순간 갑자기 배를 쥐어짜듯 심한 통증이 일면서 쾌감도, 현실을 가리는 장막도 산산이 흩어졌다.

고통과 함께 떠오르는 두 단어.

나탕, 나탕이 위험하다. 그 애가 괴로워하고 있다.

샤에는 퍼뜩 정신을 차리고 몸을 일으켰다.

눈 깜짝할 사이에 두 눈이 어둠에 익숙해졌다. 그녀는 자기 방이 아닌 다른 방에서, 옷이 반쯤 벗겨진 모습으로 커다란 침대에 누워 있었다. 부드러운 손이 어깨에 와 닿고 에밀리아노의 사근사근한 음성이 들렸다.

"자, 샤에."

이대로 몸을 맡기고 싶다는 강한 욕구가 엄습했다. 도저히 뿌리치기 힘들었다. 그냥 이대로 다 잊어버리고 청년에게 몸을 맡겨버리면…… 하지만 샤에는 뿌리치기 힘든 유혹을 그보다 더 강한 의지로 물리치고 힘겹게 비틀거리며 일어났다.

"샤에, 그냥 누워 있어!"

이제 에밀리아노의 목소리는 전혀 다정하지 않았다. 거역할 수 없는 명령처럼, 오직 절대 복종을 요구하는 목소리였다. 마비 상태에 빠져 있는 샤에를 일깨우는 목소리. 이제 그 누구도 그녀를 조종할 수 없었다.

에밀리아노는 친절하지도 다정하지도 않았다. 약하고 상처 입은 사람, 인생의 역경을 견뎌내온 사람이 아니었다. 그는……

"샤에! 이리로 와!"

거칠게 닫은 문소리가 대답을 대신할 뿐이었다.

샤에는 주실로 이어지는 복도를 뛰어갔다. 주실에 들어서는데 뒤에서 섬뜩한 동물의 으르렁거리는 소리가 났다.

샤에는 무엇에 쫓기고 있는지 생각할 겨를도 없이 일단 뛰었다.

문은 열쇠로 잠겨 있었다.

복도에서 발소리가 울렸다. 육중하게 울리는 소리. 간담을 서늘하게 하는 소리. 간간이 요란하고 거친 숨소리도 들렸다.

샤에는 거실로 다시 돌아갔다. 테라스로 나가는 창들도, 파리의 밤도 꽁꽁 잠겨 있었다.

"샤에!"

그 소리는 샤에와 3미터쯤 거리를 두고 천둥처럼 진동했다.

사람의 목소리가 아니었다.

"샤에!"

샤에가 표범으로 둔갑할 태세로 돌아서는 순간, 그녀 안에 꿈틀대는 동물적인 감각과 질긴 생존 본능이 이를 가로막았다. 그녀는 순간적으로 생각했다.

'난 아직 준비가 안 됐어. 그를 본다면 무너지고 말 거야. 내가 또다시 에밀리아노에게 무너진다면……'

샤에는 두 손으로 큼지막한 나무 의자를 잡고 몸을 힘껏 틀어 유리창을 향해 던졌다.

유리창은 박살이 났다.

파편들이 바닥에 다 떨어지기도 전에 샤에는 창틀에 붙어 있는 유리조각에도 아랑곳하지 않고 깨진 창밖으로 뛰어나갔다. 그녀는 테라스 바닥에서 데굴데굴 구르다가 발딱 일어나 망설임 없이 난간

위로 올라섰다.

그 순간, 시커먼 실루엣이 테라스에 나타났다. 그것은 물 흐르듯 유연했고 섬뜩할 정도로 강력한 오라를 뿜어내고 있었다.

그것은 샤에가 뛰어내린 곳을 향해 고개를 숙이고 어둠 속을 유심히 바라보고 있었다.

헛된 일이었다. 밤하늘에는 아무것도 없었고 일곱 층 아래 보도에 쌓인 눈밭에는 이미 아무런 흔적조차 남아 있지 않았으니까.

밤에 익숙지 않은 시야와 앞을 가로막는 눈보라 때문에 샤에는 얼마 못 가 독수리의 모습을 포기하고 바닥에 내려앉았다. 맨발에 속이 다 비치는 잠옷 바람이었으므로 그녀는 온몸을 오들오들 떨었다.

표범. 표범이 되어야 했다.

그녀는 변신을 했고 이번에는 조금 다른 시도를 해보았다.

눈표범이 된 샤에는 눈에 파묻힌 자동차들의 산을 유유히 타고 넘었다. 넓적한 발바닥은 눈에 쉽게 빠지지 않았으며 좋은 버팀목이 되어주었다.

눈표범. 설원을 누비는 표범.

해발 6000미터에 이르는 히말라야 산맥의 혹독한 기후와 맞설 수 있도록 뛰어난 시력과 청력을 지닌 무서운 포식자에게는 인간 말고는 적이 없었다.

눈표범.

에밀리아노가 사는 건물에서 100미터 떨어진 지점에서 눈표범은 눈에 거의 다 지워진 나탕의 흔적을 찾아냈다. 그리고 눈에 띄지 않을 만큼 재빨리 추적에 나섰다. 탄탄한 몸뚱이와 뛰어난 감각기관들이 정신의 한 부분과 함께 추적에 가담했다. 그렇다, 한 부분뿐이었다. 방금 겪었던 일로 인해 정신의 나머지 부분은 흐리멍덩해져 있었으니까.

어떻게 에밀리아노는 그녀를 침대까지 끌고 갈 수 있었을까? 어째서 그녀는 저항하지도 않고 넘어갔을까? 에밀리아노가 약이라도 먹였던 걸까?

아니, 자신을 속일 수는 없었다. 그녀는 기꺼이 그를 따랐고 그의 팔에 몸을 기대어 키스와 애무를 받을 때 더없이 기분이 좋았다. 그건 약 따위와 아무 상관도 없었다. 그녀는 나탕을 배신한 것이다.

눈표범의 목구멍에서 분노와 회한으로 으르렁 소리가 새어 나왔다.

에밀리아노 때문에 나탕을 배신하다니.

에밀리아노. 그의 정체가 뭘까? 기드는 아니다. 그 점을 확신한 샤에는 그토록 쉽게 속아 넘어간 자신을 용서할 수 없었다. 코지스트들과 같은 편? 로트르의 협력자? 그것도 아니면—이 생각에 샤에는 얼어붙었다—그가 바로 웅쥐?

이런저런 추측을 해보았지만 저마다 그럴싸한 근거도 많았고 반박할 만한 이유도 많았다. 코지스트들과 한편이라고 치면? 나탕을 앙통과 만나게 하기 위해 그렇게까지 일을 어렵게 만들 필요가 있었을까? 로트르의 협력자? 그렇다면 어째서 그룅들에게 공격을 당했단 말인가? 에밀리아노가 웅쥐라면? 그에게 나탕과 샤에를 죽일 기회는 열 번도 더 있었다. 무슨 이유로 그 기회를 다 흘려보냈단 말인가?

아니다. 샤에는 에밀리아노의 정체를 알 수 없었다.

그의 정체가 무엇이든 간에, 샤에가 테라스로 뛰어나갈 때 뒤에서 울린 천둥 같은 소리는 결코 인간의 음성이 아니었다.

그 소리를 잊을 수가 없었다.

파리는 한산했다. 눈앞조차 잘 보이지 않았고 무시무시하게 추웠다. 눈이 심하게 쌓인 탓에 말뚝과 푯말이 휘어지려고 했다.

그래도 샤에는 추적을 멈추지 않았다.

나탕의 체취와 자기 안에서 몸부림치는 본능을 실마리 삼아 나아갔고 차츰 두 가지는 확실해졌다.

나탕은 위험에 빠져 있었다.

샤에는 그를 배신했었지만 이제 그를 구해줄 것이다.

배신. 그리고 서서히 퍼지며 파괴하는 음험한 독.

"파미유의 안위가 달린 일이에요. 할아버지가 나탕을 처단하셔야죠!"

앙통이 동요했다. 에놀라를 바라보던 앙통은 나탕에게 고개를 돌렸다가 다시 한 번 에놀라를 보았다.

"없애라고? 그건……"

할아버지의 음성이 떨리고 있었다.

"나탕은 파미유를 배신했어요. 메타모르프들과 거래를 했다고요. 우리 집을 습격할 음모를 꾸몄죠. 저 애 때문에 우리 아버지가 얼마나 심하게 다치셨는데요. 저까지 죽이려고 했어요. 그리고 할아버지를, 자기 친할아버지를 죽이려고 했다고요! 그 밖에도 숱한 이유를 댈 수 있지만 나탕을 제거할 이유는 그중 하나만으로도 충분해요."

"처음부터 끝까지 다 거짓말이에요! 에놀라는 옹쥐의 끄나풀에 지나지 않아요. 할아버지는……"

나탕이 화가 나서 소리쳤다.

에놀라가 성한 팔로 나탕의 뺨을 후려쳤다. 있는 힘을 다해 날린 따귀였다. 나탕의 윗입술이 찢어지면서 피가 주르르 턱으로 흘러내렸다.

"닥쳐! 못된 짓은 할 만큼 했잖아. 할아버지의 마음을 약하게 하려는 수작이라면 집어치워!"

에놀라가 명령조로 말했다. 앙통 할아버지는 눈을 껌벅거렸다. 냉정한 표정은 자취를 감추었고 좀처럼 결단을 내리지 못하는 듯, 아니 그저 곰곰이 생각하는 것조차 불가능한 듯 보였다.

"제 말을 믿으세요. 나탕은 죽어야 해요."

에놀라가 주장했다.

"나는…… 넌 그렇게 확신하니?"

"그렇고말고요."

나탕은 말로는 더이상 설득이 불가능하다는 것을 깨달았다. 그저 할아버지의 눈을 똑바로 들여다보며 오직 눈빛만으로 자신의 진심을 전하려 했다. 앙통은 하나뿐인 친손자를 죽이라고 하지 못할 것이다. 그런 명령은 내릴 수 없을 것이다. 그럴 수는 없었다. 할아버지는……

"알았다. 가슴이 찢어진다만 그게 옳은 결정이겠지. 그 무엇보다 파미유가 우선이다."

노인이 중얼거렸다.

할아버지의 눈이 자신을 향하는 순간, 나탕의 심장은 그대로 멈출 뻔했다. 그 눈의 흰자위가 진회색으로 변하더니 홍채는 새까매져서 동공과 잘 구분되지 않았다.

자알라브의 눈이 그랬다.

나탕을 때려눕히던 순간, 에놀라의 눈이 그랬다.

로트르의 눈이었다.

어쩔 수 없다는 체념이 밀려왔다. 나탕은 졌다. 옹쥐는 그가 막연히 생각했던 것보다 더 무서운 놈이었다. 옹쥐가 짜놓은 권모술수의 거미줄에 오만하고 조심성 없는 에놀라가 제일 먼저 걸려들었던 것이다. 그리고 앙통 할아버지는 두 번째 희생양일 뿐이었다.

쉭, 소리가 들릴 듯 말 듯 났다.

에놀라가 마사무네의 손잡이를 앙통에게 내밀었다.

노인은 망설이는 손으로 검을 잡았다. 손가락이 검의 손잡이에 닿는 순간, 할아버지는 몸을 떨며 한참이나 광채가 흐르는 칼날을 하염없이 바라보았다.

"앙통 할아버지!"

에놀라가 재촉했다.

나탕은 침묵을 지켰다. 생각할 여지 따위 없었다. 이 함정에서 벗어날 방법을 도무지 찾을 수 없었다. 그는 죽고 말 것이다. 그것도 친할아버지의 손에.

"나…… 난 못한다."

앙통은 눈을 질끈 감고 더듬더듬 말했다.

할아버지가 다시 눈을 떴을 때 한 가닥 희망이 나탕의 등줄기를

타고 흘렀다. 앙통 눈의 홍채는 다시 초록빛으로 돌아와 있었고 흰
자위에서도 어둠의 흔적은 전혀 찾을 수 없었다.

"저는 결백해요. 할아버지가 제 말을 들어주신다면 결백을 증명
할게요. 할아버지 혼자만 들어주신다면요."

나탕이 간청했다. 에놀라가 함께 있으면 승산이 없다는 생각 때
문에 '혼자'라는 말에 힘을 주었다.

앙통의 눈에 어두운 광채가 다시 떠올랐다.

"닥쳐라, 이 몹쓸 놈아! 더 이상 네놈 말은 듣고 싶지 않다."

"앙통 할아버지, 나탕을 죽여야 해요. 파미유의 복수를 직접 하셔야
해요."

에놀라의 냉담한 목소리가 끼어들었다.

무거운 침묵이 방 안을 압도하는 듯했지만 앙통은 이내 고개를
저었다.

"아니. 내 핏줄을 내 손으로 끊을 순 없다. 나탕은 죽어 마땅하지
만 내 손으로 처형하지는 않겠다."

할아버지는 검을 밀어내며 말했다.

"할아버지!"

"에놀라, 그럴 순 없다."

늙은 코지스트는 기진맥진했다. 그는 재차 강조했다.

"에놀라, 그럴 순 없어. 내 친손자를 죽이진 못하겠다."

"선택의 여지가 없어요!"

앙통은 대답 대신 뒤돌아 구부정한 등을 하고 느릿느릿 걸어갔
다. 문턱을 넘으려다가 문득 나탕을 돌아보고 마지막으로 무슨 말

을 하려는 듯 입을 열었지만 이내 마음을 바꾸었다.

그는 아무 말 없이 방을 나갔다.

에놀라는 한심하다는 듯 한숨을 내쉬었다. 곧이어 입가가 비틀리며 분노 어린 비웃음이 떠올랐다.

"고집불통 늙은이! 저러다 다 된 밥에 코 빠뜨리겠군!"

소녀가 툴툴거렸다.

"할아버지가 날 죽이지 않았기 때문에? 미안하군, 난 너와는 생각이 달라."

나탕은 필사적으로 빈정대며 물었다. 에놀라가 깔보는 듯한 눈으로 바라보았다.

"그래봤자 네 앞날은 달라지지 않아. 네 할아버지는 약해빠졌으니 내가 친히 널 맡아주지. 믿어도 좋아, 난 절대 주저하지 않을 테니까."

"그렇다면 왜 그렇게 할아버지를 닦달한 거지?"

나탕은 정말 궁금해서라기보다는 단순히 시간을 벌기 위해 질문을 던졌다. 그렇지만 에놀라가 잠시 주저하자 대답에 관심이 갔다.

"사촌, 너에게 모든 걸 말해주지. 바보처럼 살았지만 죽을 때는 그보다 좀 덜 어리석었으면 해서 말이야. 마르세유에서 자알라브와 마주쳤을 때, 난 협력하든지 죽든지 둘 중 하나를 택해야 했어. 결정은 빨리 났지. 내가 그를 다른 세상의 집에 데리고 들어가 자알라브의 문까지 안내했어. 그때는 그냥 목숨을 구하고 보자는 심정이었지만 차차 얘기를 해보니 어디에 붙어야 나에게 득이 될지 알겠더라고. 봐봐, 나탕, 우리 파미유는 세상에서 막대한 부를 차지하고

있지만 식구들이 너무 많아. 지나치게 많지. 나에게 돌아오는 몫으
론 성이 안 찬단 말이야. 난 더 많은 것을 받을 자격이 있어. 더 나은
대접을 받아야 한다고. 이젠 말이야, 노망난 늙은이들의 관대한 처
분을 바랄 필요도 없어. 옹쥐가 날 만나러 왔을 때 난 똑똑히 깨달
았지. 근사하고 미래가 촉망되며 마음을 끄는 만남이었어. 난 이제
곧 코지스트들도 꿈꾸지 못했던 권력을 누리게 될 거야. 로트르는
서로 믿고 힘을 나눠 가질 협력자들을 필요로 해."

"그래서 파미유를 배신하기로 했군!"

"넌 도통 이해를 못 하는구나! 인정하든 인정하지 않든, 로트르는
자기 자리를 차지하고 말 거야. 그 자리는 코지스트들의 자리가 아
니라고."

"에놀라, 착각하지 마. 로트르가 노리는 건 인류의 멸종이지, 그
이상도 그 이하도 아니라고."

나탕이 쏘아붙였다.

"아니, 너나 착각하지 마. 나는 옹쥐와 얘기를 해봤어. 넌 그와 만
나본 적도 없잖아. 난 이미 옹쥐를 떠봤다고. 그가 날 속일 수 있을
거라고 생각해?"

"물론. 하지만 내가 물어본 요점은 그게 아니야."

"네가 왜 하필이면 할아버지 손에 죽어야 하는지, 옹쥐가 왜 그걸
바라는지 알고 싶어? 그러렴. 너의 마지막 의지에 달린 일이라고
해두자."

그녀는 얼어붙을 만큼 차가운 미소를 띠며 마지막 말을 뱉었다.

나탕의 목숨은 에놀라가 쥐고 있었고 그 에놀라는 로트르의 손아

귀에 있었다.

"옹쥐는 네가 자신의 앞길을 가로막는 방해물이라고 생각해. 반드시 제거해야 할 방해물."

"우리 할아버지는?"

"앙통은 로트르의 계획을 위해 새로운 하수인으로 선택되겠지. 하지만 그는 너무 고집이 세. 게다가 자나 깨나 파미유밖에 몰라. 그의 유일한 빈틈은 아들에 대한 사랑이었는데, 네가 살아 있다는 걸 알게 되면서부터 그 사랑이 너에게 다 옮겨갔지. 하지만 어차피 실패한 사랑에 집착하는 셈이야. 앙통이 널 죽이기로 한다면 로트르 편으로 만들기도 좀 더 쉬워질 거야. 옹쥐는 그렇게 생각하더라고."

"에놀라, 옹쥐는 널 조종하는 거야. 그는……"

"됐어! 난 네가 성가시거든. 옹쥐가 틀림없이 언짢아하겠지만 그래도 내가 널 죽일 거야. 어쩔 수 없었다고 하면 이해해주겠지."

에놀라가 한 손으로 나탕의 머리 위에 검을 치켜들었다.

"안 돼, 기다려!"

나탕이 외쳤다. 에놀라의 몸짓이 멈칫했다. 방문이 벌컥 열리며 코지스트 대원용 방탄조끼를 입은 한 남자가 나타났기 때문이다.

"뭐야……"

에놀라가 말을 하려다 멈췄다.

그 남자는 술 취한 사람처럼 쭈뼛쭈뼛 두 발짝을 걸어왔다. 그리고는 비틀거리다가 양팔을 쫙 벌리고 그대로 엎어져 더 이상 움직이지 않았다.

그자의 뒤에 샤에가 서 있었다.

25

에놀라는 조금도 놀라지 않았다. 그녀는 샤에를 위아래로 훑어보더니 빈정대는 미소를 지었다. 그러다 큭큭거리며 조롱하듯 쏘아붙였다.

"그래, 그래, 메타모르프 괴물도 여기 납시셨군. 외출복으론 참 볼 만하네, 안 그래? 지금 시각이……"

샤에는 얇은 잠옷밖에 걸치고 있지 않았다. 나탕은 잠깐이지만 왜 샤에가 옷을 입거나 신발을 신지 못했을까 의아했다. 바로 그 순간 다쳤다는 사촌누이의 팔이 아무렇지도 않게 움직이는 것을 알아차렸다. 팔을 고정하던 붕대가 떨어져 나가고 왼손과 오른손이 마사무네의 손잡이에서 만났다. 두 팔의 손목을 수갑을 찬 것처럼 가까이 가져가 검을 낮게 드는 자세였다. 신중하고 흠잡을 데 없는 대전 자세였다.

에놀라의 근육이 살짝 긴장하는 순간을 나탕은 놓치지 않았다.

"조심해!"

에놀라는 기습을 가했다. 한쪽 발을 앞으로 딛으며 검으로 죽음의 선을 그었다. 절도 있게 기울어진 사선. 샤에는 하마터면 두 토막이 날 뻔했지만 칼날에 살짝 스치기만 하고 민첩하게 바닥에 엎드렸다.

1초도 지나지 않아 곧바로 에놀라가 다시 검을 휘둘렀을 때, 샤에는 벌떡 일어나 번개처럼 빠른 공격을 상체만 살짝 틀어 피했다. 에놀라가 주춤 뒤로 물러났다.

"성가신 년, 괴물 주제에!"

샤에는 에놀라가 내뱉는 소리에 신경 쓰지 않고 눈으로 나탕의 상태부터 확인했다. 그때 샤에의 입술이 오므라들면서 무서운 송곳니가 나타났다. 표범의 송곳니였다. 목 쉰 가르랑 소리가 터지며 무릎이 구부러졌다.

에놀라가 역겹다는 듯이 얼굴을 찡그렸다.

"짐승 주제에. 그래, 그게 네 모습이지. 추잡한 짐승. 짐승을 없애려면 무슨 방법이 제일인지 알아? 다른 짐승과 싸우게 하는 거야!"

에놀라의 눈은 어둠처럼 시커먼 두 개의 구슬이었다. 그녀의 목에서 이상한 단어들이 튀어나왔다. 나탕은 에놀라에게 그나마 남아있던 인간의 본성이 완전히 사라졌다는 느낌이 왔다. 하지만 에놀라는 다시 평소의 목소리로 돌아왔다.

"두세 가지 배워둔 재주가 있지. 로트르는 우리 안에 있어. 누군가가 여덟 번째 문을 열겠다는 가상한 생각을 했기 때문이지. 이제 그의 존재만으로도 어리석은 것들을 처단할 무서운 존재들을 불러올 수 있게 됐어. 무섭지만 그들을 부릴 줄 아는 사람에겐 더없이 귀한 존재들이지. 괴물아, 너보다 더 센 짐승들을 데려와주마!"

에놀라가 다시 이상한 소리를 뽑아내자 그녀 주위의 공기가 떨렸다. 어디선가 그뤙 한 마리가 나타났다.

나탕은 안도의 한숨을 쉬었다. 그뤙 한 마리. 그쯤이야. 에놀라는 그들이 몇 번이나 그뤙을 상대했다는 사실을, 변신한 샤에에게 그뤙 따위는 상대가 되지 않는다는 사실을 모르는 듯했다.

샤에는 완전히 변신하지 않았다.

그뤙이 곧장 샤에의 목덜미로 달려들었다. 그뤙이 덮치려는 순간 샤에는 허리를 틀어 무릎을 구부리고 일격을 날렸다.

샤에는 무술을 배운 적도 없는 데다 주먹 한 대로는 아무리 정확하게 겨냥한다 해도 그뤙을 막을 수 없을 터였다.

그렇지만 정말로 그런 일이 일어났다.

샤에의 주먹은 그뤙의 갈비뼈를 공기해머처럼 후려쳤다. 그뤙은 날카로운 비명을 지르더니 바닥에 떨어졌다. 그러고는 부들부들 경련을 일으키다가 이내 축 늘어졌다.

에놀라가 흥미롭다는 듯 휘파람을 불었다.

"괴물아, 내가 생각했던 것보다는 좀 센가 보지?"

그녀는 자신이 상대를 과소평가했음을 깨달았다. 이제 제대로 상대해야 함을 자각하고 방어 자세를 취했다.

에놀라는 이를 악물고 깊은 숨을 들이마시는 샤에의 가슴팍을 향해 마사무네를 겨누었다. 샤에의 얼굴 표정이 풀리며 숨이 차분해졌다.

송곳니마저 사라진 순간 에놀라가 다시 공격에 들어갔다.

샤에는 자세를 낮추어 위압적인 칼날을 피했다. 두 번째 공격은 옆으로, 세 번째 공격은 뒤로 휙 몸을 피해 공격을 막았다.

그녀의 움직임은 춤추듯 우아했고 빠르면서도 확실했다. 샤에는 에놀라를 치려고 들지 않았다.

'왜 변신하지 않는 거야?'

나탕은 샤에의 주의를 흩트릴까 봐 소리 내지 못하고 속으로 삭혔다.

이제 그는 자신의 처지와 위태로운 목숨에 대해 생각하지 않았다. 오로지 샤에만이, 그리고 샤에가 그를 돕기 위해 무릅쓴 눈앞의 위험만이 중요했다.

에놀라가 휘두른 마사무네의 날이 샤에의 목을 스쳤을 때, 나탕은 입술을 깨물었다. 인간의 모습으로는 이 난관을 빠져나갈 수 없다. 어째서 샤에는 모습을 바꾸지 않는 걸까?

에놀라는 화려하고 절도 있는 공격을 연달아 펼쳤다. 샤에가 지금껏 피한 것이 기적이었다. 샤에는 칼에 맞지 않았지만 반격도 할 수 없었다.

에놀라는 전세를 깨뜨렸다. 흑단처럼 새까만 안구는 어떤 감정도 드러내지 않았지만 조금 놀라는 눈치였다. 에놀라는 방어 자세를 풀었다.

속임수에 걸려든 것이었다.

에놀라는 뛰어난 검객의 감각으로 상대가 움직이는 리듬을 파악했다. 샤에가 아무리 날래더라도 그 공격을 오랫동안 피하고 있지만은 못할 터였다. 다음의 일격으로 끝이 나리라.

그러나 마지막 일격은 없었다.

에놀라는 승리를 과신한 나머지 줄곧 방어만 하던 상대가 공격으로 돌아설 것을 예상치 못했다. 사냥에 나선 맹수와 같은 모습으로 돌변한 샤에는 빠르게 공격을 시작했다.

에놀라는 샤에가 변신을 할 거라고 미처 생각지 못하고 있었다.

그녀는 얼이 빠져 육중한 흑표범에게 깔린 채 뒤로 넘어갔다.

무시무시한 아가리가 목을 물어뜯었다.

샤에는 인간의 모습으로 돌아와 에놀라는 보지도 않고 나탕에게 달려갔다. 그리고 군더더기 없는 몇 번의 동작으로 결박을 풀어주었다.

나탕은 놀란 눈으로 사촌누이의 쓰러진 몸과 목에 흉측하게 벌어진 상처를 내려다보았다.

"얘 아니면 우리가 죽었어."

샤에는 짧게 말했다. 나탕은 다른 곳으로 시선을 돌렸다.

"난…… 샤에, 고마워. 네가 없었으면 난……"

그는 더 이상 말을 잇지 못했다.

방금 목격한 장면은 그들이 로트르와 맞서야 할 전쟁의 과정 중에서 그저 하나의 잔인한 결말에 지나지 않았다. 그러나 이 보잘것없는 승리를 위해 소름끼치는 대가를 치러야 했다.

나탕의 숨소리가 거칠어졌다.

"얘라면 우리를 죽였을 거야."

샤에는 일그러지는 나탕의 표정을 보고 겁에 질려 중얼거렸다.

"알아, 하지만 얘가 이런 식으로 죽을 것까진 없었어. 에놀라는 연약하고 야망이 컸지, 나쁜 편으로 넘어가 가까운 이들을 배신했어. 하지만…… 얘는 겨우 열여덟 살이고 내 사촌이란 말이야."

나탕은 인상을 쓰며 일어났다. 다시 손과 발에 피가 돌기 시작했다. 그는 사촌의 시신을 건드리지 않게 조심하며 자신의 검과 조금 멀찍이 바닥에 나뒹굴던 칼집을 주워들었다.

가만히 듣고 있던 샤에가 입을 열었다.

"이곳을 뜨자. 네 명의 경비를 해치웠지만 언제든 또 나타날 수 있어."

"우리 할아버지는?"

"내가 맡았지."

"그럼……"

"잘 있으니 걱정 마. 잠시 기절시켰을 뿐이야. 우린 나가야 해. 우리가……"

"아니." 나탕이 샤에의 말을 가로막았다. "할아버지가 에놀라와 똑같은 증상을 보였어. 할아버지가 옹쥐의 손에 농락당하도록 내버려 둔다면 코지스트들은 절대 로트르에 대항해 일어나지 않을 거야."

"넌 이미 앙통을 설득하려고 해봤잖아! 그 결과가 어땠는지 몰라?" 샤에가 흥분했다.

"경비 넷이 손도 못 써보고 나가떨어졌고, 에놀라가 죽었고, 할아버지는 기절했어…… 우리가 이 상태로 나가버리면 코지스트들은 이제 우리가 결백하다고 절대로 믿어주지 않을걸."

“전에도 안 믿었잖아?”

샤에는 무뚝뚝하게 반발했다. 그럼에도 반쯤은 나탕의 말이 일리가 있다고 생각했기에 고개를 끄덕거렸다.

“어떻게 하면 좋겠어?”

“우리 할아버지를 데려가자. 라피나 에밀리아노는 할아버지가 제정신으로 돌아오도록 도와줄 거야.”

“안 돼, 나탕, 에밀리아노는 안 돼!”

“왜?”

“설명은 나중에 할게. 앙통이 회복된다고 치고, 그다음엔 어떻게 할 생각이야?”

나탕은 아주 잠깐 생각하고 말했다.

“바르텔레미 아저씨를 찾아야지. 에놀라와 앙통 할아버지는 아저씨가 치료를 위해 멀리 가 있다고 했어. 하지만 난 아저씨가 어디 피신해 있든가 갇혀 있을 거라고 생각해. 아저씨는 자알라브와 싸워봤으니까 로트르의 위험을 알아. 그러니 우리를 도와줄 거야.”

샤에의 눈에서 불꽃이 번득였다.

“좋은 생각이야. 바르텔레미를 찾으러 가자.”

26

바닥에 널브러져 있는 앙통의 뒤통수에서 피가 한 줄기 흘렀다.

"세게도 후려쳤구나."

나탕은 할아버지가 숨이 붙어 있는지 확인하기 위해 몸을 수그리며 말했다.

"코지스트들의 완력을 아는 나로서는 괜히 위험한 일을 만들고 싶지 않았어."

"어디로 들어온 거야?"

나탕이 몸을 일으키며 물었다.

"너하고 똑같은 경로로."

나탕은 아무 말 없이 샤에를 잠시 바라보았다. 처음 보았던 순간부터 나탕을 사로잡았던 야성적이면서도 우아한 매력은 여전했다. 그렇지만 샤에의 표정이나 태도에 지금까지 느끼지 못했던 긴장이 엿보였다.

"무슨 일이 있었지?"

나탕이 물었다. 샤에는 검은 눈으로 그를 바라보았다.

"얘기했잖아. 여기서 시간을 끌었다간 목숨이 위태로워져. 서둘러야 한다고!"

나탕이 고개를 주억거렸다.

"그래. 그럼 이렇게 하자. 내가 할아버지를 어깨에 짊어질 테니 계단을 통해 빠져나가자. 바깥에 경비가 없기를 바랄 수밖에. 일단 나간 다음에는 에밀리아노의 아파트로 가서……"

"안 된다고 했지!"

샤에의 음성이 낮고 단호한 명령조로 울려 퍼지는 바람에 나탕은 흠칫 놀랐다.

"설명을 해봐. 우린……"

나탕이 반박했다. 그러나 곧 입을 다물었다. 샤에의 팔이 거무스름하게 변하고 뾰족한 송곳니 끝이 입 밖으로 튀어나왔기 때문이다. 샤에는 주먹을 불끈 쥐고 가까스로 자신을 다스렸다.

"나탕, 입씨름하고 있을 때가 아니야. 네가 원한다면 할아버지는 데려가도 좋지만 우린 떠나야 해. 지금 당장. 그리고 에밀리아노의 집은 절대 안 돼!"

샤에는 망치로 내려치듯 한 마디 한 마디에 힘을 주었다.

"다른 세상의 집으로 피신하자. 일단 그곳에 가서 이야기해. 그 전엔 안 돼."

나탕은 어안이 벙벙했지만 그대로 따랐다. 할아버지를 어깨에 멨다. 앙통 할아버지는 노령에도 불구하고 풍채가 좋고 체중도 제법 나갔기 때문에 나탕은 얼굴이 절로 찡그려졌다.

"괜찮겠어?"

일단 차분해진 샤에가 걱정스럽게 물었다.

"그럴 거야. 스노슈즈가 눈에 너무 깊이 빠지지만 않으면 좋겠는데."

"난 우리가 도착하기 전에 앙통이 정신을 차리지 않기만을 바라."

샤에는 걷기 시작했다. 나탕이 그 뒤를 따랐다. 그들은 조용히 집 안을 지나 의식을 잃고 쓰러져 있는 대원의 신체를 넘어갔다.

나탕은 잠깐이지만 무기를 소지했을 뿐 아니라 육탄전에 익숙한 대원 넷을 샤에가 어떻게 처리했는지 궁금했다. 샤에가 주먹 한 방에 그륑을 처치하고 에놀라의 능숙한 칼놀림도 유연하게 피하던 모습이 떠올랐다.

메타모르프이자 바티쇠르이자 게리쇠르.

그 세 가지 힘 중 어떤 것으로도 그만한 전투력을 발휘할 순 없었다. 샤에 안에는 또 다른 능력, 네 번째 능력이 숨어 있지 않을까?

그들은 엘리베이터를 타고 1층까지 무사히 내려왔다. 엘리베이터의 미닫이문이 얌전하게 쉭, 소리를 내며 열리자 차분한 분위기의 널따란 로비가 나타났다.

그곳에는 검은 양복을 입은 한 남자가 데스크에 앉아 있었다. 데스크 안내원이었다. 하지만 그가 나탕과 샤에를 알아보고 일어나 재킷 안주머니에 손을 가져가는 순간, 그 역시 훈련받은 경비원임이 드러났다. 남자는 자동소총을 꺼내 두 사람을 겨누었다.

“꼼짝 마라! 너희는……”

남자가 쓰러졌다.

샤에는 남자와의 거리를 믿을 수 없는 속도로 좁히고 한 손으로 데스크를 짚은 채 뛰어올라 몸을 틀어 두 발로 남자의 얼굴을 갈겼다. 그러고는 두 발로 유연하게 착지한 후 상대가 완전히 뻗었는지 확인하고는 나탕을 불렀다.

“가자.”

나탕은 얼이 빠져 그녀를 바라보았다. 샤에는 코지스트만큼 빠르게 움직였고 손톱만큼도 주저하지 않았다. 경비가 자신의 공격을 피할 수 없다는 것을 완전히 확신하는 태도였다.

“어떻게……”

나탕은 의문을 삼키며 입을 다물었다. 샤에는 이미 문을 밀고 튀어 나가고 있었다. 그는 얼른 따라갔다.

여전히 눈이 내리고 있었다. 눈송이가 워낙 큼지막하고 눈발도 촘촘한 탓에 몇 개 안 되는 공공 조명 시설로는 시야를 확보하기 어려웠다. 나탕은 하얀 동산에 푹푹 빠지는 스노슈즈를 신고 걷느라 갖은 고생을 해야 했다.

그는 할아버지를 내려놓고 옷과 신발을 다시 수습했다. 그가 다시 할아버지를 어깨에 걸머지는데 샤에가 눈표범으로 변신했다.

나탕은 네팔의 마낭에 잠깐 있었을 때 이 보기 드문 설원의 표범을 찾아보려고 했었다. 하지만 헛수고였다. 눈표범은 값비싼 모피 때문에 쫓기다 못해 이제 거의 전멸하기 직전이었고 절대 사람들 근처에 나타나지 않았다. 야생 눈표범을 만난다는 것은 거의 불가능한 일이었다.

나탕의 가슴에 경이로움이 퍼졌다. 두툼하고 거무스름한 회색 털가죽, 기다란 꼬리, 사람을 끌어당기는 눈빛, 그의 앞에 나타난 눈표범은 근사했다.

샤에는 근사했다.

하지만 순간, 기분 나쁜 직감이 경이로움을 몰아냈다.

나탕은 샤에가 동물로 둔갑하는 모습을 몇 번이나 보아왔다. 다른 세상의 집에서 지낼 때는 흑표범의 부드러운 털가죽에 기댄 채 잠든 적도 여러 번 있었다.

그렇기 때문에 지금 샤에가 그의 눈을 쏘아보았을 때 뭔가 다르다는 의혹이 가슴속에 파고드는 것을 느꼈다. 그 눈빛은 얼음처럼 차가웠다. 원래 눈표범의 눈빛이 이렇게 어두운 것일까? 지금 내 앞에 있는 저 눈표범은 여전히 자신이 알고 있는 샤에가 맞을까?

눈표범은 나탕의 동요에 아랑곳없이 몸을 틀어 어둠 속으로 나아갔다.

나탕도 할아버지를 둘러멘 채 최대한 균형을 잡으려고 애쓰며 다시 걸음을 옮기기 시작했다.

그들이 올 때 사용했던 문이 있는 거리에 이르기까지 두 시간 가까이 걸렸다. 그 두 시간 동안 나탕과 샤에는 눈, 바람, 추위와 싸웠다.

파리는 알아볼 수 없을 정도로 변해 있었다. 차량에 쌓인 엄청난 눈 더미가 그들의 앞길을 가로막았고 눈이 1미터도 넘게 쌓였기 때문에 노상시설이 입은 피해는 이만저만이 아니었다. 살아 있는 생명체는 그 무엇도 눈에 띄지 않았다.

앙통 할아버지는 몹시 무거웠다. 나탕은 진이 다 빠지려고 했지만 한편으로 걱정도 되었다. 할아버지를 잘 싸서 옮긴다고 신경을 썼는데도 워낙 추운 날씨 때문에 상태가 더 나빠지지는 않을지 두려웠다.

샤에는 눈표범의 모습으로 주위를 서성였다. 다가오는 모습도 보지 못했는데 어느새 옆에 와 있는가 하면, 금세 눈보라 속으로 말없이 기민하게 자취를 감추곤 했다.

문으로 통하는 길을 찾은 것도 샤에였다. 나탕 혼자서는 못 찾았을 것이다. 가까이 다가가서야 그곳이 에밀리아노를 처음 만났던 빈터임을 깨달았으니 말이다.

에밀리아노.

왜 샤에는 에밀리아노의 집으로 가자는 말에 그렇게 격한 반응을 보였을까? 에밀리아노의 집은 여기보다 훨씬 더 가까운데……

찢어질 듯 날카로운 울음소리가 그의 생각을 끊었다. 아까 들었던 새소리와 비슷했다. 뒤이어 사납게 쩍쩍대는 소리가 이어졌다.

나탕의 입에서 욕이 튀어나왔다. 이제 100미터만 더 가면 문이었다. 워낙 지쳐 있고 여러 장애에 막혀 그 100미터를 가려면 10분은 족히 걸릴 것이다.

이젠 도망치지 않아도 되었다.

그는 멈춰 서서 할아버지를 눈밭에 내려놓고 담벼락에 기댔다.

"임들이야. 어떻게 생겼는지는 모르지만 놈들이 다가오고 있다는 건 알아."

나탕이 샤에에게 중얼거렸다.

눈표범의 희미한 실루엣이 나탕에게 차츰 다가오더니 잠시 흔들리는 듯하다가 샤에가 나타났다. 그녀는 손가락으로 길모퉁이를 가리켰다.

"열두 마리야."

샤에는 동물적 감각으로 바람이 울부짖는 소리에 귀를 기울였고, 이어서 공기의 냄새를 길게 맡았다.

"임들만 있는 게 아니야."

"무슨 뜻이야?"

나탕이 검을 잡아채며 물었다.

"뭔가…… 나도 모르는 것이 하나 있어. 무엇하고 비슷하다고 해야 할지 모르지만, 아주 무겁고 빠른…… 굉장히 위험해."

"먼저 문에 닿을 순 없나?"

"그럴 수가 없어. 놈들은 여기 와 있어."

그때 첫 번째 임이 어둠 속에서 나타났고 이어서 한패들이 몰려왔다.

임은 명주원숭이보다 조금 클까 말까 했고 기다란 꼬리에는 털이 없는 반면 몸에는 암청색의 짧은 털이 덮여 있었다. 임들은 정신이 쏙 빠지도록 활발하게 움직였고 벽에 약간 튀어나온 부분에 매달리거나 발자국도 남기지 않고 눈밭을 내달렸다. 뾰족한 이빨이 눈에 띄게 드러나 있었다.

나탕은 저도 모르게 안도의 한숨을 쉬었다. 조그만 원숭이 열두 마리쯤이야 위험할 것 없었다.

임들은 나탕과 샤에를 둘러싸고 원을 이루었다.

나탕과 샤에. 아니, 나탕과 눈표범.

임들은 표범을 본 순간 잠시 멈칫했다. 놈들은 찍찍거리며 요동치더니 그중 한 마리가 가로등에 매달렸다 나탕에게 달려들었다. 나탕은 칼을 치켜들었다.

마사무네에 두 토막으로 갈라질 뻔한 바로 그 순간, 임이 사라졌다.

나탕은 놈을 찾을 겨를도 없었다. 새된 울음소리가 바로 귓가에서 울리더니 날카로운 이빨이 그의 목덜미를 물어뜯었다. 나탕은 소리를 지르며 어깨에 들러붙은 원숭이를 잡아 멀리 내던졌다. 임은 날아가다가 갑자기 사라지더니 그 순간 어느 집 처마 밑에 세워 놓은 오토바이 핸들에서 나타났다.

"이놈들은 순간 이동을 해. 그래서 정신없이 날아다니는 것처럼 보였던 거야!"

나탕이 투덜거렸다.

임들이 공격에 나섰다.

모두 한꺼번에.

임들은 예상할 수 없는 동선으로 몸을 날려 나탕의 등이나 눈표 범의 어깨에 들러붙었다. 놈들은 다리로 매달려 날카로운 이빨을 찌를 수 있는 데라면 어디나 찔러 넣고는 찍찍대며 도망쳤다.

공격은 3초 안에 이루어졌다.

나탕과 샤에는 온몸 구석구석을 물어뜯겼고 상처의 대부분에서 피가 줄줄 흘렀지만 임은 단 한 마리도 다치지 않았다.

놈들의 두 번째 공격은 더 심했다. 나탕은 끊임없이 피해 다니는 표적을 정확하게 공격하는 것이 힘들다는 것을 깨닫고 검을 마구 휘 둘러 자신의 주위를 철통처럼 방어했다. 이 수법이 효과가 있었는 지 검을 휘두른 지 세 번 만에 임 한 마리의 살점이 찢겨 나갔다.

샤에는 임들의 순간 이동을 염두에 두고 되레 놈들이 없는 곳으 로 공격을 시도했다.

이 작전은 신속하고도 확실한 결실을 거두었다. 임들이 후퇴했을 때 무리의 절반은 눈 위에 나뒹굴고 있었다.

그렇지만 나탕과 샤에도 여기저기 물어뜯긴 상처투성이였다. 나탕은 걱정스러운 눈으로 피칠갑이 된 눈표범의 털가죽을 바라보았다.

"놈들이 또 공격해올 거야."

표범은 대답 대신 고개를 번쩍 들고 공기의 냄새를 맡았다.

'포스 아르카디의 피조물 가운데 크락스만큼 로트르가 불러내기 힘들어하는 존재는 따로 없지. 피비린내 나는 킬러이자 두뇌까지 비상한 크락스를 이길 수 있는 동물은 없어. 크락스는 제약과 완력에만 복종하지. 크락스는 힘이 셀 뿐 아니라 재생 능력이 탁월해. 그래서 놈들은 치명적인 상대가 되지. 파미유들도 만약 로트르가 크락스를 자유자재로 불러낼 수 있었다면 전쟁의 승리가 우리 쪽이 아니라 로트르에게 넘어갔을 거라고 말할 정도야.'

나탕은 고개를 돌리기도 전에 알았다. 그의 핏줄을 타고 흐르는 음네지크의 피는 조상들이 대대로 쌓아올린 앎을 전해주었고 그 앎의 타당성은 이미 입증되었다.

크락스는 존재했다.

크락스는 치명적으로 위험한 존재다.

그리고 이제 곧 그와 맞서야 한다.

임들이 찍찍거리며 흩어지는 가운데, 크락스가 몸뚱이를 흔들며 다가왔다. 3미터가 넘는 몸집에 티라노사우루스의 아가리와 곰의 발톱을 지닌, 공포를 자아내는 모습이었다. 놈은 털가죽 대신 날카로운 돌기들이 돋아 있는 골질의 갑피를 둘러쓰고 있었다.

살육의 기계가 따로 없었다.

나탕은 긴장으로 배가 조여드는 기분이었지만 마사무네를 휘두르며 괴물에게 달려들었다.

눈표범이 화살처럼 나탕을 앞질렀다.

눈표범은 10미터 거리, 4미터 높이도 단숨에 뛰어오를 수 있었다. 놀라운 순발력으로 바닥을 박차고 나간 눈표범은 크락스의 널따란 가슴팍에 뛰어내려 상대를 할퀴었다. 크락스가 손을 휘두르자 눈표범은 얼른 손이 닿지 않는 곳으로 뛰어나갔다.

크락스가 포효했다. 놈은 눈표범을 쫓아 달려들지 않고 처마 밑에 세워져 있던 오토바이에 달려들었다. 크락스는 오토바이를 종잇장처럼 들어 올려 나탕에게 집어던졌다.

나탕은 바닥에 납작하게 엎드려 날아오는 오토바이를 겨우 피했다. 오토바이는 그의 머리에서 불과 몇 센티미터 위를 스치고는 저 멀리 날아가 찌그러졌다.

나탕은 옆으로 데굴데굴 굴러 눈을 뒤집어쓰고 일어나 칼을 겨누었다.

크락스가 나탕 앞에 두 팔을 벌리고 무서운 이빨을 번득이고 서 있었다. 치명적인 흉폭함 그 자체였다. 게다가 눈표범에게 강력한 공격을 받았음에도 크락스의 가슴팍에는 상처 하나 보이지 않았다.

'일곱 파미유와 로트르가 싸우는 동안, 크락스 한 마리와 싸워 이기려면 열두 명의 인간 전사가 필요하다는 계산이 나왔지.'

나탕의 입에서 욕이 나왔다. 음네지크의 앎은 이런 한마디가 얼마나 싸움의 사기를 떨어뜨리는지 알기나 할까?

크락스는 그 자리에 못박인 듯 서서 차가운 눈으로 나탕을 훑어보았다. 놈의 눈에서 비뚤어진 지능의 빛이 엿보였다. 나탕은 놈이 꼼짝 않는 이유가 두려움 때문은 아닐까 생각했다. 하지만 이렇게 생겨먹은 괴물은 두려움 따위 모른다. 그저 신중하다는 증거일 뿐이다. 괴물이 신중하기까지 하다니 더욱더 위험했다. 나탕은 괴물의 몸뚱이가 연달아 미세하게 떨리는 것을 보고 생각을 떨치고 괴물의 움직임에 집중했다.

나탕은 뒤에서 뭔가 움직이는 낌새를 알아채고 눈으로 샤에를 찾았다. 그의 뒤에 짜부라져 있던 오토바이가 다시 한 번 공기를 가르고 날아갔다.

이번에는 나탕이 표적이 아니었다.

오토바이는 투석기처럼 휘리릭 날아 뼈 부러지는 무서운 소리를 내며 크락스에게 박혔다. 나탕은 크락스가 조금도 다치지 않은 듯이 멀쩡히 몸을 일으키는 모습을 보고 이 괴물의 재생 능력은 게리쇠르의 능력과 맞먹을 것이라 여겼다.

나탕은 사태 파악은 되지만 어떤 행동을 취해야 할지 망설여졌다. 크락스는 무서운 놈, 그들에겐 너무 벅찬 상태였다. 하지만 그때 누군가가 그들 앞에 나타났다. 충분히 강한 누군가가……

"내가 상대할게! 양통을 문까지 데려가!"

그에게 들리는 목소리는 하늘이 내려준 조력자의 목소리가 아니었다. 그것은 샤에의 목소리였다. 샤에는 나탕 바로 옆에 나타나 대답을 기다리지 않고 무서운 속도로 크락스에게 달려들었다.

……변신하지 않은 인간의 모습으로.

샤에는 믿을 수 없는 높이로 뛰어올라 한 바퀴를 돌고 괴물 앞에 두 발로 착지했다. 그러고는 코끼리의 배도 순식간에 갈라버릴 듯 날카로운 발톱을 가벼운 허리 놀림으로 피하고 일격을 날렸다.

맨손으로.

소녀의 연약한 주먹으로.

근육과 가죽과 뿔로 이루어진 괴물 크락스가 기관차에 들이받힌 듯 뒤로 나가떨어졌다.

반쯤 기절한 크락스가 힘겹게 몸을 일으켰다.

아니, 일으키려고 했다.

샤에가 다시 한 번 튀어 나갔다. 그녀는 크락스의 무릎을 세게 걸어찼고 놈이 뒤로 넘어지자 달려들었다.

나탕은 두 눈을 의심하며 멀거니 보고만 있었다. 크락스는 샤에보다 몸무게가 열 배는 더 나갈 것이다. 그리즐리 곰도 놀라 달아날 만큼 무시무시하게 생겼다. 그런데 샤에가 크락스의 모가지에 달려들다니.

"나탕, 문으로 가! 문에서 날 기다려!"

그 외침이 나탕의 망설임을 산산이 날려버렸다.

샤에에게 어디서 그런 힘이 나오는지는 알 수 없었지만 현실을 받아들여야 했다. 샤에가 크락스를 무찌르고 있다는 현실을.

나탕은 마사무네를 챙겨 다시 할아버지에게 달려갔다. 힘든 것도 잊고 할아버지를 등에 메고 뛰었다. 눈발이 흩날렸지만 문에서 뿜어 나오는 파르스름한 광채는 뚜렷이 보였다.

나탕은 문을 열고 할아버지를 집 안에 내려놓았다. 그러고는 돌아보지도 않고 화살처럼 튀어나왔다. 샤에를 내버려두고 갈 수 없었다.

세 발짝도 떼기 전에 샤에가 숨을 헐떡이며 나탕 앞에 나타났다.

그녀는 생각지도 못한 힘으로 나탕의 팔을 붙잡고 그를 뒤로 돌렸다.

"빨리! 놈이 온다고!"

그들이 다른 세상의 집으로 들어가는 동안 성난 포효가 등 뒤에서 울려 퍼졌다.

아주 가까이서.

문은 크락스의 코앞에서 닫혔고 눈 깜짝할 사이에 형체가 사라졌다. 강철 같은 주먹으로 먹잇감들이 사라진 돌담을 두들겨봐야 소용없었다. 다 쓸데없는 짓이었다.

바티쇠르의 재주는 바로 그런 놈들을 피할 수 있는 건축물을 짓는 데 있었으니까.

나탕과 샤에는 집 안으로 들어와 바닥에 주저앉았다.

나탕은 샤에를 부축하려다가 미끄러졌고 샤에는 더 이상 서 있을 힘이 없었다. 샤에의 얼굴은 군데군데 피멍이 들어 있었고 찢어진 잠옷 사이로 열 군데가 넘는 상처에서 피가 흐르고 있었다. 게다가 쇄골과 왼쪽 팔이 이루는 각도도 비정상적으로 돌아가 있었다.

"샤에, 괜찮아?"

그녀는 고개를 들고 괜찮다는 신호를 보냈다. 하지만 핏기 없는 안색이나 이를 악물고 있는 모습을 봐선 전혀 그렇지가 않았다.

"어깨를 제대로 끼워야 해. 상처도 소독해야 하고."

나탕이 말하며 다가갔지만 샤에는 방어적으로 물러났다.

"아냐. 날 건드리지 마. 내 안에서 꿈틀대는 게리쇠르의 힘을 느낄 수 있어. 벌써 아픔이 많이 가셨어. 괜찮아질 거야."

그녀는 벽에 등을 기대고 무릎을 가슴까지 당겼다.

나탕은 그처럼 사나운 분위기의 샤에는 처음이었다.

샤에의 눈이 그처럼 새까맣게 보인 적도 처음이었다.

28

기나긴 시간이 흘렀다. 샤에는 극심한 고통을 겪으면서도 그저 웅크리고만 있었다. 나탕은 어떻게 도와야 할지 몰랐다. 괜한 질문으로 심기를 건드렸다가는 샤에가 입을 닫아버릴 것이고, 허락을 구하지 않고 손을 댈 수도 없었으니 그저 기다릴 뿐이었다.

샤에의 상처에서 출혈은 멈추었지만 어깨는 당장 손을 봐야 할 것 같았다. 그런데도 기다리기만 했다.

샤에에게 묻고 싶은 것이 너무나 많았지만 기다렸다. 크락스와 싸울 때 보여준 그 무시무시한 힘은 어디서 나왔을까? 나탕이 위험하다는 것을 어떻게 알았을까? 어째서 에밀리아노의 집에 가면 안 된다는 걸까? 무슨 이유로 맨발에 잠옷만 걸치고 나와야 했을까?

앙통 할아버지가 여전히 의식이 없는데도 기다리기만 했다.

그저 기다리기만……

"이제 갈 수 있어, 나탕. 많이 괜찮아졌어." 샤에가 다친 팔을 붙잡고 애써 미소를 지어 보이며 말했다. "어깨가 빠졌어. 네 말이 맞아. 게리쇠르의 능력도 소용없어. 위르자트로 돌아가자. 라피는 아마 날 도와줄 수 있을 거야. 너희 할아버지도."

샤에는 바닥에 쓰러져 있는 앙통을 가리켰다. 그러고는 변명하듯 말했다.

"난 그렇게 세게 치지 않았어. 너희 할아버지가 아직까지 눈을 뜨지 못하는 건 뭔가 정상이 아니야."

"그냥 이것만 물어볼게. 네가 어떻게……"

샤에의 눈빛이 흐려졌다.

"나중에, 나탕. 알았지?"

샤에는 거의 애원하듯 말했고 나탕은 가슴이 답답해졌다. 샤에의 괴로움을, 샤에를 도와줄 수 없는 자신의 무력함을 견딜 수 없었다. 자신과 자꾸만 거리를 두는 샤에를 보기가 힘들었다. 그래도 나탕은 힘겹게 대답했다.

"알았어. 난 할아버지를 메고 갈게. 그러니까 널 부축해줄 수가 없어. 너 정말로…… 지금 뭐하는 거야?"

샤에가 문으로 다가갔다.

오른손을 나무 문짝에 얹고는 힘겹게 비틀었다. 눈을 반쯤 감고 금속성 굉음이 댕, 하고 울릴 때까지 한동안 집중했다.

"문을 잠갔어."

샤에는 억양 없는 목소리로 설명했다.

"그럴 필요가 있을까? 크락스가 우리를 뒤쫓을 수 있었다면 벌써 여기 왔겠지."

"크락스는 문을 통과할 수 없지만 이제 문이 있는 장소를 알아. 그리고 크락스가 문이 있는 곳을 안다면 크락스를 우리에게 끌고 왔던 자도 알게 됐겠지. 누군가가 그자에게 입구를 가르쳐준다면 다른 세상의 집 안으로도 들어올 수 있을 거라고 믿어 의심치 않아."

"웅쥐?"

"그럼 또 누가 있어?"

"네 생각이 맞는지 확실히는 모르겠어. 웅쥐는 우리와 대결하려고 하지 않아. 그는 폭풍을 다스리는 자일 뿐 자알라브 같은 싸움꾼이 아니라고. 웅쥐는 파리를 눈으로 뒤덮거나 에놀라와 우리 할아버지를 농락할 수는 있지만 우리와 직접 맞서 싸우진 못해. 그 증거로 웅쥐가 우리를 해칠 수 있었다면 벌써 한 번은 맞닥뜨렸겠지. 웅쥐는 우리를 피하고 있어. 자기가 우리에게 당할 수도 있다는 걸 알기 때문이야."

샤에가 기쁨이 조금도 배어 있지 않은 웃음소리를 짧게 냈다.

"가던 길이나 가자."

그저 등을 돌리고 짧게 말할 뿐이었다.

나탕은 다시 할아버지를 어깨에 메고 샤에의 뒤를 따랐다.

그는 그렇게 절망적인 웃음소리를 들어본 적이 없었다.

그들은 아무 어려움 없이 위르자트로 통하는 문을 열었다.

두 사람을 가장 먼저 반겨준 것은 온기였다.

구름 한 점 없이 깨끗한 밤하늘에 무수한 별들이 반짝거렸다. 사막에서 불어오는 가벼운 미풍은 그들의 귀에 이제 궁지에서 벗어났다고 속삭이는 듯했다.

지금 당장은.

아랍어로 부르는 소리가 가까이서 들리는가 싶더니 누군가가 다가왔다.

라피였다.

앙통을 본 순간, 라피의 얼굴에 어두운 기색이 번졌다.

"이 사람에게 무슨 일이 있었던 게냐?"

"옹쥐의 마수에 걸려들었어요."

나탕이 말해주었다.

"눈동자가 검게 변했더냐?"

"시시때때로요. 그러다 할아버지가 자기에게 들린 악령과 싸우기라도 하는 것처럼 눈동자가 다시 초록빛으로 돌아오곤 했어요."

라피가 그 말에 동의를 표했다.

"앙통이 사악한 독과 맞서 싸우는 것은 좋은 징조다. 그냥 받아들였다간 무너지기 시작하지. 네 할아버지를 마수에서 끌어내도록 노력해보자."

라피는 위르자트가 있는 남쪽을 가리켰다.

"마을 친구들이 오는구나. 이 사람을 데려가는 일을 도와줄 게다. 그들과 만나도록 길을 내려가자. 가면서 이야기도 좀 해주고."

나탕은 그러겠다고 하고 다시 앙통 할아버지를 메고 균형을 잡았다. 하지만 늙은 기드는 그 자리에서 움직이지 않았다.

"애야, 넌 옷을 괴상하게 걸치고 있구나."

라피는 샤에의 부상에는 조금도 관심이 없는 듯 대뜸 물었다.

"갈아입을 시간이 없었어요."

"그래, 알았다. 내가 어깨를 좀 봐주련?"

샤에는 경계하는 눈빛으로 라피를 바라봤다.

"네?"

"1초밖에 걸리지 않지만 꽤 아플지도 몰라. 하지만 어깨를 바로 끼우지 않으면 나중에 더 큰 문제가 생긴단다. 한 손으로 에펠탑을 들어 올리기라도 한 게냐? 그리즐리 곰의 발길질을 손으로 막기라도 했어?"

"거의 비슷해요."

샤에가 웃으려고 노력하며 대꾸했다.

늙은 기드가 조심스럽게 팔을 잡았을 때도 샤에는 꼼짝하지 않았다.

라피는 신중하게 어깨를 만져보고 손아귀에 힘을 주어 단번에 관절을 눌렀다. 샤에는 외마디 비명을 질렀지만 라피는 이미 손을 풀고 있었다.

"다 괜찮아질 게다. 네가 물려받은 능력과 의지라면 아무 어려움 없이 나을 거야."

그는 샤에의 눈을 깊이 들여다보고 이어서 놀라운 확신을 담아 이렇게 말했다.

"네가 지닌 모든 상처가."

29

위르자트로 내려가는 오솔길을 10분 남짓 걸어가니 마을 사람들
이 들것을 가지고 나타났다. 그들은 관습에 따라 인사를 건네고 앙
통을 들것에 실었다.

남은 길은 조용히 내려갔다. 나탕은 비록 잠을 거의 자지 못했지
만 무거운 할아버지를 넘기고 나니 날아갈 것 같았다. 그는 호기심
반 걱정 반으로 샤에에게 질문을 퍼붓고 싶었지만 샤에가 결심하지
않는 이상 아무 말도 들을 수 없다는 것을 알기 때문에 입을 닫고
있었다.

샤에는 부상을 딛고 일어났다. 라피가 어깨를 잘 맞춰주었고 게
리쇠르의 힘이 그 뒤를 이어받아 작용했던 것이다. 덕분에 샤에는
그동안 겪은 일을 다시 한 번 생각해볼 여유까지 찾았다. 그들은 너
무 순진했다. 그래서 옹쥐가 처놓은 덫을 의심 없이 덥석 물어버렸

던 것이다. 나탕은 아직도 이 명백한 사태를 파악하지 못하고 있었다. 샤에는 에놀라의 말을 들으며 그 사태를 깨달았는데 말이다. 어쩌면 그들은 그렇게도 어리석었을까!

샤에는 자신의 몸에 흐르는 무서운 힘을, 크락스와도 당당히 맞설 수 있는 힘을 생각했다. 사이렌의 노랫소리처럼 마음을 호리는 힘이었다.

그리고 그만큼이나 위험한 힘이었다.

너무 늦어버렸을까?

라피는 그런 두 젊은 친구들을 유심히 바라보며 아무 말이 없었다.

마을은 밤하늘 아래 고요히 잠들어 있었다. 종려나무 잎사귀를 흔드는 바람의 속삭임과 귀뚜라미 울음소리를 제외하면 아무 소리도 들리지 않았다.

라피는 자기 집 문을 밀고 나탕과 샤에에게 먼저 들어가라고 권했다.

그들은 신발을 벗고 석회를 바른 하얀 벽으로 둘러싸인 방에 들어갔다. 몇 번이나 식사를 하곤 했던 그 방이었다. 군데군데 놓인 기름등불이 은은한 빛으로 방을 감싸주었다.

나탕과 샤에는 간단히 씻은 후 깨끗한 옷으로 갈아입고 방석 위에 앉았고 라피는 뜨거운 박하차를 대접했다. 그는 그들이 차에 입술을 축이기를 기다렸다 입을 열었다.

"자, 그래서?"

라피는 참으로 간단명료하게 그들에게 묻고 있었다. 아까부터 수많은 의문에 푹 빠져 있던 나탕은 차마 말을 꺼내지 못한 채 샤에에게 흘끗 눈길을 던졌다.

샤에는 두 손으로 유리잔을 꼭 감싸 쥐고 있을 뿐, 입을 열 낌새가 없었다. 나탕은 체념한 듯 한숨을 내쉬고 자신이 나서서 이야기하기로 마음먹었다.

그는 먼저 그룅에게 습격당할 뻔한 에밀리아노를 구해주었던 사건을 이야기했다.

"에밀리아노는 우리에게 아직도 기드들이 많이 있다고 했어요. 그리고 라피에 대한 말은 한 번도 들어본 적이 없다면서 놀라던데요. 에밀리아노를 아세요?"

라피는 얼굴에 아무 감정도 드러내지 않고 듣고 있었다.

"계속해봐."

그는 짧게 대답했다.

나탕은 시키는 대로 이야기를 이어갔다. 앙통과 접선하려던 첫 번째 시도가 불발에 그치고 그들이 묵고 있던 호텔로 코지스트 대원들이 들이닥친 일, 샤에 덕분에 궁지에서 벗어났던 일, 그런 후 에밀리아노의 집으로 피신한 일, 할아버지 집으로 잠입하면서 둘이 잠시 떨어져 있었고, 에놀라의 배신을 알고 위태로웠던 일, 그리고 함정이……

"에밀리아노는 기드가 아니야."

나탕은 말을 멈추고 샤에를 뚫어지게 바라보았다.

샤에의 목소리는 맑고 분명했지만 그녀의 눈은 멍하니 허공을 바라보고 있었다.

"무슨 뜻이야?"

나탕이 물었다.

"에밀리아노는 기드가 아니라고." 샤에가 아까 한 말을 되풀이했다. "에밀리아노가 바로 옹쥐야!"

나탕의 몸이 굳어졌다.

"옹쥐? 어떻게……"

"옹쥐가 맞아. 그는 순진해 빠진 두 마리 쥐새끼를 갖고 노는 고양이처럼 우리 둘을 가지고 놀았어."

"무슨 말을 하는 거야? 넌……"

샤에가 손짓으로 나탕의 말을 가로막았다.

"그는 맹인이 아니야. 선글라스는 흰자위까지 완전히 새까맣게 변한 눈을 가리기 위해 써먹은 소품일 뿐이야. 우리를 자기 쪽으로 끌어들여서 손쉽게 구워삶으려고 자기가 그룅들에게 습격받는 것처럼 일을 꾸몄던 거야."

"말도 안 돼." 나탕은 눈썹을 찌푸리며 대꾸했다. "에밀리아노가 옹쥐라면 우리가 그의 집에 묵는 동안 왜 없애지 않았을까? 그렇게 손쓰는 편이 훨씬 더 쉬울 텐데, 안 그래? 뭐 하러 내가 할아버지 집에 잠입하는 걸 도와줘? 에밀리아노는……"

나탕이 문득 입을 다물었다. 에밀리아노는 나탕이 할아버지 집으로 잠입하도록 도와준 것이 아니었다. 사실은 나탕을 함정에 빠뜨렸던 것이다.

"우리를 제거하는 것만으로는 충분하지 않았던 거야. 코지스트들은 강하고 아직도 그를 제압할 능력이 있어. 그가 에놀라를 이용해서 너희 할아버지가 손수 너를 처단할 수밖에 없도록 일을 꾸몄던 거야. 하나뿐인 친손자를 잃을 뿐 아니라 바로 그 친손자를 죽인 장본인이 되도록! 앙통이 이성을 잃고 완전히 로트르의 편으로 넘어가게 하기에 가장 이상적인 방법이지. 전쟁에서 든든한 동맹군이 하나 생기는 셈이잖아."

샤에는 말을 멈추었다. 그녀는 길게 이야기를 늘어놓는 동안 나탕에게 단 한 번도 시선을 주지 않았다.

나탕은 손가락 관절이 하얗게 불거질 정도로 주먹을 꽉 쥐었다. 기억의 파도가 연달아 밀려오면서 그동안 간과했던 결정적인 실마리들이 마구 잡히기 시작했다.

그뢰들은 샤에와 나탕이 빈터 앞으로 지나가던 바로 그 순간에 에밀리아노를 공격했다. 에밀리아노가 앙통 할아버지의 연락처라면서 주었던 전화번호는 불통이었다. 아무도 그들이 그 호텔에 묵는다는 사실을 몰랐는데도 대원들이 방으로 쳐들어왔다. 에밀리아노 단 한 명을 제외하면 아무도 몰랐다. 그 가짜 기드는 앞이 안 보인다면서 아무 어려움 없이 잘만 돌아다녔다. 게다가 라피가 사는 곳이 어디인지를 얼마나 꼬치꼬치 캐물었던가!

나탕은 그 점을 떠올리고는 분노로 얼굴이 시뻘게졌다. 그는 하마터면 에밀리아노에게 라피가 위르자트에 산다고 말할 뻔했다. 자신의 어리석음으로 위르자트 마을 전체가 쑥대밭이 될 뻔했던 것이다.

그 외에도 여러 기억들이 되살아나면서 나탕은 창백해졌다.

에밀리아노는 은밀하게 샤에를 나탕과 떼어놓으려고 했다. 전 세계를 도탄에 빠뜨린 자연재해 뉴스를 텔레비전으로 바라보던 에밀리아노의 기묘한 미소, 그들을 너무나 쉽게 추적해낸 크락스, 언제나 샤에와 자기 사이에 사악하리만치 여유만만하게 파고들었던 에밀리아노……

"난 눈뜬장님이었어. 꿈에도 생각지 못했어!"

나탕이 분개했다.

"나 역시 마찬가지야."

샤에가 대꾸했다.

"아냐, 넌 그의 정체를 알아차렸잖아!"

"너희 할아버지 집에 도착해서 네가 어떤 함정에 빠졌는지 보고 난 다음에야 알았지. 에놀라도, 앙통도, 너와 나도 옹쥐의 뜻대로 움직이는 장난감에 지나지 않았던 거야."

나탕이 라피를 돌아보았다.

"라피는요? 무엇을 알고 있었죠? 대체 아는 게 뭐죠?"

지나치게 흥분한 나탕은 공격적인 말투로 묻고 있었다. 라피는 찻주전자를 들고 향이 그윽한 음료를 섬세하게 따라주었다. 그리고는 어쩔 수 없다는 듯이 어깨를 으쓱했다.

"기드가 아는 것은 조금도 중요하지 않아. 그 자신이 아닌 다른 사람들에게는 쓸모가 없지. 젊은 친구들, 너희는 나의 길이 아니라 너희의 길을 가야 한단다."

나탕이 벌떡 일어났다.

"베르베르인의 잘난 척하는 격언은 들을 만큼 들었어요. 혜안을 지닌 사람들 틈에서 저 혼자만 장님인 게 분명하니 저 같은 놈은 물러나는 편이 낫겠네요.”

나탕은 라피가 붙잡으려 하기도 전에 나가버렸다. 샤에도 나탕을 따라 나가려 하자 늙은 베르베르인은 팔을 내밀어 그녀를 도로 앉혔다.

“나탕이 차분해질 때까지 내버려두렴. 지금은 후회가 많아 괴롭겠지만 영리한 아이니 그리 오래가지는 않을 게다.”

라피는 침착한 목소리로 충고했다.

이 말을 덧붙이는 그의 구릿빛 얼굴에 다정한 미소가 환하게 빛났다.

“그리고 너랑 나랑 할 말이 있잖니.”

30

샤에는 너른 날개를 활짝 펴고 하얀 보름달이 무심하게 내려다보는 은빛 모래언덕 위를 소리 없이 날아다녔다. 사막에서 올라오는 더운 기류를 타면 가까운 언덕 정상보다 훨씬 높이 날아도 힘이 들지 않았다. 그러고는 완만하고 조화로운 곡선을 그리며 다시 하강했다.

그녀는 라피와 오랜 대화를 나눈 후에 커다란 수리부엉이로 변신했다. 비행의 평화로 마음을 가라앉히고 나탕에게 하려는 말을 마음속으로 준비하기 위해서였다. 나탕에게 밝힐 수 있는 것과 숨겨야 할 것을 고르기 위해서였다.

라피에게는 모든 것을 털어놓았다. 에밀리아노의 집에서 당했던 일, 그녀가 마음속에 품고 있는 살의, 에밀리아노가—샤에는 아직도 그를 웅쥐라고 부르지 못했다—밝힌 과거의 사실, 그리고 잠깐 망설인 후에는 그녀가 내린 결정까지도 다 털어놓았다.

"저는 바르텔레미를 죽일 거예요."

샤에는 라피의 눈을 똑바로 쏘아보며 말했다. 라피에게 도전하려는 뜻이기도 했지만 라피가 어떻게 생각할지 궁금하기도 했다.

라피는 그저 고개만 끄덕거렸다. 샤에를 힘 빠지게 하기에는 안성맞춤이었다.

"제 말을 못 믿으시나요?"

"아니, 믿는다."

"그럼, 그래야 마땅하다고 생각하지 않으세요? 바르텔레미가 무고하다고 생각해요?"

늙은 베르베르인의 미소가 사라졌다.

"아니다. 그 부분에 관한 한, 웅쥐가 거짓말을 하지 않았어. 바르텔레미가 네 부모를 죽인 건 맞다. 비록 그자가 너에게 이야기해준 것과는 사정이 좀 다르겠지만 말이야."

샤에는 창백해졌다.

"비열한 작자예요."

"살인을 했기 때문에? 물론 그렇다. 평화가 널리 퍼진 세상을 꿈꾸는 이는 많지만 그러한 세상을 건설하기 위해 애쓰는 이는 아주 적지. 넌 아직 열여덟 살도 안 됐어, 샤에. 그런데 벌써 너무 많은 사람의 피를 흘렸잖니……"

자신의 송곳니에 물어뜯긴 채 죽어간 에놀라의 모습이 샤에의 뇌리를 엄습했다. 샤에는 분노로 그 모습을 몰아냈다.

"그것과는 달라요. 전 그저 저 자신과 나탕의 목숨을 구하려던 것

뿐이었어요.”

라피는 침묵을 지킴으로써 샤에가 계속 말하게끔 만들었다.

“바르텔레미는 죽어 마땅하지 않나요?”

늙은 기드는 짧은 머리카락을 손으로 쓸었다.

“아주 오래전의 일이다. 그때 아이였던 나는 어떤 책을 읽었지. 어떤 책들은 한 아이에게 잊을 수 없는 기억을 남기는데, 나한테는 바로 그 책이 그랬단다. 그 책에 나오는 인물 중에 지혜로운 마법사가 있었는데 그는 복수를 위해 살인을 저지르려고 하는 친구에게 이렇게 말했지. ‘죽어 마땅한데 살아 있는 자들은 실로 많으나 어떤 이들은 죽었으되 사실은 살아야 마땅하다네. 자네가 그들을 살려낼 수 있는가? 그러니 정의의 이름으로 인명을 해하고자 너무 안달하지는 말게.’ 그 늙은 영국인이 책에 쓴 말 그대로지.[5] 그 말이 그때부터 내 안에 흐르고 있단다. 그 말이 지금도 나의 길을 밝혀주는 까닭에 오늘 너에게 들려주는 거야.”

샤에는 망설였다.

“저는…… 저는……”

“나는 네게 바르텔레미의 죽음은 인간과 로트르의 싸움에서 크나큰 손실이 될 거라고 말할 수도 있단다. 하지만 넌 내 말을 들을 준비가 되어 있지 않아.”

“나탕에게 말씀하실 건가요? 제가 바르텔레미를 죽이지 못하도록?”

샤에의 목소리에 날이 섰다.

---

5. 라피가 인용한 대사는 톨킨이 쓴 『반지의 제왕』에서 간달프가 한 말이다.

"아니다, 애야. 그런 짓은 하지 않으마."

그녀는 오랫동안 아무 말도 하지 않다가 이윽고 몸을 일으켰다.

"라피 하디 맘눈 압둘 살람, 당신 말씀을 귀담아들었고 그 뜻에 마음이 흔들리네요. 다만, 제가 완벽한 인간이라고 말하지 못하겠어요. 그렇게 되려고 애쓰지도 않고요. 전 바르텔레미를 죽일 거예요."

라피는 고개를 끄덕였다.

"샤에, 저마다 자신의 길을 따라가는 법이란다. 네 길이 계속 곧고 환하기를 바랄 뿐이다."

샤에는 날갯짓을 했다. 한 번. 맹금류의 가볍고 탄탄한 몸뚱이가 마을을 굽어보며 미끄러졌다. 위르자트 근처에 서 있는 척박한 산들의 지맥(支脈)에 다다랐다. 그곳에 나탕이 평평한 돌에 기대어 발을 허공에 늘어뜨린 채 사막을 바라보고 있었다.

샤에는 몇 미터 떨어진 곳에 내려와 사람의 모습으로 변신했다. 그녀는 마을 처녀에게 받은 소매 없는 긴 치마를 입고 나탕에게 다가갔다.

"내가 바보천치란 걸 알았어."

나탕은 고개도 돌리지 않고 말했다. 샤에는 그의 옆에 앉았다.

서로 몸이 닿지 않도록 조심하면서.

"그자가 나를 만졌어. 난 그냥 내버려뒀어."

샤에가 입을 열었다.

나탕이 흠칫했다. 샤에는 이미 다음 말까지 하고 있었다.

"네가 앙통을 설득하러 떠난 후에 우리는 이야기를 나눴어. 에밀리아노는 자기 어린 시절, 부모님이 살해당한 이야기, 자신의 고독과 괴로움을 말해줬어…… 그의 말은 너무나 마음을 절절하게 울렸고…… 어느새 나는 그의 품에 안겨 있었어."

샤에의 말 한 마디 한 마디가 화살처럼 나탕의 심장에 박혔다. 샤에도 그것을 알고 있었지만 나탕에게 진실을 말해야만 했다. 그들을 영원히 갈라놓게 될 진실일지라도.

"나트, 너에게 거짓말을 하고 싶지 않아. 그럴 순 없어. 있었던 일은 분명히 있었던 일이야. 내가 온 마음으로 후회하고 있다고는 해도 이미 있었던 일을 없던 것으로 만들 순 없어. 유일한 방법은 앞으로 계속 나아가는 것뿐이지. 네가 아직도 그럴 마음이 있다면……"

나탕은 두 손에 얼굴을 묻었다. 샤에의 짧은 이야기에서 수많은 끔찍한 장면들이 상상되었다. 그 장면들이 그를 자빠뜨리고, 두들겨 패고, 저항할 수 없이 뒤흔들어놓았다. 숨이 차고 가슴이 뻐근해왔다. 나탕은 바닥이 보이지 않은 벼랑 끝에 서서 흔들리는 기분이었다.

"나트?"

샤에의 목소리는 이제 중얼거림에 지나지 않았다. 절망이 가득한 중얼거림.

"나트…… 넌…… 내가 원망스럽지?"

그는 비겁하게 대답을 피하고 싶다는 유혹에 저항했다. 마구 뛰어서 달아나고 싶었다. 가능한 한 멀리.

“네가 원망스럽냐고?” 나탕은 바랐던 것보다 더 거칠게 쏘아붙이고 말았다. “네가 지금 뭘 묻고 있는지나 알고 있어? 너는 아무것도, 아무도 의식하지 않는 거야?”

“난……”

나탕은 샤에의 말을 끊고 그녀의 눈을 똑바로 쏘아보았다.

“너를 그리면서, 단 한 번의 키스와 포옹을 바라면서 보냈던 그 오랜 시간들이라니. 그 바람, 채울 수 없는 간절한 바람을 넌……”

“나트, 난……”

“샤에, 난 너도 발버둥치고 있다고 생각했어. 우리를 위해서, 너 자신과 싸우고 있다고 믿었어. 너도 날 원하지만 아직 너도 네 몸이 낯설다고, 시간과 믿음이 필요하다고 했잖아. 믿음이라! 샤에, 넌 나에게 시간을 두고 믿어달라고 했어. 그래서 난 끝까지 네 말을 믿었어!”

“나트……”

“샤에, 나에게 거짓말을 한 거야? 날 사랑한다고 했었잖아.”

“난 널 사랑해!”

샤에는 고함을 질렀고 눈물이 솟구쳤다. 뺨을 타고 줄줄 흘러내릴 정도로.

나탕이 이를 악물었다.

“그런데도 에밀리아노의 품에 안기다니. 내 손이 닿는다는 생각만 해도 치를 떨면서?”

샤에는 일그러진 얼굴로 몸을 웅크렸다. 그래도 말을 해보려고 했다.

"넌 내 말을 끝까지 들어야 해. 그다음에 날 심판하고 싶으면 그렇게 해. 하지만 제발 부탁이야, 내 말을 끝까지 들어줘."

나탕은 크게 심호흡을 했다. 관자놀이가 욱신거리면서 머리가 깨질 듯이 아팠다. 하지만 가슴을 찢는 고통에 비하면 그 정도는 아무것도 아니었다.

"좋아."

그는 핏기가 가신 얼굴만큼 억양이 사라진 목소리로 대답했다.

"이제 웅쥐의 독이 내 안에도 흐르고 있어. 에놀라를 죽이고 앙통을 갉아먹은 바로 그 독이야. 그 독 때문에 나는 에놀라와도, 크락스와도 맞서 싸울 수 있는 힘이 생겼던 거야. 비범하고 매혹적인 힘이야. 바로 그래서 위험한 힘이지. 이 힘에 맛을 들이면 마음과 영혼을 바쳐야 해. 라피는 내가 깊이 빠지지는 않은 것 같다고, 내가 그 독을 없앨 수 있다고 생각해. 하지만 내 생각은 그렇지 않아……"

나탕은 침묵을 지켰고 샤에가 말을 이었다.

"누구든 웅쥐의 말을 들은 자는 타락하지. 나트, 너의 혈관에도 그 독이 흐르고 있어. 그 독이 너를 절망으로 빠뜨리고 후회에 사로잡히게 하는 거야. 그 독이 너와 나를 멀어지게 하는 거야. 그날 밤 있었던 일을 지울 수만 있다면 난 뭐든지 하겠어. 그게 불가능하니까 넌 눈을 크게 뜨고 진실을 직시해야 해. 웅쥐는 우리의 적이야. 웅쥐가 우리의 사랑을 위협해. 내가 아니라 웅쥐가 그런 거야. 우리는 그에게 맞서야 해. 우리가 함께 싸워야 해."

"네가 그에게 몸과 마음이 넘어갔는데 우리가 함께 싸운다고? 그의 침대에 아직도 너의 흔적이 남아 있고 네 살갗에 그의 체취가 남아 있는데? 네가 그자에게 가기를 꿈꾸는 마당에 우리가 함께? 정말 그게 '함께'일까? 그럼 나는……"

나탕이 말을 끊었다. 자신이 뱉은 말, 하려던 말을 벌써 후회하고 있었지만 이미 늦었다. 샤에가 부들부들 떨기 시작했다. 나탕은 뒤늦게 잘못을 깨달았다.

"미안해. 내가 하려던 말은 그게 아니었어. 넌……"

"아니, 사과하지 마. 넌 지금 괴롭고 나도 괴로워하기를 바라잖아. 그게 당연한 거야. 그렇지만 그 때문에 나를 모욕하는 거라면 소용없어. 나트, 난 이미 괴로워. 너 못지않게."

샤에는 힘겹게 숨을 몰아쉬었다. 그녀 안에서 변신을 하고픈 절대적인 욕구가 꿈틀거렸다. 독수리나 표범이 되어 사막의 한복판으로 내달리고 싶었다. 사라지고 싶었다. 잊고 싶었다.

그녀는 참았다.

지금 변신을 한다면 하이에나가 되어 어둠 속으로 도망치고 말것이다.

영원히.

"나트, 난 싸우고 있어. 네가 인정하든 인정하지 않든 간에 싸우고 있단 말이야. 옹쥐의 독에 맞서서, 지금의 나 자신에 맞서서. 나를 위해, 무엇보다도 너를 위해 싸우는 거야. 무리한 요구인 줄은 나도 잘 알아. 하지만 네가 날 믿지 않는다면 난 이제 아무것도 아니야. 네가 더 이상 날 못 믿는다면 난 버려지는 게 아니라 사라지는 거야. 네가 없으면 난 살아 있는 게 아니니까."

샤에의 목소리는 감정을 못 이겨 쉬어 있었다.

샤에의 거짓말과 모순된 행동 때문에 분노에 찼던 나탕은 문득 밝은 빛이 머릿속을 컴컴하게 가리던 끈끈한 어둠을 몰아내는 기분이 들었다. '저 애를 의심하지 마. 무슨 일이 일어나든 샤에를 의심하지 말거라.' 라피는 그렇게 말했었다.

늙은 베르베르인의 말이 옳았다. 샤에는 그에게 삶이자 희망이자 빛이었다.

그는 아팠다. 이렇게까지 아플 수 있다고 생각도 못 했을 만큼. 그러나 이 고통은 샤에에 대한 사랑에 비하면 아무것도 아니었다.

그 순간, 그는 용서가 자신이 샤에에게 줄 수 있는 가장 아름다운 선물임을 깨달았다.

그가 줄 수 있는 선물.

"난……"

나탕이 입을 다물었다.

심장이 미친 듯이 뛰면서 말이 나오지 않고 아픔은 계속되었다. 꼼짝도 할 수 없게 아팠다.

샤에가 나탕을 바라보았다. 그녀는 창백하다 못해 투명해 보일 지경이었다.

몇 초가 흐르고 의심과 두려움이 퍼져 나갔다. 마침내 나탕이 입을 열었다.

"나는 아파. 끔찍하게 아파. 그리고 네가 원망스러워. 치가 떨리도록. 하지만 이 고통이나 원한은 정말로 중요한 것에 비하면 아무것도 아니야. 샤에, 난 너를 사랑해. 앞으로도 늘 그럴 거야. 오직 그 하나만이 중요해. 그것만이 진실이지. 나머지는 한낱 먼지에 지나지 않아."

그 말이 마침내 나탕을 차분하게 진정시켜주었다.

샤에의 뺨을 타고 흐르던 눈물이 달빛을 받아 생명의 진주알, 행복의 진주알로 변했다. 그녀의 얼굴을 환히 밝히는 미소와 꼭 닮은 진주였다.

그곳에서 수천 킬로미터 떨어진 곳에서 옹쥐라는 이름의 사악한 존재가 눈을 부라리며 분노의 외침을 토했다.

돌고래의 노래

1

그들이 위르자트로 돌아왔을 무렵에 날이 밝았다.

라피는 집 앞에서 나탕과 샤에를 기다리고 있었다. 그와 이야기를 나누던 꼬마 여자아이는 두 사람이 다가오는 것을 보고 마구 뛰어서 달아났다. 라피는 여자아이에게 아랍어로 세 단어를 내뱉고는 그들을 향해 돌아섰다.

"그래, 기분 좋게 산책을 했나?"

"우리 할아버지는 어떠세요?"

"계속 주무시는구나. 그 상태에서 그렇게 주무시는 건 좋은 일이다. 내일이나 모레쯤이면 깨어나시겠지."

"할아버지께 무슨 일이 있었던 거죠?"

"옹쥐의 독이 그의 혈관에 흐르고 있단다. ……무슨 일이 있었던 거지?"

나탕과 샤에는 오랫동안 눈길을 주고받았다. 그들도 겪은 일이 있으니만큼 늙은 베르베르인의 말이 아주 특별한 의미로 다가왔기 때문이다. 하지만 두 사람 중 어느 누구도 그런 이야기를 입에 담고 싶지는 않았다.

"아무것도 아니에요. 계속 말씀하세요."

나탕이 대꾸했다.

라피는 미소를 지으며 나탕의 말대로 했다.

"나는 희망적으로 본단다. 옹쥐의 독은 정신을 공격할 뿐, 몸에는 작용하지 않아. 그리고 옹쥐가 다루기에 앙통은 상당히 강인한 성품의 소유자거든. 그렇다고는 해도 앙통이 온전하게 돌아올지는 아직 확실치 않구나. 과거의 모습과 앞으로의 모습은 별개로 봐야 할 거야. 옹쥐의 독은 영혼의 상처처럼 그에게 남겠지. 그 상처로 인해 죽든가, 그 상처를 극복하면서 더 성장하든가."

"우리 할아버지를 맡아주실 수 있나요?"

"그가 낫도록 도울 수 있는 얼마 안 되는 사람 중 한 명이 나란다. 왜 그런 질문을 하지?"

"우리는 떠날 거예요."

라피가 고개를 끄덕거렸다.

"잘난 체하는 베르베르인이 감히 어디로 가느냐고 물어도 되겠니?"

나탕은 라피가 대놓고 빈정거리자 얼굴이 새빨개졌다.

"죄송해요, 라피. 제가 바보처럼 굴었어요. 전……"

"농담이란다, 나탕. 베르베르식의 못된 농담이야. 그래, 어디로 가려느냐?"

나탕은 낯빛을 수습하느라 안간힘을 썼다.

"바르텔레미 아저씨를 찾으러 가야 해요. 아저씨는 로트르가 돌아왔다는 걸 알아요. 그러니 로트르와 싸워야 한다고 코지스트들을 선동할 수 있겠지요. 하지만 전후 사정을 감안해 생각해보면 아무래도 에놀라가 옹쥐의 도움을 받아 아저씨를 이 일에서 빼돌린 것 같아요."

"그 말인즉슨?"

"바르텔레미 아저씨는 감금되어 있을 거예요. 우리가 아저씨를 풀어줘야 해요."

샤에는 라피가 자신을 낱낱이 파헤치듯 오랫동안 바라보자 얼굴이 달아올랐다. 바르텔레미를 풀어준다? 샤에가 죽이겠다고 맹세한 바로 그 사람을?

늙은 기드는 이윽고 나탕을 바라보았다.

"그 사람이 어디에 있는지는 아니?"

"할아버지가 지나가는 말로 아저씨가 생 루이에서 쉬고 있다고 했어요."

"나는 기드지만 지리학 전문가는 아니란다. 그래도 생 루이가 흔한 지명이라는 정도는 알아. 프랑스에서만도 생 루이라는 이름을 가진 곳이 대여섯 군데는 될 텐데."

"실마리가 하나 더 있어요. 에놀라가 마르구이야가 어쩌고저쩌고 했었거든요. 마르구이야는 열대지방에 사는 작은 도마뱀, 주행성 도마뱀이죠. 주로 누벨칼레도니, 아프리카, 남아메리카에 서식하는데 특히 레위니옹 섬의 상징이기도 해요. 그런데 레위니옹 섬에 생 루이라는 지명이 한 군데 있어요."

샤에는 어안이 벙벙해서 나탕을 바라보았다.

"어디서 그런 걸 다 배웠니?"

나탕은 샤에에게 미소로 화답했다.

"몇 년 전 아버지가 인도양에 있는 여러 섬들로 출장을 다녔었지. 그때 부모님을 따라갔었어. 레위니옹 섬에서도 이틀을 보냈었고."

"고작 이틀 보냈는데 그런 게 다 기억나?"

"스콜리아스트로서 물려받는 능력이 도움이 되어야 할 텐데! 만약 바르텔레미 아저씨가 그곳에 없다면 우리는 레위니옹 섬까지 가느라 귀중한 시간만 낭비하게 된다고."

라피가 끼어들었다.

"비행기로 갈 생각은 접어라. 비행기가 이륙하기에는 지금 기상 조건이 몹시 불안정하거든. 옹쥐가 폭풍을 너무 많이 보내놓아서 항공 운항은 거의 중단된 상태야."

"다른 방법이 있나요?"

샤에가 물었다.

"다른 세상의 집을 이용하렴. 내가 아는 문의 빗장을 샤에가 풀어주면 내가 너희를 위해 문을 열어주마. 그러면 너희는 나탕의 추측이 맞는지 확인해볼 수 있겠지."

"한순간도 낭비할 순 없죠."

샤에가 말했다.

나탕도 고갯짓으로 동의했다. 라피는 그들의 열의를 차분하게 가라앉히려고 했다.

"상황은 심각하다만 너희가 쉬지도 않고 새로운 일을 도모하러 나서면 우스꽝스러운 꼴을 면치 못하겠지. 우선 몇 시간이라도 푹 자고 기력을 회복한 후에 내가 문을 가르쳐주마. 그 전에는 어림없다."

라피의 말을 듣고 나서야 나탕과 샤에는 문득 쓰러질 것 같은 피로를 절감했다. 동틀 녘의 햇살이 마구 쏟아지고 있었다. 그들은 밤새도록 사나운 괴물들과 맞서고, 파리를 쑥대밭으로 만든 폭풍과 싸우고, 그들 자신 안의 악마들과 싸우고 있는 중이었다.

그들은 무조건 라피의 말에 따랐다.

두 사람은 드러눕자마자 누가 업어 가도 모를 정도로 깊은 잠에 빠졌다.

그들은 각자 자신의 부모님이 나오는 꿈을 꾸었다. 나탕은 가슴 뭉클한 애수 어린 꿈을, 샤에는 타오르는 복수의 악몽을.

해가 중천에 뜨자 라피가 두 사람을 깨웠다.

"몇 시간이라도 푹 자라고 했지, 하루 종일 잠만 퍼질러 자라고 하더냐!"

그들은 채소와 과일로 식사를 하고 앙통을 보러 갔다. 나탕은 눈을 감고 반듯이 누워 있는 할아버지를 말없이 바라보았다. 앙통의 숨소리는 쌔근쌔근 고르고 정수리의 상처도 깨끗하게 치료되어 있었다.

"그는 깨어날 게다."

라피가 말없는 질문에 답하듯 말했다.

"그럼 저는요?"

샤에가 물었다.

나탕이 흠칫했다. 탈도 많고 힘들었던 해명을 하면서 샤에는 자신의 혈관에도 옹쥐의 독이 흐른다고 말했었지만 나탕은 정말로 그 말에 신경을 쓰지는 않았다. 나탕이 생각했던 것보다 샤에의 상태가 심각한 걸까?

"얘야, 네 안에는 한없는 능력이 있단다. 바로 그런 이유에서 옹쥐는 너를 한편으로 삼으려고 그렇게나 매달렸던 게지. 옹쥐는 네 안에 자신의 중요한 부분을 주입했단다. 그래서 놀라운 힘이 네 것이 되었지. 어떤 핑계로든 그 힘을 사용하지 않도록 조심해야 한다. 그렇게만 하면 그 일은 한낱 기분 나쁜 추억에 지나지 않게 될 테니."

샤에가 인상을 썼다.

"그 힘이 우리를 두 번이나 구했는걸요."

"바로 그렇더라도 말이다. 네가 그 힘을 사용하면 할수록 독이 네 안에 더 깊이 스며들도록 허락하는 셈이 되거든. 이제는 그 힘을 삼가야 한다. 절대적으로 그래야 해."

"크락스에게 공격당했을 때처럼 또 다시 우리 목숨이 위태로워지면요?"

"그때는 어둠의 편이 되느냐 누군가가 죽느냐를 두고 선택해야 한다. 특히 네가 사랑하는 사람들의 목숨이 달린 순간에는 참으로 무섭고 어려운 선택이 되겠지. 그러나 아무도 널 대신해서 선택해 줄 수는 없어."

라피는 한참 샤에를 바라보더니 입가에 미묘한 미소를 띠고 말
했다.
"그래도 나는 너를 믿는다. 언제나 너를 믿어왔지."

2

다른 세상의 집을 지나가면서 샤에는 프라툼 보락스로 나 있는 테라스에 잠시 들르기를 한사코 고집했다.

"로트르는 3000년이 넘게 기다리다가 돌아왔잖아요. 우리가 거기 잠깐 들렀다 온다고 해서 뭐가 달라지나요?"

놀라는 라피에게 샤에가 설명했다.

"그 말은 맞다만 그래도……"

"다른 세상도 하나의 세계예요." 샤에가 라피의 말을 자르고 설명했다. "저는 초원을 돌아다니는 바퀴 달린 배들과 새 떼를 분명히 봤어요. 그 초원이 끝없이 펼쳐져 있는 게 아니라고요. 언젠가 우리는 그 초원 너머에 뭐가 있는지 보게 될 거예요."

"탐험가의 혼이 꿈틀대는 거야?"

나탕이 흥미롭다는 듯이 물었다. 하지만 샤에는 진지하게 대답했다.

"조금은 그래. 무엇보다 내가 예감했던 대로 다른 세상도 하나의 세계라고 생각해. 가도 가도 프라튬 보락스만 나오는 게 아니라 인간들이 피신할 수도 있는……"

샤에는 잠시 나탕과 라피를 바라보고는 말을 맺었다.

"……만약 우리가 로트르를 제압하지 못한다면 말이야."

나탕은 도통 모르겠다는 눈빛을 던졌지만 라피는 놀라움을 감추지 않고 고개를 끄덕거렸다.

"놀라운 아가씨로구나!"

그는 새로운 눈빛으로 샤에를 바라보았다.

어색해진 샤에는 어깨를 으쓱하고 태연한 척 뒤돌아섰다. 그녀는 긴 옷자락을 나부끼며 주실로 향하는 복도로 들어갔다. 동행들은 그 뒤를 따랐다.

"한 가지 물어볼 게 있어."

나탕이 샤에에게 다가가 말을 던졌다.

샤에는 그런 나탕을 놀라 바라보았다.

"그래, 말해봐."

나탕이 그녀의 옷을 가리켰다.

"어째서 네가 변신할 때는 옷이 사라지는데 사람으로 돌아올 때는 그대로 있는 거야?"

"그런 것까지 관심이 있을 줄은 몰랐는데."

"그냥 좀…… 궁금하잖아."

"나도 확실히 대답할 순 없어. 변신할 때는 나라는 존재 전체가

표범도 되고 독수리도 되고…… 하이에나도 되니까. 바로 그 순간
에는 옷이 나의 일부가 되나 봐. 그리고 또……”

“또?”

“가끔은 옷을 버리는 방향으로 선택할 수도 있겠다는 감이 와.”

“버리긴 어디에 버려?”

“나도 모르지. 물론 내가 있는 곳은 아니고 일종의 중간에 있는
차원이랄까. 어쨌든 간에, 옷을 두고 가는 건 좋은 생각이 아니지.”

“왜?”

“그럼 사람으로 돌아왔을 때 알몸이 될 거 아냐. 게다가 내가 걸
친 옷은 인간으로서의 내 모습과 관계가 있단 말이야. 있잖아, 표범
이나 맹금류의 모습으로 느끼는 감정은 굉장히 벅차. 인간보다 한
없이 예리한 감각, 황홀한 힘, 완전한 자유…… 그냥 계속 동물로
살고 싶은 유혹이 얼마나 큰지 몰라. 그리고 내가 변신할 수 있는
가짓수가 제한된 후부터는 그런 유혹이 점점 더 강렬해져. 정말로
인간의 본성을 까맣게 잊을지도 모른다는 위기감을 느껴. 내 옷은
비록 보이지 않지만 내 존재를 일깨우는 소중한 경고야.”

“나도 있잖아. 인간으로서의 네 모습을 일깨울 수 있는 사람. 네
가 어디로 떠나든지 말이야.”

“알아.”

그들이 마주 보는 눈빛에는 서로를 품에 안고 싶다는 마음이 담
겨 있었다. 나탕은 몸이 떨렸고 샤에는 심장이 마구 뛰었다. 그 어
떤 순간에도 그녀는 이처럼 나탕의 품에 뛰어들고픈 갈망을 절실하
게 느낀 적이 없었다. 두려움은 모두 떨쳐버렸지만 라피가 뒤에서

지켜보고 있었기 때문에 샤에는 마음을 다잡았다. 주실에 들어서면서 그러한 갈망은 자연스럽게 사라졌다.

테라스로 난 거대한 통유리창으로 붉은 노을이 비쳤다. 그들은 창에 난 문을 통해 테라스로 나가 초원을 내다보며 아무 말 없이 서 있었다. 그들 앞으로 정복을 기약하듯 쭉 뻗은 돌 제방은 갑자기 뚝 끊어져 있었다. 프라툼 보락스는 바티쇠르의 개척 정신으로도 다스릴 수 없었던 것이다.

"어째서 따로 공간을 만들어 경비행기를 준비해놓지 않았을까? 별 어려움 없이 초원 위로 비행을 할 수 있을 텐데."

나탕이 말했다.

"코지스트들은 시도를 했었단다. 그런데 잘 안 됐지."

라피가 설명해주었다.

"어째서요?"

"다른 세상은 이상한 세계야. 이 집에서 멀어지면 인간의 기술로 제작한 도구나 장비가 말을 듣지 않아."

"하지만 코지스트 대원들은 최신식 총도 잘만 쏴대던데요."

"그거야 집 안이나 테라스에 있을 때 얘기지. 이 연결로에만 나와도 그들의 총은 장난감이 되어버릴걸. 내가 알기로는 항공로로 프라툼 보락스를 정복하기 위해 원정대가 열 번도 더 출발했었을 거야. 하지만 모두 몇 백 미터쯤 날다가 추락해버렸지. 아니, 그만큼도 비행하지 못한 적이 꽤 많단다."

"그럼 제가 보았던 바퀴 달린 배들은 뭐죠? 프라툼 보락스가 그 배들은 집어삼키지 않았다고요!"

샤에가 물었다.

"나도 그런 게 있다는 말을 처음 들었다. 그 배들은 인간이 여기 살고 있다는 증거겠지. 하지만 나도 그 이상은 전혀 모른다."

"기술 장비를 사용하지 않고 장거리를 비행할 방법을 찾아야겠군요. 이를테면 열기구라든가. 더운 공기를 불어넣을 수만 있다면……"

나탕이 생각에 잠긴 얼굴로 말했다.

"지금은 그런 일을 곰곰이 생각할 때가 아닌 것 같구나. 너희가 급하다는 걸 굳이 내가 깨우쳐줘야겠니? 나는 나대로 앙통이 깨어날 때 자리를 지켜야 하고 너희는 긴박하게 할 일이 있어."

나탕과 샤에는 순응했다. 그들은 마지막으로 프라툼 보락스를 한 번 더 바라보고는 집 안으로 들어갔다.

문은 검은 화강암으로 지은 괴상한 탑 꼭대기에 있었다. 그들은 삐걱거리는 나무 계단을 밟으며 탑을 올라가 총구멍이 뚫린 벽으로 둘러싸인 원형의 방에 다다랐다.

"난 이 문을 딱 한 번 써봤지. 저쪽으로 네 발짝이나 나가봤을까. 그래서 정확하게는 어디로 통하는지 모르겠다."

라피가 문을 가리키며 말했다.

"레위니옹 섬이라는 건 확실해요?"

나탕이 걱정스럽게 물었다.

"확실하다. 나를 가르치셨던 스승 기드는 내가 장차 사용할 수 있도록 이런저런 문들을 함께 넘어가주셨지. 나는 그 문들을 다 기억하고 있지만 실제로 개중 몇 개밖에 써먹을 기회가 없었단다."

라피는 샤에를 돌아보았다. 그는 미소를 지으며 부탁했다.

"이 문의 빗장을 풀어주겠니?"

샤에는 나무 문짝을 어루만지며 잠시 정신을 모았다. 금속이 부딪히는 댕그렁, 소리가 울려 퍼졌다.

"고맙다."

라피가 문을 열면서 말했다.

밤, 꽃, 향신료 냄새가 작은 방 안까지 확 퍼졌다.

"올바른 길이 되기 바란다. 마음은 나도 항상 너희와 함께 있단다. 신중하게 처신하고 바르텔레미에게는 좋은 점도 있다는 사실을 잊지 말아라."

나탕은 라피가 왜 이런 말을 하는지, 어째서 샤에를 보면서 이렇게 말하는지 잠시 의아했다.

샤에는 나탕이 물어볼 틈을 주지 않았다.

"아무것도 잊지 않아요. 절대 아무것도."

샤에는 가슴에 손을 얹고 등을 돌려 문을 넘어갔다.

3

덥고 건조한 오 아틀라스에 익숙해 있던 그들을 열대야의 눅눅한 습기가 낙지의 촉수처럼 휘감았다. 남쪽 나라는 여름이었으므로 꽤 늦은 시각인데도 기온이 섭씨 40도에 육박했다. 나탕과 샤에는 주위를 둘러보기도 전에 온몸이 땀으로 흠뻑 젖었다.

문은 검은 암벽 낭떠러지로 통했는데 그 아래쪽으로 대형 마트처럼 널찍한 주차장에 트럭들이 정차되어 있는 구역이 굽어보였다. 차 한 대는 너끈히 들어갈 만한 컨테이너 세 대가 거대한 체인으로 묶여 한가운데 20미터 높이로 우뚝 솟은 기중기에 매달려 있었다. 인근에는 야트막한 건물 앞에 자동차가 몇 대 주차되어 있었고 그리 멀지 않은 곳에 인적이 드문 도로가 있었다. 기중기 꼭대기의 프로젝터 조명이 무성한 초목으로 둘러싸인 그 주변을 환히 밝히고 있었다.

"몇 시일까?"

샤에가 문을 닫으면서 물었다.

"표준시간대를 하도 여러 번 넘나들어서 가닥을 잘 못 잡겠네. 그 래도 저녁 9시쯤 된 것 같아. 한 시간 정도 오차는 있을 수 있어."

"그래도 이렇게 밤이 깊은데."

"열대지방은 원래 그래. 해가 일찍, 그리고 예고 없이 후딱 넘어 가거든."

"여기가 어디인지 알겠어?"

"바다가 바로 정면에 있고 레위니옹 섬의 도심은 우리 뒤쪽이야. 여기 적재 구역이 있는 걸로 봐서 사탕수수 생산지대가 아닐까 싶 은데 그 이상은 나도 모르겠어."

"저기 있는 사람들에게 물어보자."

샤에가 손가락으로 100미터 앞에 주차되어 있는 자동차들을 가 리켰다. 나탕이 눈을 찡그렸다.

"넌 사람들이 보이니?"

"보이진 않지만 소리가 들려. 흰색 소형 트럭 뒤 풀밭에 네 사람 이 앉아 있어."

나탕은 미소 지었다.

"표범들만 감각신경이 발달한 줄 알았는데."

"내가 표범이라면 그 이상을 알 수 있었겠지. 무슨 이야기를 하는 지, 나이는 몇 살이나 되어 보이는지, 건강 상태는 어떤지, 심지어 무슨 옷을 입었는지까지 모조리 일러줄 수 있을 거야."

"보지 않고도? 농담이지?"

"농담만은 아닌데. 자, 갈까?"

그들은 가시처럼 끝이 뾰족하고 길고 넓적한 잎사귀가 야트막하게 자라는 식물들 사이를 조심스럽게 돌아갔다.

"알로에 베라야. 세상에서 가장 이로운 식물 중 하나로 손꼽히지. 단, 한밤중에 찔리지만 않는다면 말이야."

그들이 적재 구역을 반쯤 지나갔을 때 자동차 한 대가 도로에서 빠져나와 흰색 소형 트럭 옆에 주차를 했다. 머리채를 뒤로 한 묶음 빼서 묶은 남자가 내리더니 자동차를 돌아 나왔다.

그러고는 금세 언성이 높아지는가 싶더니 싸움판이 벌어지는 듯했고 비명소리까지 들렸다.

머리를 묶은 사내가 적재 구역으로 마구 뛰어나왔다. 네 남자가 알아들을 수 없는 말을 쏟아내며 금속 날이 달린 흉기를 들고 쫓아 나왔다.

"거기 있으면 안 돼요!"

사내는 나탕과 샤에를 발견하고 외쳤다.

두 사람이 꼼짝도 하지 않자 그는 아예 자기가 직접 그들 쪽으로 달려왔다.

"당장 도망쳐요, 어서! 저놈들은 병에 걸렸어요. 잡혔다가는……"

하지만 추격자들은 이미 가까이 와 있었다.

네 남자는 서른 살쯤 되어 보였고 하역 인부들이 흔히 입는 밀착형 작업복을 입고 있었기 때문에 근육질 덩치가 돋보였다. 두 사람은 무시무시하게 날이 선 벌채용 칼을 들고 있었고 다른 둘은 묵직

한 곤봉을 들고 있었다. 그들은 싸우려고 작정한 사람들처럼 보였
지만 호전적이지 않고 얼굴을 일그러뜨리는 강박적인 비웃음이나
알아들을 수 없는 소리를 마구 지껄이는 모습이 샤에와 나탕의 경
계심을 자아냈다.

심각한 정신이상을 짐작케 하는 헛소리와 인상적인 미소였다.

선두에 있던 자가 뜸을 들이거나 경고 한마디 날리지 않고 다짜
고짜 벌채용 칼을 나탕에게 휘둘렀다.

날카롭게 갈린 넓은 칼날이 허공을 갈랐다.

나탕은 잽싸게 몸을 틀어 심각한 상처를 입을 수도 있는 일격을
피했다. 그럼에도 어떻게 하는 것이 최선일까를 두고 아주 잠깐 주
저했다. 상대를 때려눕힐까, 검을 뽑을까, 그냥 내뺄까…… 벌채용
칼을 든 사내는 이 간극을 놓치지 않고 다시 한 번 공격을 시도했다.

나탕은 두 번째 공격도 여유롭게 피하고 반격에 나섰다. 이제 망
설일 시간이 없었다. 그는 몸을 낮추어 벌채용 칼을 든 사내의 다리
를 공략하고 재빨리 일어나 팔꿈치로 다른 상대의 관자놀이를 가격
한 뒤 몸을 틀어 방어 자세를 취했다가…… 그 자세를 풀었다.

샤에가 행동에 나섰다. 일부러 변신할 것도 없이 벌채용 칼을 든
다른 사내를 순식간에 쓰러뜨리고 아직까지 멀쩡한 마지막 사내와
맞섰다.

샤에는 자신을 사로잡는 메타모르프의 힘에 몸을 맡겼다. 안구의
홍채가 노란색으로 변하고 입술을 비집고 송곳니가 나타났다. 이마
와 뺨에도 검은 털이 돋아났다.

광기가 어려 있던 사내의 얼굴에 충격과 공포가 떠올랐다. 그는

조금 전에 떠들어대던 헛소리만큼이나 알아들을 수 없는 소리를 지르더니 뒤도 돌아보지 않고 꽁무니를 뺐다.

"샤에, 넌…… 그러니까 …… 네가……"

샤에는 왜 그러는지 의아해했지만 이내 나탕이 그녀가 첫 상대를 처리할 때 동원한 힘을 걱정하고 있음을 알아차렸다.

"괜찮아. 그자는 그렇게까지 위험한 상대가 아니었어."

샤에는 나탕을 안심시켰다. 그런데도 나탕이 샤에의 눈을 자세히 들여다보려고 다가오자 그녀는 어깨를 움츠렸다.

"괜찮다니까."

"그래도 난 확실히 알아야겠어."

나탕이 고집을 부렸다.

"저…… 실례합니다. 아가씨가 무사해서 기쁘지만 제가 보기에 이분이 아가씨 상태를 살피는 것도 당연한 것 같습니다. 하지만 저 세 놈들이 다시 일어서려고 하는 중이니 우리는 여길 빨리 뜨는 게 좋겠어요. 제 차가 바로 저쪽에 있습니다. 원하신다면 제가 태워드리죠."

나탕과 샤에는 그들이 방금 구해준 남자를 돌아보았다. 거무스름한 살갗, 검은 머리칼, 그 남자 역시 아까의 불량배들처럼 서른 살 즈음이었다. 맛이 간 듯한 표정은 전혀 찾아볼 수 없었지만 누가 봐도 불안해 어쩔 줄 모르는 상태였다. 나탕이 그러자고 하자 남자는 안도의 한숨을 쉬었다.

"그러십시다."

불량배들이 욱신거리는 몸을 힘겹게 일으키는 동안 그들은 그곳을 떠났다.

"멀리서 보고 내가 아는 친구인 줄 알고 차를 세웠죠. 그러지 말았어야 했는데. 방역선이 뚫렸어요. 저 네 사람들도 병에 걸린 겁니다. 당신들이 없었으면 난 재수 옴 붙었을 겁니다."

그는 얼른 뒤를 돌아보았다. 아무도 따라오는 사람이 없음을 확인하자 안심하며 자동차 문을 열었다.

"아까 그 네 사람들이 뭐에 걸렸는데요?"

샤에가 묻는 순간, 남자는 운전석에 앉았다.

그는 샤에의 질문을 듣지 못하고 안도의 한숨을 내쉬며 말했다.

"정말 고맙습니다. 두 분 덕에 살았네요. 제 이름은 지노이고 가이드 일을 합니다."

4

지노는 비명을 질렀다. 일본도의 차가운 날이 그의 목을 위협했기 때문이다.

조금 전 조수석에 앉은 소년이 손놀림이 안 보일 정도로 순식간에 칼을 뽑았던 것이다.

"뭐, 뭡니까……"

지노는 더듬거렸다.

운전석 문짝에 기댄 소녀가 몸을 숙이고 매서운 눈빛으로 그를 쏘아보았다. 아니, 매섭다는 말로는 부족했다. 잔혹한 눈빛이었다.

"이름이 뭐고 무슨 일을 한다고?"

소녀는 간담이 서늘해질 만큼 냉담한 목소리로 물었다.

"나…… 나는……"

검이 목을 더 세게 압박했다. 지노는 이렇게 날이 예리하게 서 있는 검이라면 아무렇게나 휘둘러도 그의 모가지쯤은 쉽사리 나가떨어질 거라는 느낌이 들었다. 그리고 검을 쥔 소년은 상당한 고수 같았다.

"내 이름은 지노입니다. 나는 가이드입니다."

그는 운전대를 꽉 붙잡고 있는 손의 떨림을 가까스로 다스리며 다시 말했다.

무슨 이유인지는 알 수 없었지만 그는 즉시 대답을 잘못했음을 깨달았다. 소녀의 눈빛에서 살기가 번득였다. 소년은 위협하듯 미소 지으며 말했다.

"어떤 종류의 가이드?"

소년은 체격이 아주 좋고 매력적인 표정이 마음을 끄는 얼굴인 데다 놀라운 초록빛 눈동자를 지니고 있었다. 하지만 그의 목소리 역시 일말의 감정도 묻어나지 않는다는 점은 소녀와 다르지 않았다.

"가이드, 그냥 가이드입니다. 나는…… 사람들을…… 관광객 안내 일을 해요. 관광가이드 말입니다. 저…… 금지된 일도 아닌데요……"

검을 누르는 힘이 조금 풀어졌다.

"지노는 이탈리아 이름인가? 조지오나 에밀리아노 같은?"

"아뇨, 아뇨, 전혀 아닙니다. 사실 이름은 이탈리아식이지만 난 이탈리아인이 아니에요. 모리스 섬 출신이고 이탈리아에는 가본 적도 없어요. 약속합니다, 난……"

검이 살짝 뒤로 물러났고, 지노는 비로소 숨을 다시 쉴 수 있었다.

"당신 눈을 봐야겠습니다." 소년은 아까보다 유연해진 말투로 말했다. "고개를 내 쪽으로 돌리고 자동차 불빛을 올려다보시죠."

"당신들도 걸렸습니까? 초기 증상입니까?"

지노가 걱정스럽게 물었다.

"시키는 대로 해주세요. 부탁입니다."

정중함이 묻어나는 말에 지노는 안심했다. 당장 목을 따려고 마음먹은 상대에게 '부탁입니다'라는 말 따위는 하지 않을 테니까. 그는 시키는 대로 실내등 쪽을 쳐다보았다. 소년은 몸을 바짝 숙이고 그의 눈을 오랫동안 관찰했다.

"저희의 무례를 사과드려야 할 것 같습니다."

마침내 소년이 말했다.

그때까지 차에 오르지 않고 있던 소녀가 뒷좌석에 올라탔다.

"조금 전 그놈들이 오고 있어요. 여길 떠야 해요."

소년은 적재 구역을 잠시 바라보았다. 아까 줄행랑친 놈은 보이지 않았지만 나머지 세 놈은 흉기를 주워들고 절뚝거리며 다가오고 있었다.

"저들에게 무슨 일이 일어난 거죠? 다들 미쳤나요?"

소년이 물었다.

지노는 깜짝 놀라 어떻게 대답해야 가장 신중한 답변이 될지 가늠해보았다.

"아뇨, 미쳤으면 차라리 낫게요. 그들은 악에 걸린 겁니다."

"뭐에 걸렸다고요? 아니, 일단 시동 걸고 출발부터 하죠. 그다음에 설명해주세요."

지노는 기꺼이 그렇게 했다. 그의 차에 탄 낯선 두 사람은 기묘하고 위협적이기는 해도 악에 걸린 사내들만큼 위험하지는 않아 보였

다. 물론 이 두 사람을 태워주겠다고 말한 것은 후회되었지만 그렇
다고 이제 와서 내리라고 할 수도 없었다.

그는 시동을 걸고 속도를 냈다. 적재 구역을 가로지르던 세 남자
는 곧바로 그들에게서 주의를 돌렸다.

"저…… 어디로 가십니까? 그러니까 저기, 어디에 내려드리면 되
는지요?"

"생 루이가 여기서 먼가요?"

지노는 안정을 되찾았다. 소년은 검을 집어넣었고 목소리에서도
아무런 적의가 느껴지지 않았다. 운이 좀 따라준다면 이 상황은 좋
게 끝맺을 수도 있을 것이다.

"해안 도로를 타면 30분쯤 걸리고 고지대로 지나가면 한 시간 걸
립니다. 그런데 이런 이야기를 뭐하러 하는지 모르겠네요. 생 루이
는 어차피 출입 금지 구역인데."

"출입 금지 구역이라고요?"

지노는 소년이 자기를 놀리는 게 아닌가 싶어 잠시 고개를 돌렸
다. 그런 것 같지는 않아 보였다. 그는 이제 두려움을 훌훌 털고 순
수하게 놀라움을 표현했다.

"어디서 왔는데 그런 걸 물어보나요? 악은 등장하기가 무섭게 믿
을 수 없는 속도로 퍼져나가고 있습니다. 섬의 3분의 1은 군대가 봉
쇄했어요. 도로 봉쇄망을 뚫고 출입 금지 구역을 드나들 수 있는 방
법은 전혀 없습니다. 철통같은 방역 체계를 감수할 수밖에요. 이걸
모르는 사람은 아무도 없다고요!"

소년은 소녀의 동의를 구하려는 듯이 뒤를 돌아보았다. 지노는

백미러로 소녀가 자신에게 보내는 의심 가득한 눈길을 보았다. 소년은 긴장을 풀었지만 소녀는 여전히 경계를 하고 있었고 온몸으로 동물적인 기운을 품겼다. 문득 지노는 만약 위험이 있다면 그 위험은 분명히 이 소녀에게서 비롯될 거라는 확신이 들었다.

그럼에도 소녀는 결국 고개를 끄덕였고 소년이 다시 입을 열었다.

"제 이름은 나탕이고 이쪽은 제 친구 샤에입니다. 조금 전에 있었던 일은 사과드립니다. 우리는 자기가 가이드라고 하던 사람과 큰 말썽을 겪었기 때문에 가이드 소리를 듣자마자……"

"이해합니다. 나도 조심성이 없어서 늘 말썽에 말려들곤 하죠. 그러니까 좀 더 신중하게 굴었어야 하는 것 아니냐고 따지지는 않겠습니다. 그쪽 덕에 목숨을 구한 건 둘째 치고서라도 말이죠. 그런데 어디까지 데려다드려요?"

"음…… 그게 말이죠. 섬에 도착한 지 얼마 안 되어서 여기서 무슨 일이 있었는지 잘 몰라요. 그 출입 금지 구역과 악에 대한 얘기를 좀 더 들려주실래요?"

지노는 뒷머리를 묶은 고무줄을 조정하느라 한 손을 운전대에서 떼었다. 실은 그 틈을 이용해서 생각을 가다듬고 대답을 하기 위해서였다.

"그보다 나은 제안을 하죠. 내 집이 여기서 아주 가까운데요. 냉장고에 어제 만들었던 루가이가 남아 있어요. 이야기를 나누기엔 더 나을 겁니다."

"폐를 끼치고 싶지 않습니다."

갑작스러운 초대에 당황한 나탕이 말했다.

"사람을 만나 더불어 이야기를 나누는 게 무슨 폐가 됩니까. 게다 가 차가운 맥주와 흥겨운 음악을 약간 곁들인다면 금상첨화죠."

나탕은 다시 한 번 샤에를 돌아보았고 그녀는 고개를 끄덕였다.

"그러시다면 신세를 지겠습니다."

"좋네요." 지노가 기뻐했다. "그런데 하나만 묻겠습니다."

"네?"

"거짓말은 하지 마십시오."

"거짓말을 할 마음은 조금도 없는데요."

"초장부터 왜 이러십니까. 지금 인도양의 기후 형편이나 이곳에 창궐한 전염병 때문에 레위니옹 섬에 비행기가 착륙하지 않은 지 보름도 더 됐어요. 두 사람의 비밀을 꼬치꼬치 캐물을 마음도 없고 어디서 왔는지 알고 싶지도 않아요. 하지만 여기 도착한 지 얼마 안 됐다는 건 비행접시라도 타고 왔다는 건가요?"

"저는…… 우리는……"

나탕이 할 말을 잃었다.

"잠깐만요." 지노가 그의 말을 끊었다. "당신들을 불편하게 만들 고 싶지도, 비밀을 파헤치고 싶지도 않습니다. 다만 나 자신을 보호 하려는 뜻에서 묻는 겁니다. 거짓말은 우리의 흥겨운 저녁을 망칠 테니까요. 서로 터놓고 믿어야만 진정한 대화가 오갈 수 있지요."

그는 길게 한숨을 내쉬었다.

"어디서 이런 능력이 나오는지는 모르겠지만 나는 누가 나에게 거짓말을 하면 금방 알아차린답니다."

5

지노의 자동차가 도로의 교통 흐름에 파고든 지 얼마 되지 않아 생 질레뱅이라는 표지판이 나왔다.

"여기서 부모님과 이틀을 지냈었어. 우리가 있는 곳은 섬의 서해안이고 생 루이는 남쪽으로 40킬로미터쯤 더 가야 나와."

나탕이 샤에에게 설명했다.

샤에는 고개를 창밖으로 내밀고 머리카락을 바람에 흩날릴 뿐, 나탕이 하는 말에 귀를 기울이지 않았다.

낯선 풍경은 샤에에게 정신이 번쩍 들 만큼 깊은 인상을 주었다. 어둠 때문에 풍경이 제대로 보이지 않았지만 자동차 헤드라이트가 보여주는 부분만으로도 샤에는 전율했다.

오른편에서는 바다가 산호초에 부딪쳐 갈라지고 은빛 파도가 월광에 물들어 요동치고 있었다. 해변을 따라 쭉 늘어선 종려나무 잎사귀들이 눅눅한 바람을 맞아 물결쳤다.

왼쪽으로는 협곡과 깎아지른 듯한 암벽이 산줄기까지 이어졌다. 능선은 그렇게 하늘에 닿을 듯 솟아 있었다. 인간이 자신의 영역을 확장했다는 것을 증명하듯 수천 개의 불빛들이 어둠을 수놓았다. 그래도 좀 더 높은 곳, 인간의 손길이 닿지 못하는 어둠에 묻힌 드넓은 지대에는 견줄 수 없었다.

"나는 트루아 바생이라고 하는 마을에 삽니다. 우리 집에서 1킬로미터도 채 안 되는 곳에 섬의 일부를 봉쇄하고 있는 방역선이 있죠."

지노가 말했다.

"이렇게 녹지가 풍부하고 지형의 기복이 심한데 어떻게 방역선이 효력을 발휘할 수 있죠?"

나탕이 물었다.

"방역선은 효력이 없어요. 도로를 봉쇄해봤자 소용이 없습니다. 누구든지, 아니면 어떤 동물이라도 산을 넘어 지나가버릴 수 있거든요. 방역선이야 정부 관계자들이 사태를 통제하고 있다는 착각을 하고 싶어서 쳐놓는 것이지요. 조금 전에 봤던 사내들이야말로 방역선이 말짱 꽝이라는 확실한 증거죠. 방역선이 있었어도 그들은 악에 감염되지 않았습니까."

샤에는 차창 밖으로 내밀었던 고개를 거두고 튀어나오려던 질문을 참았다. 그들은 이미 이 악이 무엇인지, 어떻게 이 병에 걸리는지, 그리고 악이 로트르와 관계가 있다는 것까지 짐작하고 있었다. 더욱이 샤에는 이 마지막 사항에 대해서는 의심의 여지를 남기지 않았다. 라피가 예견했던 대로 그들의 적은 하루가 다르게 힘을 키우고 있었다. 미국의 콜레라나 유럽의 뇌막염, 해일, 눈을 동반한 폭풍, 홍수는 옹쥐의 작품이고, 전쟁과 테러와 암살과 쿠데타는 에크테르의 작품일 테니…… 새로운 유형의 바이러스를 만드는 일쯤은 그들에게 식은 죽 먹기였다.

지노의 집은 현기증 나게 아득한 협곡 기슭에 목재와 슬레이트로 지은 전형적인 오두막이었다. 그들은 너른 사탕수수 밭을 지나 마주 오는 차 두 대가 간신히 지나갈 수 있을 만큼 좁고 꼬불꼬불 꺾어지는 도로를 타고 그 집에 도착했다.

불꽃나무와 서로 가지를 엇갈리고 엉키며 열매를 주렁주렁 달고 자라는 망고나무 한 그루가 입구에 서 있었다. 좀 더 멀리는 열 그루 남짓한 바나나나무들이 경작지가 끊기고 열대의 숲이 시작되는 지점을 표시해주었다. 육감적이고 알록달록한 꽃들이 무리를 이루어 사방에 흐드러졌고 바닥에는 억센 풀이 옆으로 뻗으며 자라고 있었다.

오두막 앞에는 종려나무 잎사귀로 솜씨 좋게 엮은 지붕이 불 피우는 자리와 그 주위를 둘러싼 기다란 나무 의자들을 보호해주었다. 개 한 마리가 꺼진 불 옆에 누워 있었다. 자동차가 열려 있는 녹슨 문짝을 넘어가자 개가 낑낑대며 달려 나왔다.

누런 털에 귀가 축 늘어진 조그만 잡종 개였다. 지노가 차에서 내리자 개는 펄쩍펄쩍 뛰며 좋아했고 호기심이 동하는 듯 나탕의 다리 냄새를 맡았다. 그다음에는 샤에게 다가가려 했지만 개는 샤에가 멀리 떨어져 있었는데도 더는 다가가지 못하고 그 자리에 굳어버렸다. 개는 벌벌 떨기 시작하더니 겁에 질려 낑낑 울어대며 꼬리를 다리 사이에 감추고 오두막 뒤로 내빼버렸다.

"희한하네요. 저 녀석이 저러는 건 처음 보거든요. 시크는 도둑놈의 손도 핥고 자기보다 덩치가 세 배는 되는 개의 모가지에도 들입다 달려드는 놈이죠. 이날 이때까지 저 녀석은 무서운 것도 모른다고 생각했었는데!"

나탕은 어깨를 으쓱했다. 시크는 샤에의 낯선 기운을, 어쩌면 옷에 배어 있는 미세한 표범의 체취를 감지한 것인지도 모른다. 그러니 무서워서 설설 기는 것도 무리는 아니었다. 다행히도 지노는 자기가 기르는 개가 왜 그렇게 이상하게 구는지 더 이상 알아보려고 하지 않았다. 그가 스위치를 켜자 오두막 앞에 매달린 전구에 불이 들어왔다.

"앉아요. 불 좀 준비해주세요. 루가이와 맥주를 가져올 테니."

지노가 긴 의자들을 가리키며 말했다.

그는 잠겨 있지도 않은 오두막 문을 열고 안으로 들어갔다. 나탕과 샤에가 서로 눈짓을 주고받았다.

"희한한 사람이야."

나탕이 말했다.

"집 문을 잠그지도 않고, 모르는 사람들을 선뜻 초대하니까? 난 오히려 호감이 가는데."

"에밀리아노에 대해서는 그렇게 유보적이더니 저 사람에겐 그런 느낌이 안 드나 봐?"

샤에는 잠시 생각해보더니 대답했다.

"그래, 전혀 그런 느낌이 없어. 오히려 그 반대야. 긍정적이고 믿고 싶게 만드는 기운을 풍기는 사람이야. 라피하고 느낌이 비슷해."

"우리가 하마터면 저세상으로 보낼 뻔한 사람인데?"

나탕이 놀리듯 말했다.

"솔직히 겉으로 드러난 사정만 봐선 좋게 봐줄 수 없었잖아. 우리가 나타나자 기다렸다는 듯이 위험에 빠졌고, 가이드라고 하고, 이탈리아식 이름에다가, 구변도 좋고…… 걸리는 게 어디 한두 가지라야지, 안 그래?"

지노가 그때 맥주 세 병을 팔에 끼우고 검댕이 묻은 단지를 들고 나타났다. 그는 손님들에게 맥주를 건네고 주머니에서 성냥갑을 꺼냈다.

금세 환한 불꽃이 하늘로 치솟았다. 지노는 불길이 잘 닿도록 단지를 올리고 다시 오두막으로 들어갔다. 색소폰이 힘찬 선율을 어둠 속에 뽑아냈다. 트럼펫 소리가 그에 호쾌하게 화답했고 이어서 다시 색소폰 소리가 트럼펫 소리를 가로막았다.

"찰리 파커요. 아무도 이 사람만큼 루가이의 맛과 잘 어울리는 음악을 연주하지 못하죠."

지노가 긴 의자에 앉으며 말했다.

그는 나무숟가락으로 솥 안에 든 것을 휘저었다. 고기와 향신료 냄새가 퍼졌다. 마다하기 어려운 냄새였다. 지노가 맥주병을 입가로 가져가며 다시 말했다.

"자, 이제 이야기를 나눌 수 있겠네요."

6

"악이 뭐죠?"

나탕은 지노의 눈을 바라보며 질문을 던졌다. 곧바로 대답이 터져 나왔다.

"사람들이 맛이 가고 사나워지는 병이지요."

"바이러스인가요?"

"의사들은 그렇게 생각해요."

"발병 사례는 최근에 나타났나요?"

샤에가 끼어들었다.

"보름이 채 안 됐어요. 바이러스인지 아닌지는 모르지만 악은 지금까지 알려진 어떤 병과도 달라요. 모기나 벼룩처럼 동물을 통해 옮기는 것 같진 않지만 접촉성 감염 질병인 듯해요. 하지만 그 점 역시 확실하지 않아요."

"치료법은 있는 거예요?"

나탕이 걱정스럽게 물었다.

"전혀 없어요. 감염 후 불과 몇 시간 만에 초기 증상이 나타나요. 사흘에서 나흘 정도 병세가 깊어지면서 말도 안 되게 사나운 행동을 하며 날뛰게 되고요. 그다음에는 열이 끓고 구토가 나요. 두 사람은 정말로 모르는 거예요? 대도시에서는 악에 대한 이야기를 못 들어봤어요?"

"우리는 몇 주간 세상 돌아가는 소식을 전혀 못 듣고 지냈어요. 게다가 대도시뿐 아니라 세계 곳곳이 지금 워낙 어려운 상황이라 레위니옹 섬의 문제도 한꺼번에 묻혀버렸다고 생각해요."

지노는 놀라는 기색 없이 고개를 주억거렸다. 나탕은 그가 세상 돌아가는 형편을 두고 한두 마디 하려나 보다 생각했다. 하지만 지노는 간단히 이렇게만 말했다.

"그래요, 나도 뭔가 어긋나고 있다는 느낌은 들어요."

"느낌이라고요?"

샤에는 그에게 몸을 좀 더 가까이 들이밀며 주의 깊게 관찰했다.

지노는 샤에에게 수수께끼 같은 미소를 보냈다.

"그래요. 난 어렸을 때부터 어떤 것들을 느끼곤 했죠. 뭐라고 달리 표현할 말을 찾을 수 없어서 미안하군요. 난 사물을, 사람들이 풍기는 기운을, 장소를, 상황을 느끼죠. 마치 화음이 살짝 어긋나는 것을 감지하듯이."

"그런데요?"

"그런데 지금은 화음이 전혀 맞지 않죠. 이유는 모르겠지만 내가 그걸 어떤 방향으로 끌고 가야 한다는 확신이 점점 깊어집니다. 하지만 아무것도, 그 무엇도 막지 못한 채 그와는 다른 방향으로 흘러가고 있죠.”

지노의 얼굴에는 깊은 수심이 드리워져 있었다. 그래도 그는 나탕과 샤에가 늘 막역한 친구였던 것처럼 속을 털어놓았다.

“당신 말이 맞아요. 세상은 맛이 갔죠. 그리고 우리는 그걸 막아 보려고 여기 왔습니다.”

나탕이 말했다.

지노는 별로 놀랍지도 않은 듯 고개를 끄덕였다.

“그것도 느끼고 있었어요.”

루가이는 맛있었다. 나탕과 샤에는 배가 터질 것 같아 한 숟가락도 더 뜰 수 없을 때까지 먹었다.

그들은 지노에게 가능한 한 털어놓아도 되는 부분은 다 이야기했고 약속대로 거짓말은 하지 않았다.

“어떤 비밀들은 밝힐 수 없습니다. 적어도 아직은요.”

나탕이 그 부분을 짚고 넘어갔다. 지노는 단 한 번도 고집을 부리거나 채근하지 않았다.

“만약 우리가 손을 쓰지 않는다면 로트르라고 하는 존재가 세상을 망가뜨릴 겁니다. 로트르를 제압하든가, 아니면 적어도 방해할 수 있어요. 그런 까닭으로 우리는 생 루이에 가야 합니다.”

"힘들긴 해도 실현될 수 있는 일이에요."

지노가 말했다.

"그곳에 집을 한 채 갖고 있는 우리 사촌 아저씨를 찾고 있어요. 아마 마르구이야라는 이름의 호화주택일 거예요. 경비가 아주 삼엄한 집일 게 분명하고요."

"그쪽은 손바닥 들여다보듯 아는데 네가 말한 것과 일치하는 장소는 한 군데뿐이야. 아주 크고 담으로 꽁꽁 둘러싸인 빌라, 사람이 살지 않는 때가 대부분인 빌라가 한 채 있거든."

"딱 맞네요."

나탕이 반색했다. 방금 지노가 자연스럽게 말을 놓았지만 그는 따지지 않았다.

"그렇지만 네 아저씨가 아직도 거기 있을 확률은 거의 없는데. 생루이는 전염병이 가장 기승을 부리는 곳이라고. 네 말대로 그렇게 돈이 많은 사람이면 분명히 어딘가로 대피했을 거야."

"확실치 않아요. 아저씨는 마음대로 움직일 수 있는 상황이 아니거든요."

"그렇다면 얘기가 다르지. 바리케이드와 방역선을 지키는 군인들을 피하는 건 문제도 아니야. 하지만……"

"하지만?"

"악에 감염될 위험과 야외에서 배회하는 성난 미치광이들은?"

"우리가 알아서 할게요."

"그럴 거라 생각해." 지노는 나탕 옆에 있는 검을 가리키며 말했다. "너희가 어떻게 일을 처리하는지 봤으니까. 하지만 소문에 따르면 괴상망측한 것들이 협곡에 출몰한다는데. 가끔 밤중에 사나운 울음소리도 들리고 말이야. 뭐시기가 달려들었다고 주장하는 사내도 있고……”

“그건 다 알고 있어요. 그렇지만 선택의 여지가 없어요. 우린 성공을 기대할 수밖에 없는 입장에 있어요. 사실 거기에 다다를 수 있는 가능성이 만 분의 일이라도 있다면 그걸 붙잡고 매달려야 해요.”

“그래, 알았어. 내가 너희를 어디까지 데려다줄……”

“아니에요.”

“왜 거절하는 거야?”

“샤에와 나는 얼마든지 통과할 수 있지만 혹시 누군가가 우리를 공격하진 않을지 걱정되니까요. 당신은 우리가 가는 길에 걸림돌이 될 거고 결국은 당신의 소중한 목숨까지 잃게 될 거예요.”

지노는 잠시 나탕을 바라보았다. 나탕의 말은 잘난 체가 아닌 확신이었다. 이 소년과 소녀를 따라가고 싶은 마음이 굴뚝같았지만 소용없었다. 자기로서는 불가능한 일이라고 인정하는 수밖에 없었다. 지노는 안타까운 심정으로 인정했다.

“그래, 난 그냥 길만 가르쳐줄게. 언제 떠나고 싶어?”

나탕과 샤에는 얼핏 스치듯 서로를 잠깐 바라보았다.

“지금요.”

7

타마랭[6] 길.

산비탈을 굽이굽이 돌아가는 이 길은 예전에 이국의 원목을 수송하는 데 쓰였기 때문에 붙여진 이름이다. 세월이 흐르면서 관광 목적으로 이용되는 좁은 도로가 되었지만 관리는 잘되고 있었다.

"그 길을 따라가면 생 루이의 고지대로 통하지. 바리케이드를 만나도 피해 가는 데 아무 어려움이 없을 거야."

지노가 말해주었다.

"왜 숲을 가로질러 가지 않죠?"

땅바닥에 펼쳐놓은 지도를 들여다보던 샤에가 물었다.

"네가 새로 변신해서 훨훨 날아가든가 고양이가 되어 숲 속으로 파고들 수 있으면 그렇게 하렴. 레위니옹 섬의 숲은 사람이 통과할

---

6. Tamarin, 콩과의 상록교목인 타마린드의 열매.

수 있는 곳이 아니야. 적어도 우리가 지나야 할 고도에서는, 그리고 벌채용 칼을 휘둘러 오솔길이라도 내보고 싶은 사람이 아니라면 말이지.”

샤에는 슬그머니 미소를 지었다.

지노는 자동차로 최대한 멀리까지 데려다주었다. 바리케이드에서 보일지도 모른다고 생각되는 지점에 이르자 차를 세웠다.

“내 친구들, 나도 마음은 너희와 함께 있을 거야.”

지노는 그렇게 말하며 작별인사를 했다.

나탕과 샤에는 몇 번이나 똑같은 말로 인사를 하곤 했던 라피를 생각하면서 발걸음을 옮겼다.

그다음부터는 뛰었다.

나탕은 넓고 유연한 보폭으로 험한 숲길도 거침없이 달렸고, 샤에는 표범으로 변신해 달렸다.

표범은 매복을 하거나 소리 없는 추적, 폭발적인 야성의 힘이 필요한 순간에 걸맞지만 지구력이 부족하다고 생각했다. 그래서 늑대로 변신해보려고 했지만 변신을 끝까지 밀어붙일 힘이 없었다.

“늑대는 안 되겠어. 아주 강력한 힘이 표범으로 둔갑하게끔 밀어붙이거든. 이젠 독수리로 변신하는 것도 가능할지 어떨지 잘 모르겠어.”

샤에가 나탕에게 설명했다.

청명한 밤이었다. 하지만 계절상으로는 태풍과 비가 많은 때였다. 지노도 좋지 않은 기후를 우려했다. 그럼에도 하늘은 맑았고 밝게 뜬 달은 주변을 알아보기에 충분한 빛을 던져주었다.

표범이 속도를 늦추더니 완전히 멈춰버렸다. 샤에가 인간의 모습으로 돌아오자 나탕도 멈춰 섰다. 샤에는 입고 있었던 긴 옷 대신 지노가 마련해준 청바지와 티셔츠 차림이었다.

"사람들이 있어."

"어디에?"

"우리 앞에, 거리는 1킬로미터도 안 돼. 저들을 피해 가야 해."

나탕은 샤에가 후각으로 그 정도 거리에 있는 인간의 냄새를 파악할 수 있다는 데 놀랐지만 침착하게 사람들을 피할 만한 길가를 눈으로 둘러보았다.

"가자."

나탕이 말하자 샤에는 다시 표범이 되었다.

지노의 말이 옳았다. 한밤중에 이 섬의 울창한 초목을 뚫고 나아가기란 여간 어렵고 위험한 일이 아니었다. 운동신경을 타고난 나탕조차도 몇 번이나 가시덤불에 빠지거나 천 길 아래로 떨어질 수도 있는 낭떠러지를 앞에 두고 진땀을 빼야 했다. 그때마다 나탕은 튀어 나가거나 뛰어오르며 난관을 넘어갔다. 뛰어난 순발력이 없었다면 불가능했을 것이다.

샤에는 조금도 동요하지 않고 나탕에게 길을 가리켰다. 표범은 물 만난 고기처럼 유유히 나아갔다. 딱 한 번 사람으로 모습을 바꾸고 나탕에게 귓속말을 했을 뿐이다.

"바리케이드는 지나왔어. 이제 금지 구역에 들어와 있는 거야. 다시 길로 내려가도 돼."

그들은 정글 속을 30분가량 더 헤매다가 마침내 빠져나왔다. 나탕은 아스팔트 도로를 디디며 안도의 한숨을 쉬었다. 식물의 가시에 걸려 옷은 너덜너덜해졌고 이마에도 긁힌 자국이 나 있었다.

잠깐 숨을 돌리고 난 다음 나탕은 출발하자는 신호를 보냈다.

"이제 곧 해가 뜰 거야. 서두르자."

사람과 표범이 나란히 달리기 시작했다.

한 시간쯤 달리자 타마랭 길이 두 갈래로 갈라지는 지점에 이르렀다. 지노는 왼쪽, 그러니까 산으로 향하는 길을 추천해주었다.

"오른쪽으로 가면 소금호수에 이르는데, 거기서 너희가 찾아가려는 빌라까지는 10킬로미터도 안 돼. 하지만 생 루이를 가로질러 가는 길은 피하는 게 좋아. 거기가 바로 전염병의 발병지거든. 내가 듣기로 군 보건 당국도 거기에 발을 들이는 건 포기했대. 아주 위험하다는 거지."

두 사람은 발길을 늦추지 않고 바로 왼쪽으로 향하는 가파른 비탈길로 향했다. 꼭대기에 이르고 보니 길은 바닷가 쪽으로 완만한 곡선을 그리고 있었다. 바로 그때 신경에 거슬리는 새된 소리가 바로 앞에서 일어났다. 사납게 찍찍대는 그 소리의 정체가 무엇인지 알기란 어렵지 않았다.

'임은 성질이 흉포하고 순간 이동 능력을 지니고 있지만 포스 아르카디에선 포식자보다는 피식자에 가깝지. 임은 멸종되지 않기 위해 아르카디에서 가장 강한 존재와 함께 움직이곤 해. 임은 크락스를 열심히 섬기는 하수인이지. 절대로 주인에게서 멀리 떨어지지 않기 때문에 두려울 게 없어.'

"샤에, 멈춰!"

임의 울음소리에 조금도 흔들리지 않던 표범이 돌아왔다.

"무슨 일인데? 저깟 것들은 원숭이에 지나지 않아."

샤에가 놀라 인간의 모습으로 돌아왔다.

"아냐, 저놈들과 크락스가 함께 있어."

"확실한 거야?"

'크락스. 놈과 오랜 싸움을 겪으면서 기드들은 크락스의 재생 능력이 불에 입은 상처에는 작용하지 않는다는 점을 발견했지. 그 후로 크락스와 맞서는 다른 방법들은 모두 금지되었고 파미유들은 더 이상 싸움에서 전사들을 잃는 일을 당하지 않았어.'

"확실해. 우리는 소금호수 쪽으로 가야 해."

그들이 돌아서는 순간, 임들의 울음소리가 보다 가까이서 다시 들렸다. 나탕이 걸음을 재촉하자 그 소리도 희미해졌다.

숨조차 헐떡거리지 않고 그처럼 빨리 달리는 나탕의 모습은 가히 경이로웠다. 샤에는 나란히 달리면서 몇 번이나 곁눈질로 나탕의 모습을 훔쳐보았다. 짐승의 야수성이 그녀의 피에서 샘솟고 표범의 본능은 인간의 감각보다 훨씬 날카로웠기에 샤에는 나탕이 눈부시게 멋있어 보였다. 나탕이 만들어내는 모든 움직임은 힘 있으면서도 우아했다. 온몸에서 놀라운 에너지가 뿜어 나오고 있었다. 오랜 세월 남의 눈에 띄지 않으려고 무던히 감추었던 에너지를 이제 마음껏 발산하고 있었던 것이다.

드디어 집들이 몇 채 보였다. 무성한 삼림에 묻혀 있는 알록달록한 오두막집들이었다. 그때 하늘이 희끄무레해지면서 날이 밝기 시작했다. 그들이 지나가는데 새벽 암탉들 몇 마리가 부산하게 움직였고 개가 컹컹 짖었다. 그러나 주민의 모습은 보이지 않았다.

구불구불한 내리막길이 이어졌기 때문에 나탕은 속도를 더 낼 수 있었다. 브라 섹레바라는 지명이 쓰인 표지판이 나왔다.

자동차들은 길가에 아무 데나 세워져 있었다. 이따금 길 한복판에도 차가 서 있었고, 무너진 진열장에서 쏟아진 과일더미에 자전거가 쓰러져 있기도 했다. 문이 활짝 열려 있는 집들도 많았다.

살아 있는 사람은 아무도 없었다.

나탕과 샤에는 달리기를 멈추고 조심스럽게 주위를 살피며 걷기 시작했다. 샤에는 인간의 모습으로 돌아왔다.

"사람들은 어디 있지?"

샤에가 긴장된 목소리로 물었다.

나탕도 주위를 둘러보았다. 이미 하늘에 떠오른 해는 낯설고도 불안한 광경을 비추고 있었다. 길가에는 상점들이 늘어서 있었다. 문이 대부분 열려 있었다. 진열장의 먹음직스러운 과일 더미, 당장이라도 물건을 실으려는 듯 떡하니 열려 있는 자동차 트렁크가 무색하게도. 사람의 그림자는 찾아볼 수 없었다.

"지노가 말했던 악이 그가 생각했던 것 이상으로 퍼졌나 봐."

나탕이 대꾸했다.

"그래도 모두 다 죽진 않았겠지……"

"아니겠지. 아니기를 바라. 어떤 사람은 분명히 출입 금지 구역을 빠져나가 섬에 도착한 보건 당국의 보호를 받고 있을 거야."

그들은 큰 소리로 말하는 것조차 마땅치 않다는 듯 작은 소리로 대화를 나누었다. 그때 뒤에서 그들을 부르는 힘찬 목소리에 두 사람은 화들짝 놀랐다.

"어이, 거기 두 사람! 이리 와봐!"

8

나탕과 샤에는 한 몸처럼 동시에 뒤를 돌아보았다.

나탕은 어깨 위로 솟아 있는 검의 손잡이를 잡았고 샤에는 당장이라도 앞으로 튀어 나갈 듯 몸을 웅크렸다.

두 사람은 꼼짝도 하지 못했다.

그들 앞에는 덩치 큰 군인 일곱 명이 대열을 이루고 있었다. 그중 두 사람은 하얀색 방역복을 입고 마스크를 쓰고 있어서 흡사 잠수부처럼 보였다. 그들은 철컥철컥 소리가 나는 기계를 손에 들고 있었다. 나머지 다섯 명은 전투복을 입고 나탕과 샤에를 향해 경기관총을 겨누고 있었다.

"이리로!"

그중 한 군인이 무조건 복종하라는 듯한 목소리로 외쳤다.

나탕과 샤에는 눈길을 주고받았다.

도망쳐? 샤에의 눈빛이 물었다.

"시키는 대로 하자."

나탕은 상황을 가늠해보고 대답했다.

직선으로 쭉 뻗은 도로에서 군인들이 총을 쏘아대면 피할 도리가 없었다. 두 사람은 군인들이 오해하지 않도록 양손을 번쩍 들고 그들에게 다가갔다.

"스톱! 뒤에 찬 건 뭐지?"

"칼입니다."

나탕은 침착한 목소리로 대답했다.

"서툰 짓 하지 말고 칼은 땅바닥에 내려놔."

군인의 태도가 좀 더 위협적으로 변했다. 그러자 하얀 방역복을 입은 남자가 지휘관으로 보이는 군인의 귀에 대고 뭐라고 귓속말을 했다.

"저들에게 이상한 증상이 보이지 않는 건 상관없소. 나는 벌써 병사를 넷이나 잃었소. 당신이 과학자면 어쩔 거요. 당신도 실수를 할 수 있는 거고 나는 당연히 나에게 남은 병사들이 위험을 감수할 필요가 없도록 조처해야 마땅하오."

지휘관이 대꾸했다.

나탕은 등에 칼집을 동여맨 끈을 풀고 검을 바닥에 내려놓았다.

"이제 가까이 와라. 수작 부릴 생각 말고."

나탕과 샤에는 그대로 따랐다.

"젠장, 도대체 여기서 뭘 하는 거야? 왜 주민 대피 지역에 가 있지 않지?"

소위 계급장을 단 군인이 흥분해서 외쳤다. 나탕이 대답했다.

"우리는 생 루이로 오려고 했습니다. 우리 아저씨가 아직 여기 있기 때문에……"

"생 루이엔 아무도 없어. 사흘 전에 모든 주민을 대피시켰단 말이야!"

"그래도……"

"게다가 여긴 출입 금지 구역으로 분류됐어. 날 따라와."

"어디로요?"

샤에가 끼어들었다.

"대피 지역으로 가야지. 거기서 너희를 이틀간 지켜보다가 나가도 좋다는 허락을 받으면 여기서 뭘 하고 있었는지에 대한 심문이 있을 거다."

나탕은 고개를 끄덕였다. 괜히 실랑이해봤자 시간만 낭비할 뿐이었다.

"제 칼을 가져가실 겁니까? 제가 무척 아끼는 물건인데요."

나탕은 정중하게 물었다.

소위는 잠깐 망설이다 총으로 부하 한 사람을 지목하더니 검을 가져오라고 지시했다. 그런 후 덮개가 씌워진 군용 트럭에 올랐다.

군인들은 더 이상 나탕과 샤에에게 총을 겨누지 않았다. 그들은 경계 태세를 늦추지 않았지만 나탕과 샤에를 대하는 태도에 공격성은 찾아볼 수 없었다.

소위는 먼저 부하 한 명과 하얀 방역복 남자 한 명을 데리고 차에 올랐다. 나머지 사람들은 나탕과 샤에를 사이에 두고 뒤에 올라 기다란 나무 의자에 자리를 잡았다.

"전염병이 정말 그렇게 심각한가요?"

나탕이 앞에 앉은 과학자에게 물었다.

"재앙 수준이지. 바이러스는 다행히도 직접 접촉을 통해서만 전염된다네. 그래서 특정 지역 밖으로는 퍼지지 않게 봉쇄했지. 그나마 그 두 가지 덕분에 사태가 더는 악화되지 않고 있는 거야."

나탕은 하마터면 방역선 밖에서 악에 감염된 레위니옹 주민 세 사람에게 공격당했다는 말을 뱉을 뻔했지만 그만두었다. 어차피 전염병이 방역선을 넘었다는 사실은 이제 곧 만인에게 알려질 것이다. 더 중요한 문제는 군인들을 따돌릴 방법을 찾는 데 있었다.

그는 불안한 눈빛으로 샤에를 흘끗 바라보았다. 샤에는 폐쇄된 공간을 견디지 못했다. 그녀의 폐쇄공포증이 깨어나면 걷잡을 수 없어진다. 그랬다가는 위험인물로 찍힐 수도 있었다.

나탕은 샤에의 표정 없는 얼굴을 확인하고는 마음을 가라앉혔다. 좁은 공간에 들어앉은 사람 수가 많기는 했어도 덮개가 뒤쪽으로 트여 있어서 숨 막힐 정도로 공기가 통하지 않는 것은 아니었다. 군인들은 걱정할 필요가 없었다.

지금 당장은 그랬다.

샤에는 재빨리 생각을 정리했다. 그들이 자칫 감금이라도 되는 날에는 엄청난 시간을 허비해야 할 것이고 아마 바르텔레미도 찾지 못할 것이다. 그사이에 로트르는 결정적으로 앞서 나가고 말 것이다. 샤에가 변신을 해서 군인들을 덮치기만 한다면 그런 사태는 충분히 피할 수 있었다.

샤에는 군인들이 두렵지 않았다. 나탕과 힘을 합치면 그들을 꼼짝 못하게 제압할 수 있을 것이다. 하지만 자신들에게 아무 해도 끼치지 않은 군인들을 공격하는 것에 나탕이 찬성하지 않을 것 같았다.

옹쥐의 검은 독이 샤에의 머릿속에서 속살거렸다.

그 독이 가져다준 힘은 상상을 초월했다. 맨손으로 크락스와 맞서 싸울 수도 있었으니 이까짓 군인들은 더 쉽고 빠르게 무찌를 수 있을 터였다.

샤에는 그러한 유혹을 재빨리 감지했던 것만큼 다시 재빨리 물리쳤다. 라피가 단단히 주의를 주었고 샤에 자신도 마음속 깊은 곳에서 옹쥐의 힘을 쓰면 어둠의 저편으로 떨어지고 말 거라는 두려움이 있었다.

그래서 그녀는 무표정한 얼굴로 조그만 기회라도 있으면 행동에 나서려고 마음을 다잡고 있었다. 하지만 결국 치를 떨 일이 일어나고 말았다.

트럭이 10분쯤 달렸을 때 덮개가 벌어진 틈새로 주변의 풍경이 완전히 바뀌었음을 알 수 있었다. 빽빽한 정글도, 길 위로 무성한 가장귀를 뻗은 나무들의 터널도 사라졌다. 이제 사탕수수 밭, 종려나무, 바람에 구부러진 필라오가 나타났다. 바다가 바로 지척에 있는 모양이었다.

숨이 막힐 듯 더웠다. 나탕이 물을 좀 달라고 하려는 찰나 트럭 운전석 쪽에서 고함소리가 터져 나왔다.

"이 고약한 것들은 뭐야? 조심해! 차 세워!"

그 말이 끝나기도 전에 도로를 긁는 타이어 소리가 끼이익 울려 퍼졌다.

트럭은 왼쪽으로 미끄러져 위험천만하게 기울어졌다. 간신히 균형을 찾은 차는 회전을 하며 나아갔고 뒤에 탄 군인들은 바닥에 넘어지고 마구 구르며 서로 뒤섞였다. 그들은 당황과 고통 속에 소리를 질러댔다.

나탕은 둥그렇게 구부러진 손잡이를 잡고 균형을 잃지 않기 위해 버텼다. 그가 샤에의 팔을 잡는 순간, 트럭은 도로에서 벗어났다. 트럭은 그대로 필라오 수풀 사이로 돌진했다. 그러다 강한 충격과 함께 급정차했다. 아마도 바위 따위에 부딪친 모양이었다. 덮개는 세로로 쫙 찢어졌고 그 사이로 믿을 수 없을 만큼 새파란 하늘이 드러났다. 곧바로 고막이 터질 듯한 굉음이 일더니 트럭이 옆으로 넘어가기 시작했다. 바퀴가 충격을 견디지 못했던 것이다.

구겨진 차체 속은 공포의 외침으로 아수라장이 되었다. 20미터쯤 구르던 차가 멈췄다. 차체는 구겨진 종잇장 같았고 덮개는 다 찢어지고 운전석 쪽은 박살이 나버렸다.

신음소리가 새어 나왔다.

그 소리조차 임들이 공격하며 찍찍 울어대는 소리에 묻혀버렸다.

9

나탕은 트럭과 바위가 충돌하는 순간 잡았던 손을 놓쳤다.

그는 트럭 측면의 잔해에서 힘겹게 무릎을 딛고 일어났다. 그리고 샤에를 눈으로 찾았지만 그녀는 어디에서도 보이지 않았다.

나탕 옆에는 병사 하나가 바닥에 등을 대고 의식을 잃은 채 쓰러져 있었다. 관자놀이에 끔찍한 상처가 벌어져 있었다. 다른 사람들도 충격으로 멍하니 주위만 바라보고 있었다.

"염병할! 어떻게 된 거야?"

한 사람이 신음하듯 내뱉었다.

가느다란 몸집의 임 한 마리가 찢어진 덮개 사이로 소리 없이 들어와 대뜸 달려들었다. 나탕이 나서고 싶었지만 이미 원숭이의 이빨이 군인의 목을 물어뜯고 있었다. 군인은 비명을 지르며 뒤로 넘어갔다. 미친 듯이 그 고약한 동물을 떼어내려고 발악을 했지만 다

른 네 마리가 더 달려들었다. 공포에 사무친 비명소리가 숨넘어가
는 소리로 변했다.

임들은 희생자를 내버려두고 다른 군인에게 달려들었다. 찍찍 소
리를 연거푸 내며 뒤엉켜들었다. 군인은 경기관총을 쏘아대어 임
들을 떨어뜨렸지만 그 바람에 트럭의 덮개는 형체를 알아보기 힘들
정도로 엉망이 되었다.

바로 그 순간, 나탕은 조심하라고 소리를 질렀다. 총을 쏜 군인은
뒤를 돌아볼 틈도 없었다. 열 마리는 됨직한 임들이 뒤에서 달려들
어 그를 갈가리 찢어놓았다.

불과 몇 초 만에 아수라장이 되었다. 원숭이들은 아주 조그만 틈
이라도 있으면 트럭으로 파고들어 군인들에게 달려들었다. 군인들
은 방어를 하기에는 이미 제정신이 아니었다. 임과의 대결은 일방
적인 살육으로 이어졌다.

나탕은 검이 없음을 원망하며 임 한 마리를 공격하고 밖으로 한
발을 내디뎠다. 그때 다른 놈이 하얀 방역복이 피투성이로 변해버
린 과학자를 풀어주고 나탕의 목덜미로 달려들었다. 그러나 놈은
목에 닿기 직전에 순간 이동을 했다. 나탕의 주먹은 허공을 갈랐다.

바늘처럼 뾰족한 이빨이 나탕의 발목을 물어뜯었다. 나탕은 소리
를 지르며 발목에 붙은 놈을 잡으려고 몸을 구부렸다. 하지만 놈은
이미 발목을 놓고 다시 순간 이동을 해버렸다.

나탕은 더 기다릴 것 없이 쓰러진 군인의 경기관총을 낚아채서
찢어진 덮개 안으로 들어갔다.

유연하게 몸을 굴렸다가 재빨리 일어나 주위를 살폈다. 운전석

쪽에 앉은 세 사람은 사망했다. 열 마리쯤 되는 임들이 박살 난 앞 차창으로 뛰어들고 있었다. 놈들은 나탕을 보자 잔뜩 흥분해서 피로 물든 시뻘건 주둥이로 날카롭게 소리를 질러댔다. 나탕은 주저 없이 총을 쏘아댔다. 손안에서 총이 빠르게 흔들리며 귀가 찢어질 듯한 소음과 함께 총알 세례가 쏟아졌다.

나탕은 방아쇠를 누른 채로 몸을 틀었다. 트럭 밖으로 나탕을 따라 나오던 임들이 고꾸라졌다. 다른 놈들이 운전석에서 계속 나오는데 총성의 스타카토가 끊어지고 달까닥 소리가 났다. 총알이 다 떨어진 것이다.

원숭이들이 나탕에게 달려들려는 찰나, 거무스름한 형체가 뒤에서 나타나 놈들을 바닥에 내동댕이쳤다. 표범이었다.

표범은 기습 공격의 이점을 십분 활용했다. 살아남은 임들은 거의 없었지만 그나마도 뿔뿔이 흩어졌다. 표범은 나탕에게 다가와 인간의 모습으로 변했다.

"날 따라와! 다른 놈들이 올 거야."

나탕이 외쳤다.

"하지만…… 트럭에 있던 사람들은?"

"그들은 너무 늦었어! 자!"

그 순간 뒤집힌 트럭 운전석에서 임 한 마리의 모습이 나타났다. 놈은 나탕과 샤에를 보고 외마디 울음소리를 토했다. 그놈 옆에 세 마리가 더 나타났다. 다섯 마리가 되었다. 여덟 마리까지 늘어났다.

나탕과 샤에는 느릿느릿 뒷걸음질을 쳤다.

임들이 찍찍대며 앞다투어 달려왔고 이따금 사라졌다가 저만치

떨어진 곳에서 번쩍 나타나길 반복했다. 여전히 먹잇감에게선 눈을
떼지 않았다.

"준비됐어?"

나탕이 속삭였다.

"응."

"그럼, 간다!"

그들은 뒤로 홱 돌아서서 바다를 향해 달렸다.

수십 마리의 임들이 그들을 쫓아갔다.

원숭이들은 몸집에 비해 엄청나게 속도가 빨랐다. 그들은 재빨리
기다란 선을 이루어 도망자들을 양끝으로 에워싸서 오른쪽이나 왼
쪽으로 빠질 수 없도록 간격을 좁히기 시작했다.

나탕과 샤에의 발 아래서 모래와 흙이 차츰 사라지고 거무스름한
돌들이 점점 더 큼지막하게 나타났다. 갈수록 커지는 돌들을 뛰어
넘기도 힘들어졌다. 나탕은 이 돌에서 저 돌로 날렵하게 뛰어다니
며 힘겹게 따라오는 샤에를 간간이 돌아보았다. 그들 앞에 검푸른
바다가 울부짖고 있었다. 거대한 파도가 복잡하게 널려 있는 화산
의 잔재들에 부딪쳐 산산이 부서졌고 바위 사이에서는 하얀 거품이
하늘 높이 치솟았다.

그들이 우뚝 멈춰 섰다.

폭이 15미터가 넘는 큼지막한 수로가 그들의 앞길을 가로막고 있
었다. 바닷물이 그리로 콸콸대며 흘러들었고 파도는 연달아 수로
가장자리에 무서운 힘으로 철썩철썩 부딪쳤다.

그들은 눈앞에 펼쳐진 장관을 잠시 바라보았다. 그들 옆에는 '깊

은 곳'이라는 푯말이 덩그러니 꽂혀 있었다. 그 주변에 세워진 몇 개의 십자가와 거기에 걸린 화관들을 보니 절망에 빠진 자들이 이 구렁을 어떻게 이용하는지 짐작할 수 있었다.

막다른 길.

끝.

그 순간, 나탕과 샤에는 임들의 울음소리가 여전히 들리고는 있지만 더 이상 가까워지지 않는다는 것을 깨달았다.

뒤를 돌아보았다.

검은 바위 위에 촘촘히 늘어서서 도망갈 구멍 없는 반원을 그리고 있던 임들은 꼼지락대고 펄떡대며 울어댔지만 자리를 뜨지 않았다.

그러다 갑자기 임들이 잠잠해졌다.

길 건너편 사탕수수 밭의 가장자리가 갈라졌다.

그 사이에서 크락스의 집채만 한 덩치가 나타났다.

가슴판과 어깨를 보호하는 뼈로 된 돌기들이 햇볕에 번들번들 빛났다. 힘도 들이지 않고 사람의 머리를 부셔버릴 듯한 아가리는 단검처럼 날카로운 10센티미터 길이의 송곳니를 드러내고 있었다. 건들거리는 팔 끝에는 무시무시한 손톱이 번득였다.

크락스의 걸음걸이는 육중했으나 근육덩어리 몸집은 분명히 무섭도록 빠르게 움직일 수 있었다. 걸어 다니는 사신(死神)이었다.

줄곧 침묵을 지키던 임들이 크락스가 지나가도록 비켜섰다.

"독수리로 변해."

나탕이 샤에에게 일렀다. 그러나 샤에는 고개를 저었다.

"널 버려두진 않을 거야."

"바보같이 굴지 마. 넌 날아가, 나는 내가 알아서 할 테니!"

나탕이 화를 냈다. 크락스가 한없이 긴 팔을 벌리고 태양을 향해 포효했다.

"한 번만 내 말을 들어! 도망쳐! 지금 당장!"

나탕이 샤에의 팔을 붙잡고 애원했다.

"아니, 방법은 있어."

샤에는 나탕의 손을 뿌리치지도 않고 중얼거렸다.

"무슨 방법……"

나탕이 입을 다물었다.

샤에는 몸을 홱 돌리며 새까만 눈으로 나탕을 쏘아보았다.

로트르의 눈이었다.

10

한마디도 입 밖으로 낼 수 없었던 나탕은 꿈쩍하지 않았다. 임들도 움직이지 않았다. 원숭이를 닮은 놈들의 뇌는 지금 믿을 수 없는 현상이 벌어지고 있음을 감지한 것이다. 심지어 크락스조차도 걸음을 멈추었다.

잠시 후, 정적은 깨졌다.

샤에가 공격에 나섰다.

나탕은 액션 영화를 빨리 돌려 보고 있는 기분이 들었다. 단, 샤에 한 사람만이 일반적인 속도보다 빠르게 움직이는 것 같기는 했지만 말이다. 샤에는 단숨에 훌쩍 뛰어올라 가장 가까운 임들에게 가서 떨어졌다. 그러고는 놈들에게 도망칠 겨를도 주지 않고 발길질과 주먹질을 퍼부었다. 임 열 마리가 순식간에 뻗었다.

그녀는 벌써 멀리 가 있었다.

샤에는 이 바위에서 저 바위로 훨훨 날아다니며 눈 깜짝할 사이에 공포의 바람을 일으켰다. 임들은 전광석화와 같은 샤에의 움직임을 따라잡을 수 없었고, 그녀의 강력한 공격을 피할 수도 없었으며, 동에 번쩍 서에 번쩍하는 움직임을 예측하지도 못했다. 남은 임들은 아직도 많았지만 다들 공포의 비명을 지르며 달아나기 바빴다.

그때 크락스가 움직이기 시작했다. 크락스는 꼼짝 않고 자신의 졸개들이 후퇴하는 모습을 지켜보았다. 두려움은 전혀 보이지 않았고 그저 한심하다는 듯이 그 상황을 구경할 뿐이었다. 놈은 약해 보이지만 실로 놀라운 이 계집을 한번 상대해줘야겠다고 작정한 터였다. 계집애가 풍기는 기운에서 로트르의 흔적을 느꼈으나 상관없었다. 크락스는 그딴 것을 꺼리지 않았다. 오히려 그 반대였다.

광대한 영토를 독차지하고 살던 크락스는 로트르라는 그 어둠의 실체 때문에 이 낯선 세상으로 불려나오지 않았던가. 크락스는 강했지만 로트르의 부름에 저항할 방법이 없었다. 낮고 천한 임처럼 크락스도 복종해야만 했던 것이다. 크락스는 자신을 무릎 꿇게 만든 그 가차 없는 주인에 대해 불타는 증오를 느꼈다. 로트르의 표적을 지닌 저 존재를 갈가리 찢어버린다면 자존심의 상처가 어느 정도 아물 것 같았다.

크락스는 고막이 터져라 울부짖으며 공격에 들어갔다.

임들은 도망쳤다.

샤에는 놈들을 무너뜨렸다. 옹쥐의 졸개들을 없애기 위해 옹쥐의 힘을 받아들였던 것이다. 나탕은 주먹을 너무 세게 쥔 탓에 경련이 일어났다. 턱이 굳어진 채 자신을 향해 돌아서는 샤에를 보고 있었다.

두 사람 사이의 거리는 20미터가 넘었지만 나탕은 그녀의 눈에서 뿜어 나오는 섬뜩한 어둠을 금세 알아볼 수 있었다. 샤에는 그의 목숨을 구해주었다. 하지만 얼마나 큰 대가를 치르게 될까? 이 싸움을 위해서 샤에는 자기 존재의 어떤 부분을 희생했단 말인가?

저 소녀가 여전히 샤에가 맞기는 한가?

문득 절망의 바람이 나탕의 머릿속을 쓸고 지나갔다.

"조심해!"

나탕이 외쳤지만 너무 늦었음을 깨달았다. 크락스는 빨랐다. 아무도 그 정도로 빠를 거라고는 짐작하지 못했을 정도로.

크락스가 예상 외로 빨랐기 때문에 무섭고 새로운 힘을 지닌 샤에조차도 때맞게 반응하지 못했다. 집채만 한 괴물은 정면으로 샤에에게 달려들어 우람한 팔로 소녀의 가슴팍을 짓눌렀다. 강철 같은 아가리가 벌어지며 무시무시한 송곳니가 드러났다. 샤에는 힘이 빠졌다.

나탕은 더는 참지 못하고 고함을 지르며 샤에를 향해 달려갔다. 그러다 멈추었다.

순간 샤에도 고함을 질렀다.

분노, 고통 그리고 인간의 것이 아닌 다른 그 무엇이 섞여 간담을 서늘하게 하는 함성이 되어 터졌다.

거대한 몸집으로 샤에를 짓누르고 있던 크락스가 새끼고양이처럼 가볍게 뒤로 나가떨어졌다.

샤에가 다시 벌떡 일어났다.

옷은 피범벅이 되었고 목덜미에서 엉덩이까지 보기 흉한 상처가 벌어져 있었다. 오른팔은 힘없이 축 늘어져 있었다. 하지만 게리쇠르의 힘이 샤에를 지탱해주고 있었다.

갈라진 상처가 믿을 수 없이 빠르게 맞붙고 아물었다. 늘어져 있던 팔에도 기운이 돌아왔다. 그녀는 주먹을 불끈 쥐었다.

크락스에게 달려들었다.

샤에의 오른발이 허공을 가르고 괴물 같은 존재의 모가지를 후려쳤다. 그녀의 혈관을 타고 흐르는 사악한 힘은 크락스를 쓰러뜨릴 수도 있었을 것이다. 그러나 놈은 살짝 비틀거리기만 했다.

샤에는 자신에게 유리한 전세를 더 밀어붙이려 하지 않았다.

그녀는 뒤로 튀어 오르며 크락스의 공격 범위에서 멀리 벗어났다.

나탕은 굳어버린 채 샤에가 자신에게 다가오는 모습을 보고 있었다. 코지스트인 자신도 흉내조차 낼 수 없는 압도적인 속도였다.

"샤에, 넌……"

그녀는 벌써 눈앞에 와 있었다.

순간 깨달았다. 그의 앞에 있는 사람은 이제 샤에가 아니었다. 옹쥐의 힘을 받아들이면서 그녀는 인간이기를 포기한 것이다.

얼굴이 무섭게 일그러졌고 날카로운 송곳니가 입 밖으로 비죽 튀어나왔다. 눈은 빛의 존재를 거부하기라도 하듯 새까맸다.

나탕이 싸울 것인가, 애원할 것인가, 도망칠 것인가를 두고 망설이는 동안 샤에는 몸을 수그리고 그의 허리를 안더니 거침없이 머리 위로 번쩍 치켜들었다.

나탕이 샤에의 이름을 소리쳐 불렀다.

외마디 절규였다.

샤에는 나탕을 허공으로 내던졌다. 벼랑 너머로, 아주 가볍게. 아무 생각도 없었던 것처럼 홱 던졌을 뿐이다. 소름이 끼쳤다.

나탕은 크락스가 다시 공격에 나서는 모습을 스치듯 볼 순간밖에 없었다. 샤에가 불꽃처럼 기민하게 돌아서는 모습을.

성난 파도가 나탕을 낚아챘다.

11

수영 실력이 탁월한 나탕이었지만 돌멩이처럼 가라앉았다가, 갑자기 큰 파도에 밀렸다가, 그렇게 사방으로 휘둘리다 무서운 힘에 떠밀려 수면으로 올라왔다.

거품이 이는 3미터 높이의 파도가 부서지며 수로로 쓸려 들어가는 순간 나탕은 숨을 헐떡이며 떠올랐다.

'파도가 덮치면 난 끝장이야.'

나탕은 순간적으로 생각했다.

하얀 두루마리 같은 파도가 완만해지면서 쫙 펼쳐지자 그는 휩쓸리다시피 다시 가라앉았다. 물은 깊은 곳에서도 수면 못지않게 요동치고 있었다. 그는 소용돌이치는 물결에 놀아나며 곤두박질치고 사방팔방으로 휘둘렸다. 사지가 찢어지는 것 같았다. 그러다 갑자기 수로의 벽과 1미터도 채 떨어지지 않은 위험천만한 곳에서 파도를 타고 수면으로 오르기도 했다.

그 충격은 이루 말할 수 없었다.

나탕이 충격을 완화하기 위해 반사적으로 다리를 앞으로 내밀지 않았더라면 목숨을 부지하기 어려웠을 것이다. 바닥에서부터 하늘로 포효하며 솟아오르는 물살도 목숨을 살렸다.

거대한 두 힘, 수직으로 솟아오르는 힘과 옆으로 밀어내는 힘이 맞부딪치면서 하얀 거품이 콸콸콸 일어났다.

나탕은 반쯤 기절 상태로 난바다를 향해 밀려났다가 다시 더 큰 파도에 휩쓸려 해안 쪽으로 돌아왔다. 바다의 거센 물살을 이겨내려고 노력해보았지만 힘만 빠졌다. 바위도 부술 수 있는 세찬 파도에 힘없이 휘둘리며 그는 다시 가라앉았다가 다시 떠오르기를 거듭했다. 이제 여기가 어딘지, 어느 방향으로 헤엄쳐야 할지도 알 수 없었다.

아니, 그는 헤엄치고 있지 않았다. 가라앉고 있었다. 어쩌면 암벽에 부딪혀 곤죽이 되는 것보다는 그 편이 나을지도 몰랐다.

나탕은 방향을 잃고 초죽음이 되어 팔을 뻗고 마지막 몸부림을 시도해보았다. 부드러우면서도 탄탄한 표면이 손에 닿았다. 살아서 꿈틀거리는 그 무엇이.

유선형의 탄탄한 몸뚱이, 심해를 가르고 나아가기에 적합한 등지느러미, 믿기지 않는 힘을 발산하는 꼬리지느러미.

돌고래였다.

나탕은 죽기 살기로 돌고래를 휘어잡았다. 그러자 성난 바다에 놀아나는 장난감이 된 것 같았던 기분이 곧바로 사라졌다. 비록 익사하기 일보 직전이었지만 돌고래의 힘과 차분한 자신감이 이제 안전하다는 느낌을 전해주었던 것이다.

그들은 가볍게 수면을 가르고 나왔다. 흉악한 파도가 한 번 일어나고 그다음 파도가 밀려오기 전이었다. 산소가 목말랐던 나탕은 그 틈을 통해 공기를 들이마셨다. 그러고는 다시 돌고래와 함께 물속으로 들어갔다.

수로의 물살은 엄청나게 셌다. 돌고래처럼 해양 환경에 잘 맞는 신체 구조를 가진 동물조차도 수로 앞을 빠져나오기 위해서는 안간힘을 써야 했다. 게다가 돌고래는 나탕이 숨을 쉴 수 있도록 수면으로 잠깐 나왔다가 다시 물속으로 들어가기를 반복해야만 했다.

수로 앞을 지나 먼 바다로 나오자 나탕은 돌고래를 잡았던 손을 풀었다. 자신이 심하게 붙잡는 바람에 고마운 돌고래가 다치지는 않았는지 걱정이 되었던 것이다. 나탕은 해변을 보기 위해 수면 밖으로 고개를 내밀어보았다.

샤에는 어디 있을까? 아직도 크락스와 싸우고 있는 건가?

샤에는 어떻게 되었을까……

파도가 나탕의 머리 위로 지나갔다. 파도에 휩쓸린 나탕은 바닷속으로 빠졌다.

돌고래가 얼른 와서 그를 받쳐주었다. 나탕은 잔뜩 먹은 바닷물을 뱉으며 돌고래 지느러미에 매달렸다. 그때 처음으로 돌고래의 색깔을 눈여겨보았다.

검은색. 완전히 새까만 색이었다.

갑자기 나탕의 심장이 두근거렸다. 열대 지역의 바다에 이런 검은 돌고래가 있다는 것은 들어본 적이 없었다.

샤에는 최근 표범이나 독수리가 아니면 다른 동물로 변신할 수 없다고 나탕에게 털어놓았었다. 샤에가 혹시 그런 장애를 극복한 것일까? 수로에 떨어진 그를 구해준 이 돌고래가 샤에일까?

아니면 그가 잘못 보고 있는 걸까?

나탕은 자신의 지구력을 과대평가했다. 지금 그는 바다와의 싸움 때문에 녹초가 되어 사지가 물먹은 솜처럼 늘어져 있었다. 그는 한 번 가라앉았다가 마지막 힘을 다해 헤엄쳐 겨우 떠올랐다. 또다시 가라앉았다.

돌고래는 물속으로 내려가 나탕의 몸을 아래에서 떠받쳐 수면 위로 올려주었다.

나탕은 이제 말할 기운이 없었고 움직일 기운은 더욱더 없었다. 검은 돌고래는 동요하지 않고 헤엄쳤다. 반면 나탕은 무감각 상태로 빠져들고 있었다.

나탕은 독특하게 조율된 날카로운 소리에 정신이 번쩍 들었다. 고개를 들어 그들이 막 타고 넘어온 파도를 보았다. 5미터도 채 떨어져 있지 않은 곳에 회색 물체가 수면을 가르고 있었고 그와 똑같은 세 개의 물체가 뒤따라 나타났다. 우아하고 날렵한 물체. 힘차고 균형 잡힌 물체.

돌고래 네 마리였다.

회색 돌고래.

돌고래들은 호기심이 동한 듯 검은 돌고래와 그 위에 쓰러져 있는 인간에게 다가왔다.

심연의 바닥에서 돌고래가 그의 옆으로 다가왔을 때 느꼈던 평화가 다시금 그의 마음속을 채웠다. 그때보다 더 깊은 평화였다.

오래전에 내리는 눈을 맞으며 두 팔을 벌리고 하늘을 쳐다볼 때 느꼈던 평화와도 비슷했다.

이들이 남쪽으로 향하는 동안 회색 돌고래들은 나탕의 주위에서 멀어지지 않고 계속 맴돌며 뛰어올랐다. 이윽고 왼쪽에 도시가 나타났다. 나탕과 샤에가 군인들과 마주쳤던 곳보다 더 큰 도시였다.

'생 루이로구나, 우리가 생 루이에 왔어.'

나탕은 속으로 생각했다.

돌고래는 나탕의 속을 읽기라도 한 듯이 방향을 틀었다. 그곳에는 산호초가 없었기 때문에 해변에서 10미터도 떨어지지 않은 곳까지 접근할 수 있었다. 나탕은 잡고 있던 등지느러미를 놓고 겨우겨우 헤엄을 치기 시작했다. 바닥에 발이 닿는 순간부터는 두 다리를 땅에 붙이고 섰다.

돌고개가 꼬리지느러미를 살짝 꿈틀거리며 다가왔다. 고개를 물 밖으로 뺀 돌고래는 검은 눈으로 나탕을 한참 바라보았다.

이제 나탕은 확신했다.

그의 앞에 있는 돌고래는 샤에였다. 샤에는 크락스를 물리치고 돌고래로 변신하여 나탕의 목숨을 구한 것이다.

그러나 웅쥐의 독은 그녀를 장악하고 말았다. 나탕은 이제 무슨 일이 일어날지 알 것 같았다. 자신이 바꿀 수 있는 것은 아무것도 없었다.

나탕은 괴로웠다.

먼 바다에서 회색 돌고래들이 울어댔다. 나탕의 얼굴에 핏기가 가셨다. 돌고래들은 샤에를 부르고 있었던 것이다.

'포스 아르카디의 무리들이 세상을 덮쳤어. 그들은 강탈하고, 불태우고, 살육했지. 그들을 저지할 수 있는 것은 아무것도 없었어. 그들은 인간의 군대를 섬멸하고 지구의 얼굴을 영원히 바꿔버렸어. 그리고 어느 날 아침, 그 무리들은 바다와 맞닥뜨렸지. 그때 처음으로 로트르가 멈췄어. 하늘을 향해 사악하게 울부짖는 로트르에게 바다의 물결에서 들려오는 노랫소리가 화답했지.

바로 돌고래들의 노래였어.

로트르는 오던 길을 다시 돌아갔어.'

음네지크의 목소리가 강렬하게 울렸다. 나탕은 인상을 쓰며 혼잣말을 몇 마디 중얼거렸다. 하지만 어떤 진실이 나탕의 마음속에 뚜렷이 나타났다.

샤에는 떠나야 했다, 반드시.

샤에가 돌고래의 모습을 하고 있는 한은 웅쥐의 독을 견뎌낼 수 있었다. 인간의 모습으로는 가망이 없었다.

망가지지 않으려면 샤에는 떠나야 했다.

샤에가 자기 자신을 되찾을 수 있도록 나탕은 그녀를 보내야 했다.

"잘 가."

나탕이 중얼거렸다.

돌고래는 흠잡을 데 없는 매끈한 실루엣으로 뒤를 한 번 돌아보고는 다른 돌고래들에게로 향했다. 날카로운 울음소리가 몇 번 오가고 거품이 부글부글 이는가 싶더니 수면에는 파도밖에 남지 않았다.

"사랑해."

나탕은 단숨에 이 말을 내뱉었다.

바람만이 그 말을 들었다.

12

나탕은 바다를 등지고 해변에 무성한 필라오 사이를 비틀대며 걸어갔다. 돌멩이에 부딪쳐 넘어질 뻔하고서야 그만 멈춰야겠다는 생각이 들었다.

그는 등 뒤에 광활하게 펼쳐진 인도양을 돌아보고 가슴이 먹먹했다.

샤에는 떠나버렸다.

돌고래들이 샤에를 낫게 해줄 거라고, 기필코 샤에는 웅쥐의 독에서 풀려나 그에게 돌아올 거라고 믿고 싶었다. 그러나 나탕은 그것이 헛된 믿음임을 알고 있었다.

샤에를 잃은 것이다.

영원히.

그는 모래밭에서 몸을 웅크리고 눈을 감았다.

햇살이 필라오 잎사귀 틈새로 파고들어 나탕을 잠에서 깨웠다. 한 시간쯤 전에 깜박 잠이 들었던 것이다. 짧은 잠이었지만 괴로움을 몰아내고 각오를 다지기에는 충분했다. 샤에는 나탕의 목숨을 구해주었고 지금도 자신을 파괴할지 모르는 무서운 독과 맞서 몸부림치고 있었다. 이런 와중에 자신이 약해질 수는 없었다.

절대로 샤에를 의심하지 말라고 라피는 충고했었다.

그는 주변을 살폈다. 왼쪽으로 조금만 더 가면 생 루이 외곽 지역이 해변까지 쭉 펼쳐져 있었다. 그리고 중심가는 바로 맞은편, 레위니옹 섬을 돌아가는 지름길의 반대편에 있었다. 지름길에는 개미 한 마리 지나다니지 않았다.

나탕의 오른쪽에는 바다로 흘러들어 가는 강이 있었다. 넓은 하구에는 물은 별로 없고 돌이 많았다. 나탕은 그 강이 바로 지노가 말했던 생 테티엔 강이라는 것을 알았다.

지노가 제대로 보았다면 바르텔레미 아저씨의 빌라는 생 루이 위쪽으로 이 강변을 따라 위치해 있을 것이다. 나탕이 길을 잘못 들지만 않는다면 두 시간 정도만 걸어가도 그의 빌라에 닿을 수 있었다.

지름길로 다가가는데 엔진 소리가 들렸다. 나탕은 그 자리에 멈춰 섰다.

멀리서 들리던 소리가 점점 가까워지면서 귀가 따가울 정도로 커졌다. 수송차 대열이 다가오고 있었다.

나탕은 길가에 우거진 수풀에 몸을 숨겼다. 군용 트럭 열 대가 나타나더니 매우 빠른 속도로 북쪽을 향해 달려갔다.

조금 전에 임들에게 습격당한 동료들을 구하러 가는 걸까, 아니면 이 구역에서 철수하는 걸까?

나탕은 그런 의문을 재빨리 머릿속에서 지워버렸다. 지금은 그런 의문의 답을 구할 때가 아니었으니까.

수송 차량들이 멀어지자 그는 도로를 건너 강변을 따라 걸었다. 생 루이의 건물들이 처음으로 나타났다. 무겁게 짓누르는 침묵, 텅 빈 거리, 활짝 열려 있는 문, 버려진 상점과 차량들.

유령 도시였다.

나탕은 사방으로 열려 있는 식료품점에 들어갔다. 식품을 진열하는 냉장고는 잘 돌아가고 있었고 카운터에는 손가방이 하나 놓여 있었다. 선반에도 조명이 제대로 들어와 있었지만 사람은 보이지 않았다.

나탕은 잠시 망설이다가 판형 초콜릿 하나, 샌드위치용 빵 한 봉지, 과일주스 한 병을 집어 들었다. 주머니에 혹시 돈이 있는지 뒤져보았지만 이내 힘없이 쓴웃음만 지을 수밖에 없다. 무서운 전염병이 섬 전체를 휩쓰는 마당에, 사악한 괴물들이 천지를 누비는 마당에, 이런 소소한 일까지 신경을 쓰는 게 가당키나 할가?

그럼에도 나탕은 주머니 구석에서 축축하지만 망가지지 않은 5유로 지폐 한 장을 발견하고는 그 돈을 카운터에 올려놓았다. 그러고는 가게에서 나와 빵과 초콜릿을 허겁지겁 먹어 치웠다. 바르텔레미 아저씨를 구하려면 어딘가 안전한 장소를 찾아서 일단 쉬어야 했다.

마사무네의 익숙한 무게가 그리웠다. 벌써 몇 번이나 검에 대한 그리움으로 가슴이 사무친 적이 있었지만 이번만큼은 아니었다. 검을 잃어버린 것에 대해 양심의 가책마저 느꼈다.

문득 정신이 번쩍 들었다. 그는 검을 지니고 있을 때의 안전함보다는 검을 잡을 때 스스로 강해지는 듯한 그 짜릿한 기분을 더 아쉬워하고 있었다. 이 예기치 않은 깨달음으로 찬물을 뒤집어쓴 것처럼 머릿속을 차분히 정리할 수 있었다.

그러자 머릿속에 자신이 가마타 사부를 만난 이후로 얼마나 많은 살생을 저질렀는지 떠올랐다. 나탕이 그 검으로 흘린 피는 상당했다. 넘치는 피, 지나치게 많은 피를 흘렸던 것이다. 그는 일본인 노스승이 바로 그런 목적으로 마사무네를 하사했던 것은 아닌지 의심이 들었다.

나탕은 눈살을 찌푸렸다.

그는 어떤 길로 가고 있는가? 상대와 같은 방법으로 싸우는 것이 과연 올바른 것인가? 폭력을 쓰지 않고 악과 맞설 수 있는 다른 방법은 없는가?

나탕의 생각에 부응하듯 눈에 띈 것은 어느 철물점 진열장에 나란히 놓여 있던 벌채용 큰 칼과 다양한 나이프였다. 나탕은 다소 주저하다 그 상점 문을 밀고 들어갔다.

차임벨이 댕댕 울리는 바람에 화들짝 놀랐다. 하지만 아무도 나타나지 않았고 이내 침묵이 내려앉았다.

진열장은 열쇠로 잠겨 있었다. 나탕은 내키지 않았지만 힘을 주어 억지로 문을 열고 얼른 벌채용 칼을 움켜쥐었다.

손잡이가 용이하게 만들어져 있고 폭이 10센티미터, 길이가 40센티미터쯤 되는 예리한 칼날을 가진 좋은 무기였다. 그런데도 나탕은 그 칼을 가져가지 않기로 마음먹었다. 벌채용 칼을 손에 들고 다니면 피에 굶주린 야만인이 될 것 같아서였다.

그렇다고 무기 없이 다닌다는 것은 곧 생명이 위태로워질 수도 있다는 뜻이었다. 그는 작은 칼들을 이것저것 들어보고 그중 칼날이 곧고 균형이 잘 잡혀 있는, 여차하면 던지는 무기로도 쓸 수 있을 만한 칼을 골랐다. 나탕은 칼을 칼집에 넣고 허리띠에 동여맸다.

철물점을 나오니 커다란 먹구름이 지평선에 걸려 있었다. 더운 바람이 거리를 한 번 휙 쓸고 지나가자 나탕의 인상이 절로 찌푸려졌다.

먹구름이 빠르게 밀려오고 있었다. 쉬려던 계획을 포기하고 당장 길을 나서야 할 것 같았다. 그러나 이성의 목소리가 그를 붙잡았다. 그는 눈을 붙여야 했다. 폭풍이 다가오고 있으니 비를 피할 곳부터 찾고 볼 일이었다.

작은 구두 가게로 들어갔다. 그곳은 나탕에게 안성맞춤이었다. 두껍고 튼튼한 벽, 큼지막한 빗장, 단단한 문까지. 게다가 선반 뒤에 있으면 거리 쪽에서 보이지 않았다.

그는 바닥에 깔린 양탄자 위에 널브러져 눈을 감고 잠에 빠졌다.

도시에 퍼붓는 거센 빗소리에 잠에서 깼다. 벽시계를 보니 거의

여섯 시간을 내리 잤지만 아직 밤은 아니었다. 하지만 가게는 어슴푸레한 어둠에 잠겨 있었다.

그는 진열창으로 다가가 불안한 눈으로 바깥을 살펴보았다. 우려하던 대로 폭풍이 불어와 생 루이를 휩쓸고 있었다. 무섭게 불어대는 바람에 거센 빗줄기는 가로로 떨어져 내렸다. 거리는 진흙물이 해변으로 콸콸 흘러내리는 도랑으로 변해 있었다.

나탕은 가지고 있던 음식을 다 먹고 과일주스를 벌컥벌컥 들이켠 후 다시 자리에 누웠다. 상황이 급박했지만 지금 나가는 건 미친 짓이었다. 폭풍이 잦아들기를 기다리며, 이 어쩔 수 없는 공백의 시간을 이용해 휴식을 취해야 했다.

그는 긴장을 풀고 숨을 고르게 다스리며 잠의 문턱으로 다가갔다. 추억의 세계가 머릿속에 떠오르도록 내버려두었다. 그를 사로잡도록.

부모님.

부모님의 죽음과 고통, 후회, 회한.

라피.

위험 가득한 길에서 그들을 이끌어준 늙은 베르베르인.

로트르.

가늠할 수 없는 힘을 계속해서 키워가고 있는 존재.

샤에.

샤에……

13

바다는 하나의 우주야.

내가 바다로 잠기는 순간에도 내 혈관 속에서는 독이 끓어올라.

생생한 빛살처럼 돌고래들은 내 옆에서 헤엄을 쳐.

돌고래들의 노래는 참 아름다워. 나는 물속을 헤엄치고 있는지, 아니면 그들이 완벽한 바이브레이션으로 부르는 노래의 화음 속을 헤엄치고 있는지조차 모르겠어.

14

　나탕은 이른 아침에 깨어났다. 그토록 오랫동안 잠을 잘 수 있었다는 데 놀랍기도 했고 약간 멍하기도 했지만 무엇보다 기력이 완전히 돌아와 있었다. 늘 그랬던 대로 에너지가 온몸에 넘치고 근육을 마음대로 자유롭게 쓸 수 있게 되니 마음이 상쾌해졌다. 그는 자리를 박차고 벌떡 일어났다.

　바깥에는 여전히 폭풍우가 기승을 부리고 있었다. 나탕은 진열창에 얼굴을 붙이고 오랫동안 바깥의 동태를 살폈다. 엄청난 양의 물이 잠시도 쉬지 않고 흘러내렸고 사나운 돌풍이 말도 안 되는 속도로 불어닥쳤다. 하늘은 시커멓게 부풀어 있었다. 아직 태풍 수준은 아니었지만 머지않아 그렇게 될 듯 보였다.

　나탕은 긍정적인 마음을 잃지 않으려고 노력했다. 밖으로 나갈 수는 없었지만 임와 크락스도 이런 폭풍에는 설치고 다닐 수 없으리라. 놈들이 피할 곳을 찾지 못했다면 더욱더 그럴 것이다.

낙관적인 전망은 오래가지 않았다. 로트르가 불러낸 괴물들이 중요한 게 아니었다. 그가 이 가게에 처박혀 있는 동안 옹쥐와 에크테르는 지배의 판도를 더욱더 넓혔을 터였다. 옹쥐가 일으킨 이 폭풍우는 그들에게 유리하게 작용했다.

나탕은 화가 나서 구두상자를 세게 걷어찼다. 상자에서 내용물이 튀어나와 방 끝으로 날아갔다. 나탕은 곧바로 자기가 한 짓을 후회했다. 약한 모습을 보여봤자 로트르에게만 좋은 일이 된다.

그는 앉아서 가까운 미래의 일을 생각했다. 바르텔레미 아저씨를 찾더라도 간수들을 따돌려야 할 텐데, 그 일에 어떤 어려움이 따를지 짐작해보았다. 게다가 아저씨에게 에놀라가 죽었다는 소식을 알려야 한다. 뿐만 아니라 로트르와 맞서자고 설득해서 코지스트들의 전열을 가다듬기까지……

앞으로의 상황을 모든 각도에서 분석해보았다. 최대한 객관적으로 분석하려고 애쓰며 한참 동안 머리를 쥐어뜯다 보니 두 가지는 확실해졌다.

그가 이 난관을 극복할 확률은 희박했다. 그리고 이 희박한 확률을 뒤엎으려면 오로지 잘해나가는 수밖에 없었다.

가게 구석에는 내부 계단으로 통하는 문이 있었다. 나탕은 거센 빗소리 때문에 실내에서 무슨 소리가 나도 알아차릴 수 없다는 점을 아쉬워하며 조심스럽게 그 문으로 나가보았다. 계단은 방 두 칸짜리 작은 살림집으로 통해 있었다. 찬장을 모두 다 뒤져보았지만 허사였다. 먹을 것이라곤 아무것도 없었다. 그래도 화장실은 쓸 수 있었다. 나탕은 다시 가게로 내려왔다.

그는 바깥으로 통하는 문을 열었다. 폭풍이 그 어느 때보다도 사납게 으르렁댔다. 몇 미터 앞도 전혀 보이지 않을 정도로 빗줄기는 장막을 이루고 있었다. 거리 건너편의 식품점 진열창이 간신히 나탕의 눈에 띄었다.

전날 먹었던 빵과 초콜릿은 소화된 지 오래였다. 나탕은 배가 고팠다. 그럼에도 말도 안 되는 위험을 무릅쓸 수는 없었기에 빗줄기가 일시적으로 가라앉기를 기다렸다 밖으로 튀어 나갔다.

그가 짐작했던 것 이상으로 바람은 거칠게 휘몰아쳤고 거리에 흐르는 도랑의 격류는 죽을힘을 다해 버텨야 할 정도로 거셌다. 나탕은 기력을 쥐어짜내 한 걸음 한 걸음 건너갔고 무사히 식품점에 도착했을 때는 기진맥진했다.

흠뻑 젖은 옷을 벗어 탁탁 턴 후 의자 등받이에 널었다. 그러고는 양심이고 체면이고 없이 닥치는 대로 음식을 집어 주린 배를 채우기 시작했다. 가스레인지에 불을 켜고 따뜻한 커피를 만들어 한 모금 마시고 나니 지금껏 지켜왔던 원칙들은 다 사라지고 무작정 저지르는 사람이 되었다는 생각이 들었다.

전날까지만 해도 자신이 가져간 음식물에 대해서는 그 자리에서 값을 치렀던 나탕인데.

그 후부터는 진열장을 따고 칼을 훔쳤고, 남의 살림집을 뒤진 데다 식품점에서 이렇게 먹을 것을 강탈하기에 이르렀다. 양심에 찔리지 않았다. 주민들은 도시를 버리고 갔고 지금의 비정상적인 상황에서 오랫동안 배우고 익힌 원칙 따위는 아무 쓸모 없었다.

도덕이나 사회의 규칙이 이렇게도 부질없는 것이었던가?

그는 눈에 파묻혔던 파리를 생각했다. 파리 시민들이 지금의 그처럼 되기까지, 목적이 수단을 정당화하고 배고픔이 모든 일탈을 용서하게 되기까지 얼마나 걸릴까? 9백만 인구가 사는 도시에서 그런 상황이 일어난다면 대참사가 일어날 것이다.

나탕은 잠시 망설이다 카운터에서 종이 한 장을 집어 들고 자신이 먹은 음식물을 쭉 적어 내려갔다. 마지막에는 바르텔레미의 마르세유 빌라 주소를 적어 넣었다. 그는 종이를 잘 보이도록 놓아두었다. 우스꽝스러운 짓이었지만 그러고 나니 마음이 편해졌다.

작은 원탁에 라디오 수신기가 있었다. 나탕이 전원을 켜자 지지직 소리가 조금 나다가 주파수를 맞추니 뉴스 속보가 흘러나왔다.

레위니옹 섬은 끔찍한 재앙에 빠져 있었다. 악에 감염된 환자의 수가 이제 10만 명에 달했고 조만간 그들은 모두 사망하고 말 터였다. 군대와 보건 당국은 방역선 사수를 포기했다. 폭풍이 온 섬을 초토화했을 뿐 아니라 가장 낙관적인 기상학자들도 이틀 안으로는 이 폭풍이 물러나지 않을 거라고 전망하고 있었다.

또한 뉴스 기자는 바이러스에 감염된 것으로 보이는 야생동물들의 무자비한 습격 소식도 전했다. 아직 치료법이 실험적인 단계에 조차 도달하지 못한 상태에서 야생동물의 감염은 전염병이 퍼지는 데 근본적인 문제를 야기했다.

기자는 마지막으로 전 세계를 빠르게 장악하고 있는 비관적인 재난 사태들을 열거했다. 홍수, 지진, 화산 분출, 해일. 대지의 힘들이 마치 인류를 지표면에서 쓸어버리려고 단합이라도 한 것 같았다.

나탕은 배가 뒤틀리는 듯한 불안을 느끼며 라디오를 껐다. 바르텔레미 아저씨를 찾는 일이 문득 부질없어 보였다. 로트르는 이미 승리를 거둬들이고 있는 중이었다.

폭풍우는 꼬박 사흘간 이어졌다.

그 사흘 동안 나탕은 분노를 간신히 억눌렀다. 조금이라도 빗발이 약해질 때면 이 가게에서 저 가게로 뛰어다니며 행동하고픈 욕구와 먹고살아야 하는 욕구를 충족시켰다.

샤에를 생각하지 않은 때는 단 1분도 없었다.

그녀는 어디 있을까? 어디서 무엇을 할까? 웅쥐의 독을 없애는 데 성공했을까, 아니면 완전히 로트르의 편으로 넘어가버렸을까? 샤에를 부른 회색 돌고래들이 그녀를 도와주었을까?

나탕은 답을 구할 만한 실마리가 보이지 않았다. 이처럼 아무것도 모르는 답답함은 기다림보다 더 견디기 힘들었다. 그는 시간을 죽이기 위해 칼을 갈거나 손에 잡히는 대로 책이나 신문을 읽거나 바르텔레미 아저씨를 설득하기 위해 무슨 말을 할지 생각했다.

퍼붓는 빗줄기처럼 역겹고 싫은 것은 없었다.

사흘째 되는 날 아침, 그는 묘하게 낯선 기분으로 잠에서 깨어났다. 기분이 이상했다. 문득 빗소리가 들리지 않는 것을 깨달았다.

그는 서둘러 거리로 나가보았다.

하늘은 다시 맑게 개었고 바람도 가라앉았다. 폭풍은 마을에 심

한 피해를 입혔고 바닥에는 엄청난 물웅덩이와 진흙탕이 군데군데
자리 잡고 있었다. 그래도 어쨌든 폭풍은 지나갔다.

　나탕은 허리에 찬 칼을 확인하고 발걸음을 옮기기 시작했다.

15

돌고래들의 노래가 나를 둘러싸고 빛과 생명의 천을 짜.

내 안에도.

독은 그 환한 그물코에 걸려 녹아버리고 나는 바다가 되지.

16

지노가 일러준 지침은 매우 정확했기 때문에 나탕은 바르텔레미의 빌라를 어렵지 않게 찾을 수 있었다. 나탕은 지노가 자신이 가이드라고 밝혔을 때 그를 위협했던 일을 떠올리며 미소를 지었다. 레위니옹 사람 지노는 물론 파미유들이 말하는 '기드'는 아니었지만, 이렇게 길을 잘 가르쳐주는 것을 보면 확실히 훌륭한 가이드였다.

빌라는 까마득한 높이의 협곡 가장자리에 서 있었고 상당히 대담하게 지은 테라스가 인상적이었다. 널찍하고 멋들어진 그 건축물은 담장에 둘러싸여 있었는데 그 위쪽으로 구불구불하게 전선이 둘러져 있었다. 치사량의 전류가 흐르니 산책하는 사람들은 각별히 조심하라는 푯말이 규칙적인 간격으로 세워져 있었다.

나탕은 적당히 거리를 두고 빌라를 한 바퀴 돌아본 후 커다란 열대 아몬드나무 뒤에 몸을 숨기고 곰곰이 생각했다. 문은 딱 하나밖에 보이지 않았다. 그나마도 담장만큼 높고 날카로운 창살들이 솟아 있었다. 게다가 그 문은 감시카메라의 사정 범위 안에 있었기 때문에 그리로 넘어간다는 계획은 포기했다.

담을 타고 넘는 데 쓸 만한 나무도 없었고 차가 드나들기를 기다렸다가 안으로 잠입한다는 것도 기약이 없었다. 나탕은 이 요새에도 분명 어떤 틈새가 있으리라 생각했다.

그는 혹시나 하는 마음으로 아슬아슬한 협곡까지 가보았다. 담장은 협곡의 경사면과 똑바로 이어져 있었다. 담장으로 둘러싸여 있지 않은 유일한 장소인 테라스는 도저히 다다를 수 없어 보였다.

말도 안 되는 묘안이 나탕의 머릿속에 떠올랐다.

협곡의 경사면은 가팔랐지만 내려가는 데는 큰 문제가 없을 듯했다. 그리고 조금 더 먼 곳에서 다시 올라오면 테라스의 아래쪽으로 들어갈 수 있었다. 그가 만약……

아니다, 앞으로 튀어나온 테라스로 넘어가는 일은 나탕의 능력 밖이었다.

나탕은 체념하려다 한 가지 놓친 점을 알아차렸다. 테라스는 두꺼운 콘크리트 판으로 되어 있었는데 그 아래쪽으로 금속 막대기가 여러 개 삐죽삐죽 튀어나와 있었다.

나탕은 협곡의 틈새마다 자라는 리아나 덩굴과 수풀을 붙잡고 아래쪽으로 내려갔다. 그곳에는 생 테티엔 강의 한 지류가 흐르고 있었다. 사흘 동안 섬을 강타한 집중호우 때문에 하천의 물은 크게 불어나 있었다. 나탕은 이 돌에서 저 돌로 펄쩍펄쩍 뛰어오르며 강을 거슬러 올라가 테라스 아래쪽으로 갔다.

아래에서 올려다보니 테라스는 한층 더 인상적이었다. 40미터 높이의 허공에 테라스만 10미터 이상 툭 튀어나와 있는 형상이었다. 나탕은 실내 암벽 등반장과 산에서 곧잘 등반을 해보았지만 그래도 이만한 코스에 도전한 경험은 없었다.

그래도 그는 협곡의 사면을 올라가기 시작했다.

폭풍이 쓸고 간 후라서 공기는 습기를 머금고 있었고 햇볕은 강렬하게 내리쬐었다. 나탕은 금세 땀으로 흠뻑 젖었다. 테라스가 드리운 그늘에 다다르자 불쾌한 기분이 사라졌다. 콘크리트 판은 불과 몇 미터 위에 있었다.

때가 왔다.

나탕은 갈라진 틈새에 자리를 잡고 정신을 바짝 차려 주도면밀하게 그를 기다리고 있는 것을 살펴보았다. 손잡이로 쓸 수 있을 법한 강철 꼬챙이들은 그가 바라던 것보다 좀 적었다. 게다가 어떤 것들은 손으로 잡기 좋게 구부러져 있는 반면, 다른 꼬챙이들 대부분은 수직으로 되어 있어서 그걸 잡고 버티려면 적잖이 힘이 들 것 같았다. 만약 그가 지치거나 손에 땀이 차 미끄러지기라도 한다면……

나탕은 협곡 아래를 내려다보았다. 여기서 떨어지면 즉사할 것이다.

그는 어깨를 으쓱했다. 떨어지지만 않으면 된다.

이 정도로 포기하려고 여기까지 올라온 게 아니란 말이다.

그는 신중하게 코스를 선택했다. 최단 코스보다는 가장 안전한 코스를 골랐다. 그런 후 한참이나 바지에 손바닥을 닦은 다음 꼬챙이 하나를 움켜잡았다.

그는 허공에 매달려 호흡과 두근대는 심장을 다스리면서 확고하게 나아갔다. 첫 번째 난관에 부딪힌 순간, 그의 호흡이 빨라졌다.

다음 꼬챙이까지의 거리가 너무 멀어서 몸을 균형 있게 흔들어 반동을 이용하지 않고는 움켜잡을 수 없을 것 같았다. 균형이 위태로운 만큼 위험한 도박이었다.

나탕은 꼬챙이를 잡은 손에 더욱더 힘을 주고 땀 때문에 손이 미끄러지지 않기를 바라며 다리를 앞으로 뻗었다. 다음 꼬챙이에 손이 닿을 것 같은 바로 그 순간, 그는 잡고 있던 손을 풀었다. 허리를 세게 튕기며 앞으로 나아가 목숨을 지탱할 다음 꼬챙이를 겨우 잡았다.

그는 잠시 흔들리는 몸을 내버려두고 온몸에 흐르는 두려움을 다 잡으려 안간힘을 썼다. 크게 심호흡을 한 번 한 후 감정을 다스릴 수 있게 되자 다시 앞으로 나아갔다.

중간쯤 갔을 때 나탕은 이대로는 끝까지 못 갈 것 같다는 생각이 들었다. 한쪽 팔로 버티다가 다리를 힘껏 들어 올려 고리처럼 구부러진 금속 꼬챙이에 발을 집어넣었다. 손과 팔은 더 이상 말을 듣지 않았다. 그는 손을 놓고 고리에 낀 발로만 거꾸로 매달렸다.

결코 편안한 자세는 아니었지만 나탕은 터질 듯한 가슴을 다스리기 위해 숨을 내쉬며 뻣뻣해진 손가락을 탈탈 흔들어 풀어주었다. 근육이 좀 풀리고 손과 팔에 다시 피가 도는 느낌이 오자 나탕은 복부 근육의 힘으로 다시 몸을 일으켜 양손으로 꼬챙이를 잡고 다리를 빼냈다.

안 될 거라는 생각은 아예 지워버리고 다시 앞으로 나아갔다.

겨우 테라스 끝에 도달하자 경직된 팔에 참을 수 없는 아픔이 퍼
져나갔다. 근육이 비명을 지르며 울부짖고 있었지만 나탕은 몸이
무조건 따라주기를 강요할 수밖에 없었다.

조금만 더 견뎌달라고.

그는 한 손으로 콘크리트 가장자리를 붙잡았다. 손이 미끄러져
놓칠 뻔했지만 얼른 다른 손을 내밀어 그 옆을 잡았다.

그대로 가만히 있었다.

테라스로 넘어갈 힘이 이제 남아 있지 않았다. 겨우 버티는 것이
최선이었다. 그것도 몇 초쯤.

그는 눈을 감고 죽을 각오를 했다.

하지만 샤에를 생각하자 그러한 불온한 체념이 산산이 부서졌다.
샤에라면 결코 포기하지 않을 것이다, 절대로. 또한 샤에는 나탕이
포기할 거라고 생각하지 않을 것이다, 절대로.

나탕은 거칠게 기합을 넣으며 마지막 남은 기력을 다 끌어내 팔
에 힘을 주었다.

테라스에 올라온 나탕은 배를 깔고 그대로 엎어졌다.

17

오늘, 난 이상한 꿈을 꾸었어.

달이 세상을 은빛으로 물들이고 찰랑대는 파도가 나를 잠재웠지.

그런데 내가 돌고래가 아니었던 때의 꿈을 꾼 거야.

18

나탕은 한참이나 테라스에 엎어져 있었다. 몸을 조금도 움직일 수 없었다. 이 순간, 행여 적이 나타난다면 나탕을 어렵잖게 허공으로 내동댕이칠 수 있을 터였다.

다행히 아무도 나타나지 않았다.

어깨와 팔의 고통이 그럭저럭 누그러지자 나탕은 자리에서 일어났다. 눈으로 주변을 둘러보는데 번쩍하는 빛이 스쳐갔다. 햇빛이 강철 총신에 반사된 것이었다.

총을 든 사내는 혼자가 아니었다. 다방면으로 시야를 확보할 수 있도록 적절한 위치에 배치된 사내들은 다섯 명이나 있었다. 전체 경비원의 수는 그보다 더 많을 것이며 틀림없이 코지스트 대원들일 것이다. 방탄조끼를 입고 돌격소총을 든 모양새만 봐도 알 수 있었다.

그 광경을 보고 나니 나탕의 마음은 되레 차분해졌다. 코지스트들이 섬에서 도망치지 않고 삼엄하게 빌라를 감시하고 있다는 것은 바르텔레미 아저씨가 확실히 이곳에 있다는 증거였다.

나탕은 눈에 띄지 않도록 몸을 웅크린 채 테라스를 지나 이국적이고 사치스러운 목재 가구 틈새로 파고들어 본채에 접근했다.

활짝 열린 커다란 문을 통해 당구대가 한가운데를 차지하고 있는 거실이 보였다. 나탕은 주변을 흘끗 돌아보고 안으로 들어갔다.

기력을 완전히 회복한 그는 거동도 평소처럼 유연해지고 민첩해졌다. 복도는 쓰지 않는 방들 여러 개로 이루어져 있었다. 그곳을 지나 주방에 이르렀다. 순간 어떤 소리가 들렸다. 돌아갈까 생각했지만 빌라는 너무 넓었고 이곳을 모두 둘러볼 시간이 없었다.

정보가 필요했다.

베티나는 바르텔레미 씨가 좋아하는 자신의 특제 바닐라 치킨 커리를 준비하고 있었다. 그러다 문득 단검의 차가운 칼날이 목을 누르는 것을 느꼈다. 뒤이어 위협적인 목소리가 들렸다.

"소리 지르지 마."

베티나에게 처음 든 생각은 솥을 올려놓은 불을 꺼야 한다는 것이었다. 강도가 쳐들어왔든 말든, 그런 것은 별로 중요하지 않았다. 하지만 요리를 태워먹는 일은 있을 수 없었다. 베티나는 단검을 든 자의 손을 차분하게 밀어내고 뒤를 돌아보았다.

한 젊은이가 베티나의 태연함에 당황했는지 황당한 표정으로 서 있었다. 한 번도 본 적 없는 젊은이였지만 바르텔레미 씨와 굉장히 닮아 있었다. 체격도 그렇고, 초록빛 눈도 그렇고, 심지어 몸가짐까지도.

"치워! 누구야, 넌? 내 주방에서 무슨 짓이야?"

베티나는 강한 사투리로 물었다.

소년의 눈이 휘둥그레졌다.

"전 사람을 찾고 있어요. 제가 묻는 대로 대답만 해주면 아무 해도 입히지 않겠어요."

베티나가 눈살을 찌푸렸다.

"부탁은 공손하게 하는 거라고 네 엄마가 안 가르쳐주시던?"

주저하는 침입자의 태도를 보아하니 분명 위험한 상황은 아닌 듯했다.

"자, 그래서?"

베티나는 펑퍼짐한 허리에 손을 얹고 물었다.

"전…… 바르텔레미를 찾고 있어요. 어디에 있죠?"

"바르텔레미 씨."

"네?"

"바르텔레미 씨라고 해야지, 그냥 바르텔레미가 뭐냐. 그리고 네가 바르텔레미 씨를 찾는 용건이 뭐지?"

소년은 잠깐 고민하는가 싶더니 입을 열었다. 진실? 거짓? 베티나는 소년이 깊게 숨을 들이마시는 것을 보고 그가 진실을 말하리라는 것을 알 수 있었다.

“제가 조카예요. 아저씨를 풀어드리러 왔어요.”

베티나의 표정이 갑자기 돌변했다. 그녀는 불안한 듯 주위를 돌아보고 나탕의 팔을 붙잡았다.

“나랑 가자, 애야. 제이슨이라는 녀석이 이따금 코빼기를 들이미는데 그에게 들켜서는 안 돼.”

베티나는 후덕한 몸집만 봐서는 짐작이 안 갈 만큼 기민하게 나탕을 선반마다 식품이 비축되어 있는 저장고로 데려갔다. 그녀는 얼른 문을 닫고 말했다.

“바르텔레미 씨가 이곳에 갇혀 계신 지 벌써 몇 주나 됐지. 평소에 빌라를 지키던 경비들은 나가고 다른 대원들이 와서 밤이고 낮이고 바르텔레미 씨가 밖으로 못 나가게 막고 있어. 처음에는 경찰이나 가족 분에게 알려야 하지 않을까 생각했지만 바르텔레미 씨가 나에게 아무 조치도 취하지 말라고 하시더구나. 그분 말씀이, 자신은 가문을 배신했다는 죄목으로 갇혀 있으니 절대로 가족이나 친척에게 알려서는 안 된다는 거야. 다만 적당한 때가 오기를 기다려 행동하시겠다고 하셨지. 그런데 이 빌어먹을 전염병이 돌지를 않나, 사악한 괴물들이 섬에서 어슬렁대지를 않나. 그러다 보니 지금 보름째 아무도 이 집 밖으로 나가지 못하고 있는 거야.”

“아저씨는 어디 있어요?”

“북쪽 부속 건물에 계시지. 그분이 밤이고 낮이고 꽁꽁 묶여 계시다는 거 아니? 이 망할 녀석들은 밥 먹을 때가 아니면 바르텔레미 씨를 풀어주지 않아.”

“하루 종일 묶여 있다고요?”

"그래! 걱정하지 마라, 얘야. 잘 버텨내고 계시니까. 넌 어떻게 할 생각이니?"

"아저씨를 풀어드려야 해요!"

"쉽지 않을 거야. 나는 육지에서 온 대원들을 좋게 대하려고 조심했기 때문에 그들이 나를 경계하지 않아. 하지만 그들은 수도 많고 총도 있지. 합창단 소년들처럼 호락호락한 상대가 아니라고."

"선택하고 말고가 없어요, 전."

나탕이 단호한 표정으로 대꾸했다. 베티나는 손사래를 치며 조용히 하라고 했다.

"머릿속으로 루가이를 익혀볼 테니 가만히 있어봐."

베티나는 잠시 목걸이에 매단 세 개의 가락지들을 만지작거리더니 환하게 웃음 지었다.

"네가 바르텔레미 씨의 반만큼만 똑 부러지게 군다면 방법이 있을 것 같다."

19

　스스로 소멸되고자 표류하는 빙산의 투명한 얼음, 거기에 부딪히는 수중음파탐지기의 메아리.

　내 앞에서 헛되이 도망치는 물고기 떼들의 영롱한 광채.

　심해의 어둠과 수면의 은빛이 만나서 이루어내는 오묘한 곡선.

　나의 주둥이는 바다와 미래를 가르지.

　그리고 언제나 들리는 노래.

　돌고래들의 노래.

20

바르텔레미가 갇혀 있는 방 문을 지키는 대원이 신문을 읽고 있었다. 그는 뚱보 베티나가 요리를 실은 수레를 밀고 오는 소리에 고개를 들었다. 시계를 보았다. 10분만 있으면 정오. 요리사는 평소와 다름없이 제 시각에 왔다.

하지만 이번에는 혼자가 아니었다.

하얀 조리복을 입고 요리사 모자를 쓴 소년이 수레를 밀고 왔다. 베티나는 그 옆에서 다리를 약간 절뚝이며 걸어오고 있었다. 대원은 자리에서 일어나 총을 내밀었다. 그렇지만 총의 안전장치를 풀지는 않았다. 이 상황은 평소와 다르기는 해도 위험하지는 않았으니까.

"어이! 이 애는 누구야?"

"누구였으면 좋겠는데? 교황님?"

베티나가 퉁명스럽게 대꾸했다. 대원은 인상을 썼다. 이 망할 요리사 여편네는 말 못해 죽은 귀신이 붙었나.

"묻는 말에 대답해!"

그는 언성을 높이며 총부리를 들이댔다.

"무사, 딱딱하게 굴지 말고 좀 봐주슈! 자네랑 다른 육지 대원들 해먹이느라 허리를 다쳤네. 그래서 도움 좀 받으려고 조카를 불렀수다."

총부리가 떨어졌다. 음식을 담은 수레는 대원과 5미터 정도밖에 떨어져 있지 않았다.

"왜 나에게 알리지 않았지?"

"나야 모르지. 제이슨이 깜박 잊고 말을 안 했나!"

"그럴 수도 있지. 그는…… 무슨……"

대원은 뛰어난 반사 신경의 소유자였고 불시에 위험을 맞닥뜨리는 일에도 익숙했다. 요리사를 따라온 소년이 수레 손잡이를 놓고 달려드는 순간, 대원은 번개처럼 총을 치켜들었다.

오랜 훈련으로 도달할 수 있는 몸놀림이었다.

신속한 대처였다.

하지만 그 정도로는 부족했다.

소년은 대원의 신속함이 우스울 정도로 민첩했다. 대원이 동작을 마무리하기도 전에 벌써 코앞에 다가와 단번에 총을 잡아챘으니까. 그는 동료들에게 이 사태를 알리고 싶었지만 급소를 정확하게 맞고 숨을 쉴 수 없었다.

그는 몸을 앞으로 숙이고 쓰러졌다.

손목이 목덜미를 내리치는 것만 겨우 느껴졌다. 그는 바닥에 쓰러지기도 전에 정신을 잃었다.

"됐어! 날쌔기도 해라."

베티나가 말했다. 그리고 쓰러진 대원을 가리키며 말했다.

"저기 벽장까지 끌고 가. 안에 있는 천을 써서 꽁꽁 묶고 재갈도 물려."

나탕은 순식간에 쓰러진 대원을 처리하고 베티나에게 돌아왔다. 베티나가 똑똑 두 번 노크를 했다.

"누구요?"

"산타클로스."

"뚱보 아줌마, 뭐요! 그런 농담에는 아무도 안 웃는다고!"

문이 열리고 대원 한 사람이 나타났다.

자기 앞의 낯선 소년을 본 그는 눈이 휘둥그레졌다.

"무슨⋯⋯"

나탕은 이미 공격을 시작했다. 팔꿈치로 목구멍 바로 아래를 가격하자 남자는 숨이 막혀 두 손으로 목을 움켜쥐고 바닥에 데굴데굴 굴렀다.

방 저쪽 끝에 있던 남자가 움직였다. 총의 안전장치가 풀리는 소리가 바로 이어졌다.

나탕의 단검이 공기를 가르고 날아갔다.

단검은 대원의 어깨에 정통으로 박혔다.

대원은 충격을 이기지 못하고 총을 떨어뜨렸다. 그는 몸을 숙여 총을 잡으려다가⋯⋯ 주저앉았다.

나탕이 날다시피 튀어 나가 후려친 것이었다. 두 번. 발길질 한 번, 주먹질 한 번. 각각 머리와 복부를 겨냥한 공격이었다.

나탕은 쓰러진 대원을 무시하고 빌라 안에서 나는 소리에 집중했다.

방 안에는 세 사람이 있다고 일러준 베티나의 말이 떠올랐다.

닫힌 문 뒤에서 살짝 바스락 소리가 났다. 나탕은 세 번째 대원의 위치를 파악했다. 그리고 바르텔레미가 있는 곳도.

나탕은 단검을 주운 후 도박하는 심정으로 손잡이를 잡았다.

대원은 그곳에, 돌격소총의 방아쇠에 손가락을 얹고 나탕을 똑바로 겨누고 있었다.

"움직이지 마!"

나탕은 움직이지 않고 가만히 있었다.

"칼을 버려! 그래, 잘했다. 이제 뒤로 물러나. 배에 총알 맞고 죽고 싶지 않으면."

나탕의 뇌가 재빨리 회전했지만 이 상황을 어떻게 넘길지 뚜렷한 방도가 떠오르지 않았다. 좀 더 확실한 작전을 꾸밀 여유가 있었다면 좋았을 텐데. 이 엿 같은 상황이 분했다.

혹시……

그는 양손을 머리 위로 쳐들고 한 발짝 물러났다가 다시 한 발짝을 떼었다. 대원이 행여 그의 의도를 오해하지 않도록 돌격소총의 사정거리 안에서 벗어나지 않게 걸음을 옮겼다.

대원은 총을 겨눈 채 나탕을 따라 문턱을 넘어왔다. 그러고는 나탕에게서 시선을 떼지 않은 채 단검을 줍기 위해 몸을 숙였다가 고

기와 쌀과 소스를 뒤집어쓰고 쓰러졌다.

문 뒤에 바짝 붙어 숨어 있던 베티나가 놈의 머리에 바르텔레미의 식사가 담긴 뜨겁고 묵직한 솥을 통째로 집어던졌던 것이다. 대원은 외마디 신음소리를 내고는 더 이상 꼼짝도 하지 않았다.

베티나는 자기 발치에 널브러져 있는 대원을 보더니 손으로 자기 입을 막고 겁에 질린 표정을 지었다.

"죽지는 않았어요. 그냥……"

나탕이 베티나를 안심시켰다.

"내 바닐라 커리! 아침 댓바람부터 고생해서 만든 건데!"

나탕은 하늘을 한 번 쳐다보고는 마지막 방으로 들어갔다.

그곳에 바르텔레미 아저씨가 의자에 묶여 있었다. 입에는 재갈이 물려 있었고 손은 등받이 뒤로 결박당했으며 다리까지 단단히 묶여 있었다. 나탕은 정확하고 기민한 동작으로 아저씨를 풀어주었다. 재갈도 떼어냈다.

아저씨는 뻣뻣해진 사지에 다시 피가 돌자 인상을 찡그리며 일어났다. 바닐라 치킨 커리의 운명을 받아들인 베티나도 다가와 아저씨를 부축해 일으켰다. 나탕도 얼른 힘을 보탰고, 아저씨는 금세 도움 없이도 혼자 움직일 수 있게 되었다.

"고맙구나. 누가 찾아와준 게 이렇게 기쁜 적은 별로 없었다. 너는 무슨 일이 벌어지고 있는지 아는 거냐?"

아저씨는 나탕의 눈을 들여다보며 말했다.

"네, 그렇다고 생각해요."

바르텔레미는 고개를 끄덕였다.

"좋다. 할 말이 있지만 나중으로 미루자. 감시 담당 교대 시각이 다 됐거든. 다른 대원들이 올 거야."

"우린……"

바르텔레미 아저씨는 이미 나탕의 말을 듣고 있지 않았다. 그는 돌격소총을 주워 들고 전문가답게 실탄이 얼마나 남았는지 확인하더니 그 자리에서 일어섰다.

그의 초록빛 눈동자에 무서운 불꽃이 이글거렸다.

"베티나, 나탕을 안전한 곳으로 대피시켜요."

아저씨가 지시를 내렸다.

"잠깐만요, 제가……"

"아니다. 너는 내가 하라는 대로 해. 나는 이자들을 잘 안다. 이들이 여기 있는 한 빌라에서 나갈 방법은 없어."

아저씨의 목소리는 죽음처럼 차갑고 섬뜩했다.

"내가 다 알아서 한다."

21

우주는 하나의 노래야, 돌고래들의 노래.

음표 하나하나가 존재와 질료를, 물과 꿈을, 바람과 실현을 완벽하게 이어주지.

재빠른 추적과 장난스러운 부대낌, 파도가 불러오는 달콤한 몽상이나 잊혀진 심해에서의 잠수, 지혜로운 숨결이 깃든 영롱한 물방울과 부글부글 거품을 일으키는 분출에 힘입어, 그렇게 그 노래는 세상에 감미로운 화음을 퍼뜨리지.

단 두 개의 음표만이 불협화음을 일으켜.

두 개의 얼굴.

사랑하는 이의 얼굴, 미워하는 이의 얼굴.

추억들이란.

22

"확실히 괜찮을까요, 바르텔레미 씨?"

"물론이오, 베티나. 정말로 섬에 남고 싶은 거요?"

"네, 그 썩어빠질 바이러스는 무섭지 않아요. 내 걱정은 접어요."

뚱보 요리사 아줌마는 태연한 척하느라 팔짱까지 끼고 말했다.

"조심하세요, 바르텔레미 씨. 돌아오실 때는 미리 기별 주시는 거 잊지 마시고요. 좋아하시는 치킨 커리를 만들려면 좋은 바닐라를 구할 시간이 필요하죠."

"베티나, 절대 잊지 않겠소. 당신도 조심하시구려. 도와준 일은 다시 한 번 감사하오."

"크게 한 일도 없어요. 고맙다는 인사는 제가 아니라 조카분에게 하셔야죠."

바르텔레미는 베티나를 어정쩡하니 품에 안고 어색하게 포옹했지만 베티나는 아저씨를 꼭 끌어안았다. 그녀는 바르텔레미의 양쪽 뺨에 뽀뽀까지 하고 한 발짝 물러났다.

"베티나, 당신에게 많은 빚을 졌어요. 절대 잊지 않겠소."

아저씨의 목소리에 담긴 진심에 요리사 아줌마는 눈물까지 보이고 말았다.

"이제 떠나야지요."

베티나는 그렇게 말하고 나탕을 돌아보았다.

"애야, 잘 가렴."

"베티나, 안녕히 계세요."

"두 사람 다 항상 몸조심하고, 알겠지요?"

"알겠습니다."

나탕과 바르텔레미가 입을 모아 한목소리로 대답했다.

그들은 밖에서 대기 중인 자동차에 올랐다. 베티나가 손을 들어 인사를 하는 동안 바르텔레미는 시동을 걸었다. 자동차는 속도를 내며 서서히 멀어져갔다. 집 앞에 서서 손을 흔드는 요리사 아줌마의 모습이 백미러에서 사라졌다.

바르텔레미의 얼굴에서 미소가 사라지고 생각에 열중한 듯한 표정이 떠올랐다. 나탕은 조수석 구석으로 몸을 웅크렸다.

그는 조금 전에 일어난 일을 도저히 지워버릴 수 없었다.

"내가 다 알아서 해!"

아저씨의 결단은 어떤 반박도 허용하지 않았다. 나탕은 아저씨가 사냥에 나선 맹수처럼 밖으로 나가는 모습을 지켜보았다. 의자에 며칠 내내 묶여 있던 사람의 거동이 어쩌면 저렇게 유연하고 기운차단 말인가? 대답 없는 질문은 첫 번째 총성이 울리는 순간 사라져버렸다.

나탕은 바르텔레미 아저씨를 도우러 나서고 싶었다. 그러나 베티나가 나탕을 힘주어 붙잡았다.

"애야, 여기 있어. 바르텔레미 씨가 너에게 여기서 기다리라고 했잖니. 너는 나설 필요가 없어."

요리사 아줌마의 말에서 진하게 배어나는 믿음에 압도된 나탕은 그녀가 시키는 대로 했다. 총성이 몇 발 더 울렸다. 처음에는 한 발씩 따로따로, 그다음에는 연달아 터졌다.

다시 침묵이 내려앉았다.

주변을 얼어붙게 만드는 무거운 침묵은 호흡까지 더디게 했다.

"아저씨가……"

나탕이 입을 열었다.

탕 하고 울리는 총소리가 그의 말을 가로막았다.

나탕은 어째서 그런 확신이 들었는지는 모르지만 그것이 마지막 총성일 것임을 알았다.

바르텔레미가 곧바로 나타났다. 아저씨는 손에 총을 들고 있었고 어깨에는 검을 두르고 있었다. 나탕은 멀리서 보고 그 칼이 마사무네라고, 아저씨가 자신의 칼을 찾아낸 거라고 생각했다. 하지만 바르텔레미가 가까이 다가오자 마사무네와 다른 점이 보였다. 쓰바에

보다 섬세한 공예가 들어가 있었고 사게오도 보라색이 아니라 청색이었다. 게다가 쓰카도 좀 더 길고……[7]

"길이 뚫렸다."

바르텔레미 아저씨는 아무 일도 아니라는 듯이 내뱉었다.

정원에는 엄청난 참사가 그들을 기다리고 있었다.

나탕은 구역질이 치미는 것을 가까스로 참으며 열두 구의 시신들을 세었다. 그중 적어도 세 구는 자세로 미루어보건대 죽기 일보 직전에 엄청난 공포에 사로잡혔던 것 같았다.

바르텔레미 아저씨는 눈썹 하나 까딱하지 않고 차고로 들어갔다. 번쩍거리는 SUV 차량이 그곳에 있었다. 리모컨으로 차고 바깥문을 열고 그들은 도로로 진입했다.

그들을 태운 차는 베티나 아줌마를 집에 데려다주기 위해 앙트르되 방향으로 향했다. 베티나와 헤어진 후에는 북쪽으로, 이 섬에서 빠져나갈 수 있는 문을 향해 달렸다. 오늘까지 있는지조차 몰랐던 문에 대한 이야기를 듣고 바르텔레미 아저씨는 흡족한 미소를 지었다.

"내 제트기가 생 피에르 공항에 있다. 하지만 파미유에서 무슨 일이 벌어지고 있는지 내가 모르는 이상, 나도 내 비행기 조종사를 믿을 수 없겠지."

바르텔레미 아저씨는 다시 구름이 끼기 시작하는 하늘을 쳐다보았다.

"그리고 기상이 비행에는 적합하지 않구나."

그리고 차 안은 침묵에 휩싸였다.

---

7. 일본도에서 쓰바는 손잡이 방패, 사게오는 칼집끈, 쓰카는 손잡이를 각각 가리킨다.

그들은 아비롱을 지나갔지만 살아 있는 사람은 단 한 명도 만날 수 없었다. 반면 생 뢰에서는 빠른 속도로 지나가는 차량이 서너 대 보였고 건물들 사이로 지나가는 사람의 모습도 더러 보였다. 그 사람들이 악에 감염된 환자들인지 공포에 휩싸여 바깥출입을 삼가고 있는 섬 주민들인지 확인할 수는 없었다.

그들은 생 뢰를 빠져나와 얼마 전까지 도로를 막고 있었던 마지막 바리케이드를 넘어갔다. 군인은 한 명도 보이지 않았다. 군대와 의료 당국은 철수한 것이 분명했다.

바르텔레미는 조금 더 가서 바다로 내려가는 도로에 진입했다. 파도를 내려다보는 일종의 경계석 같은 바위 끝에 차를 세우더니 시동을 끄고 나탕을 향해 고개를 돌렸다.

"자, 뭣 때문에 심란해하는지 말해다오."

나탕이 아무 말도 못하자 아저씨는 말을 이었다.

"많은 사람들이 죽었으니 네가 충격을 받은 것도 이해한다만, 나로서는 다른 방법이 없었다. 그들은 아무도 들여보내거나 내보내서는 안 된다는 명을 받았어. 그러니 기회만 있었더라면 단 1초도 망설이지 않고 우리를 죽였을 거야. 그들이 죽지 않으면 우리가 죽어야 했어."

나탕은 고개를 주억거렸다. 아저씨가 하는 말이 옳다는 것을, 자신이 아저씨를 풀어준 만큼 아저씨는 아저씨대로 코지스트 대원들을 제거함으로써 자신의 목숨을 구해주었다는 것을 알고 있었다. 나탕은 그 참혹한 살육을 받아들일 수는 없더라도 잠시 접어두어야 했다.

그런데 그럴 수가 없었다.

나탕의 머릿속에서 바르텔레미 아저씨가 흘린 피는 자신이 흘린 피에 더해졌다. 지난날 자신의 행동이 혐오스러워지면서 구역질이 치밀어 오르는 것을 느꼈다. 죽음을 떠올리기만 해도 참을 수 없었다.

바르텔레미 아저씨가 놀란 눈으로 지켜보는 가운데, 나탕은 창문을 열고 단검을 멀리 내던졌다.

그 상징적인 행위가 나탕의 마음을 가라앉혀주었다. 아저씨에게로 다시 고개를 돌렸을 때 나탕은 완전히 차분해져 있었다.

나탕을 유심히 바라보던 바르텔레미는 변화를 눈치챘다. 그는 단검을 왜 버렸는가에 대해 아무것도 묻지 않고 다시 입을 열었다.

"베티나가 세상을 뒤흔든 사건들에 대해 전해주었고 그 덕에 생각을 좀 해볼 수 있었다. 나 나름대로의 결론에 도달했지만 그 이야기를 너에게 전달하기 전에 마르세유의 내 집에서 우리가 마지막으로 만났던 이후로 네가 어떤 일을 겪었는지 먼저 말해줬으면 좋겠구나. 그뢰들이 우리를 공격하고 나와 자알라브가 싸웠던 그때부터. 그놈이 자알라브가 맞지?"

나탕은 그렇다고 했지만 바르텔레미 아저씨에게 전해야 할 끔찍한 소식에 짓눌려 있었다. 하지만 그 소식부터 꺼내야 했다. 그러지 않는다면 비겁한 일일 것이다.

그는 아저씨의 눈을 똑바로 바라보았다.

"에놀라가 죽었어요."

23

나탕은 절대로 바르텔레미 아저씨가 보인 반응을 잊지 못할 것이다.

몸짓도 없었다. 떨지도 않았다. 신음소리 한 번 뱉지 않았다.

완전히 비인간적인 초연함. 다만 그 소식을 듣는 순간 눈동자에 타오르는 불꽃만이 예외였다. 믿을 수 없고, 절망적이고, 끔찍함에 타오르는 불꽃. 절대적인 아픔과 분노의 불꽃.

"말해봐라. 처음부터 다 말해봐."

아저씨는 이렇게만 말했다.

죽어가는 사람의 목소리였다.

나탕은 신중하게 어휘를 선택했다. 우선 에놀라가 로트르의 편으로 넘어갔다고 설명했다. 에놀라와 자알라브가 맺은 계약이 처음에는 그저 목숨을 구하기 위한 방편이었으나 나중에는 권력과 힘을 얻기 위한 수단이 되었다고 이야기했다. 그는 에놀라가 나탕과 샤에를 마르세유 빌라를 공격한 주범으로 지목하면서 했던 첫 번째 거짓말과 그 이후의 거짓들을 나열했다.

그다음에는 샤에와 발렌시아 고문서를 찾기까지 겪었던 어려움, 코지스트들의 냉혹하고 가차 없는 추적, 다른 세상의 집으로 도망쳤다가 자알라브와 대결하기까지의 이야기를 늘어놓았다.

마지막으로, 옹쥐가 에놀라를 완전히 장악하고 앙통 할아버지에게까지 부분적으로나마 마수를 뻗었다고 말했다. 샹 드 마르스 아파트에서 있었던 일을 상세하게 전했다. 그렇게 에놀라의 권모술수에 휘둘리자 결국은 샤에가 나타나 그녀와 마지막 대결을 벌이게 됐다고 했다.

그리고 섬에 도착해서의 일, 바이러스, 군대, 임, 크락스, 샤에를 바다에 숨을 수밖에 없도록 만든 옹쥐의 독, 어떻게 경비 대원들이 지키는 빌라에 혼자 들어올 수 있었는지에 대해 이야기했다.

나탕은 샤에를 잃어버린 아픔, 그녀가 영영 돌아오지 않을 거라는 불안한 생각을 가능한 한 표내지 않으려고 그 부분은 짧게 몇 마디로만 끝냈다.

마침내 나탕은 입을 다물었다.

바르텔레미는 꼼짝도 하지 않고 말도 없이, 심지어 눈썹 하나 까딱하지 않고 그의 말을 들었다.

기나긴 이야기가 끝나고 숨 막히는 침묵이 이어졌다. 나탕은 침묵을 견디기 어려워 결국 애원하는 말투로 입을 열었다.

"저…… 죄송해요."

"네가 죄송할 필요는 없다."

아저씨는 소름이 끼칠 만큼 다정한 말투로 나탕의 말을 가로막았다.

"너는 놀라운 용기를 보여주었다. 우리에게 그나마 희망이 있다면 그 희망은 네 덕분이야. 네 친구 샤에도…… 그 애 나름으로는 최선을 다했어. 나는 세상 누구도 그렇게 미워한 적 없을 만큼 그 애가 밉지만 그래도 원한을 품지는 않는다."

"저는……"

"나는 앙통의 수작으로 내가 마르구이야 빌라에 감금됐다고 생각했지. 모든 단서들이 내 짐작에 딱 들어맞았지만 도대체 그가 무슨 동기로 그랬는지 이해가 가지 않더구나. 당연하지. 앙통은 아무 잘못도 없었어. 모두가 내 딸이 꾸민 짓이었으니!"

아저씨는 눈앞의 허공을 하염없이 바라보며 이렇게 말했다.

"저 때문에 그런 일이 일어났던 거예요. 에놀라가 죽은 건 제 탓이에요."

나탕은 더 말하려고 했지만 바르텔레미 아저씨는 억센 손으로 나탕의 팔을 잡으며 재갈보다 확실하게 그의 입을 막았다.

"책임은 나에게 있다. 나는 좋은 아버지가 아니었거든. 에놀라의 엄마 이자벨라는 너무 젊은 나이에 세상을 떠났지. 딸을 키우면서도 나는 그 애를 바라봐주지도, 그 애의 말에 귀를 기울여주지도 않았어. 세상을 발견하고 성장하는 과정을 함께해주지 않았던 거야. 시간과 관심은 쏟지 않으면서 선물을 가득 안겨주는 것으로 결핍을 보상하려 했지. 그 정도면 됐다고 애를 공주처럼 떠받들었어. 하지만 충분하지 않았다. 나도 깨닫지 못하는 사이에 에놀라는 세상 전부가 자기 것이라고 생각하는 아이가 됐어. 최근 몇 달 동안에도 그 애에게 탐욕이 지나치고 분별이 없다고 잔소리를 많이 했었다. 내가 장님이었지. 에놀라는 가장 중요한 것이 없었기 때문에 많은 것을 갖고도 언제나 더 갖기를 바랐던 거야."

바르텔레미 아저씨는 잠시 운전대에 머리를 기댔다가 다시 냉정한 눈빛으로 고개를 들었다.

"얘기가 길었다. 파미유에게 사태를 알리고 로트르를 저지하기 위해 섬을 떠나야겠구나. 아직 그럴 시간이 있다면 말이지만."

아저씨는 말이 끝나기 무섭게 바로 사륜구동에 시동을 걸었다.

먹구름 사이로 비치는 햇살에 아저씨의 눈가에 맺힌 이슬이 반짝였다.

바르텔레미 아저씨는 주저하는 손으로 눈물을 훔쳤고 나탕은 아무것도 못 본 체했다.

무서운 전염병이 창궐하면서 레위니옹 섬은 도로와 시내 중심가까지도 텅 비어버렸다. 공포에 질린 주민들은 집에 숨어 지냈다. 오로지 악에 감염되지 않겠다는 희망만으로 거리를 약탈자들의 손에 넘기고 인구가 희박한 고지대로 피신한 주민들은 그보다 더 많았다. 공권력을 대표하는 이들은 보이지 않았다.

"경찰과 군대는 다 어디 갔죠?"

한 무리의 사람들이 가게를 털고 양팔 가득 훔친 물건을 들고 나오는 광경을 보고 나탕이 물었다.

"폭풍, 홍수, 역병…… 이런 재앙들이 연달아 터지는데 당해낼 국가는 없단다. 군인과 의사는 마법사가 아니야!"

"포기했다는 뜻인가요?"

"나는 다만 이 상황에 대처하는 그들의 조치가 부질없다고 말하는 거다. 어떻게 인구 백만에 가까운 섬을 몇 안 되는 군인들이 통제할 수 있겠니? 의사들은 군인들보다 더 수가 적은데 어떻게 그들이 악과 맞서 싸울 수 있겠어? 백신을 개발하려면 고도의 연구 설비와 실력을 갖춘 과학자 수십 명이 매달려도 몇 달은 걸릴 텐데."

"하지만 이건 너무 끔찍해요. 악은 전염성이 아주 높은 데다 걸리면 사흘 안에 사망하는 병이라고요!"

나탕의 말을 확인해주듯 처음으로 전염병 희생자가 그들의 눈에 띄었다. 얼굴이 흉측하게 일그러진 젊은 여자가 보도에 쓰러져 죽어 있었던 것이다.

게다가 차를 몰던 바르텔레미는 도로 한복판에 누워 있는 두 남자를 피해 가야 했다. 바로 그 순간, 열 명 남짓한 사람들이 괴성을 지르며 골목길에서 튀어나와 그들이 탄 사륜구동에 달려들었다. 모두들 악에 감염되어 정신병자 같은 표정을 짓고 있었다.

아저씨는 욕설을 뱉으며 액셀을 밟았다. 두 사람은 감염자들을 쉽게 따돌렸고 그들 역시 쫓아오려고 하지 않았다.

나탕은 앞은자리에서 뒤를 돌아보았다. 아까의 무리가 어느 건물로 뛰어 들어가는 광경을 보고 제발 그 건물에 숨을 생각을 한 불행한 이가 없기를 바랐다.

머지않아 길가에 아무렇게나 버려진 사망자들이 수없이 눈에 띄었다. 나탕은 악의 두드러진 특징을 보여주는 자세로 경직된 그 시체들의 참혹한 모습에 시선을 돌리지 않을 수 없었다.

마을을 지날 때마다 악에 감염된 환자들이 사륜구동을 세우려고 했다. 가끔은 자동차 앞에 몸을 던지는 사람들도 있었다. 그러나 감염자들은 계산된 행동이나 생각이 필요한 거동은 하지 못하는 듯했다. 그래서 나탕과 바르텔레미는 아무 문제 없이 그들을 지나칠 수 있었다.

나탕은 문이 있는 장소 근처의 황량한 적재 구역을 어렵잖게 찾았다. 샤에 없이 레위니옹 섬을 떠난다는 생각은 견디기 힘들었지만 이곳에 있어봤자 아무 소용도 없음을 알고 있었다. 무엇보다도, 행여 샤에가 바다에서 나올 수 있다면 그녀는 어려움 없이 나탕의 곁으로 돌아올 수 있을 것이다. 그가 어디에 있더라도.

차에서 두 사람이 내리는데, 온종일 점점 흐려지다 해넘이처럼 어둑어둑해진 하늘이 두 쪽으로 쫙 갈라지듯 번개가 일고 천둥까지 쳤다. 집중호우가 두 사람에게 쏟아졌고 더운 바람이 몸을 가누기 힘들 정도로 세차게 불었다.

그들은 들입다 뛰어서 검은 암벽 낭떠러지로 갔다. 나탕은 얼른 문을 알아볼 수 있었다. 고대의 일곱 파미유 중 어느 하나에 속한 자가 아니면 보이지 않는 그 문을. 그는 손잡이를 잡았다.

잠겨 있었다.

욕설이 튀어나오는 순간, 바람은 한층 더 강해지고 빗줄기가 거세졌다.

잠겨 있었다.

샤에가 나와서 문을 닫았던 것이 기억났다. 바티쇠르의 힘을 써서 빗장을 걸었을까? 행여 못된 속셈을 품은 이가 그들을 따라올지도 모른다는 걱정 때문에? 그럴 수도 있었다.

아니, 분명히 그랬을 것이다.

나탕이 손잡이를 잡고 용을 써봤자 소용없었다. 바티쇠르가 잠근 문은 그 누구도 열 수 없었다. 그들로서는 문을 지나갈 방법이 없었다.

나탕이 문제가 있음을 설명하자 비에 젖은 바르텔레미 아저씨의 얼굴이 심각함을 파악하고 굳어졌다.

"선택의 여지가 없으니 어디 몸을 피할 곳이나 찾아봐야겠다."

나탕은 순식간에 무언가가 떠올랐다.

"우리가 방법을 찾을 때까지 자기 집에서 지내게 해줄 사람을 알아요."

24

바르텔레미의 SUV가 안마당에 들어서자 누런 털의 잡종 강아지 시크가 이 금속덩어리 불청객을 자기가 상대할 수 있다고 생각한 듯 사납게 왈왈대며 달려 나왔다.

나탕이 차에서 내리자 강아지의 태도가 돌변했다. 시크는 반갑다고 꼬리를 살랑살랑 흔들며 낑낑대고 부산을 떨었다.

나탕은 강아지의 애정 표현을 무시하고 부리나케 처마 밑으로 달려갔다. 바르텔레미 아저씨도 뒤따라왔다. 아저씨는 경비 대원들에게서 빼앗은 총을 손에 들고 놀란 눈으로 주위를 둘러보았다.

"굉장히 초라하구나."

"그래도 반겨주잖아요."

나탕은 활짝 열려 있는 오두막 문을 가리키며 말했다.

그들은 슬레이트 지붕에 따닥따닥 부딪치는 빗소리 때문에 아주 크게 말을 해야 했다. 나탕이 바르텔레미의 손에 들린 총을 보고 말했다.

"제가 먼저 들어갈게요. 지노가 우리의 의도를 오해하면 안 되잖아요."

바르텔레미가 고개를 끄덕였다. 나탕은 물웅덩이를 피해 가면서 오두막으로 다가갔다. 이제 겨우 정오인데 하늘은 날이 저물기 직전처럼 어두컴컴했다. 오두막 안에서 불빛이 비쳤다.

"안에 사람 있어요?"

나탕이 문턱에서 큰 소리로 물었다.

"들어와, 나탕. 그리고 너랑 같이 온 분도 들어오시라고 해. 총은 들고 오든지 두고 오든지 마음대로 하시고."

지노의 목소리가 대답했다.

나탕은 놀란 가슴으로 바르텔레미를 돌아보고는 손짓을 했다. 지노는 어떻게 그가 동행을 데려온 줄 알았을까? 총을 들고 있다는 건 또 어떻게 알았을까?

두 사람은 신발에 묻은 진흙을 닫고 오두막 안으로 들어섰다. 스테레오 채널에서 조용조용하게 오페라를 틀어주고 있었다. 나탕은 푸치니의 곡이라고 생각했다. 벽에는 드문드문 놀라운 악기들이 걸려 있었고 녹색 식물도 몇 가지 있었다. 오두막의 주실(主室)은 그렇게 폭풍우가 몰아치는 바깥과 완전히 동떨어져 차분하고 기분 좋은 분위기를 자아냈다.

"난 여기 있어."

나탕은 바르텔레미 아저씨를 데리고 문을 지나 어떤 방으로 들어갔다. 지노가 눈을 반쯤 감고 침대에 누워 있었다. 안색이 창백했고 숨소리도 쉭쉭 거칠게 들렸다.

"아파?"

"솔직히 팔팔하다고는 못하겠어."

"그럼 혹시…… 너도……"

"아냐, 악에 감염되진 않았어. 이건…… 다른 종류야."

지노가 일그러진 미소를 띠고 말했다.

"뭔데? 병이야? 사고라도 당했어?"

지노가 일어나 앉았다. 떨리는 손으로 이마의 땀을 닦고 나서 대답했다.

"아니야, 전혀 그런 게 아니야. 우리가 만났을 때 내가 그랬었지. 나는 누가 거짓말을 하면 알 수 있다고…… 나는…… 사물을 느낄 수 있어…… 그런데 너희가 왔다 간 이후로 그게 더 악화됐어."

"무슨 말이야?"

"내가 미쳐가고 있다는 기분이 들어. 잠을 자면 목소리가 들리고, 내가 배우지도 않은 것을 알 수 있기도 하고, 내가 모르는 말을 막 쓰기도 하고, 난…… 난……"

"말해봐."

"미래를 가리고 있던 장막이 내 앞에서 찢어지는 것 같은 느낌, 그런 느낌이 점점 더 자주 엄습해."

"미래가 보인다는 뜻이야?"

"그래. 동일한 한 지점에서 출발해서 수백만 개의 서로 다른 방향들로 빠지는 길들이 보여. 그 지점은 우리의 현재겠지. 너무 무서

워. 무엇보다 확실하게 다가오는 깨달음은 내가 사람들을 그 길들
로 안내해야 한다는 거야. 나탕, 난 네가 올 줄 알고 있었어. 샤에가
너와 함께 오지 않을 거라는 것도, 네 아저씨가 나에게 뭐라고 물어
볼지도……”

“부모님 성함이 어떻게 되나?”

바르텔레미 아저씨가 끼어들었다.

“……나에게 이렇게 부모님 이름을 물어볼 거라는 것도.”

지노가 말을 맺었다.

그는 피로에 찌든 얼굴로 웃어 보였다. 그러고는 바르텔레미에게
대답했다.

“부모님이 어떤 분이셨는지는 몰라요. 모리스 섬에 사는 좋은 분
들이 저를 거두어 길러주셨죠. 아기 때 바닷가에 버려진 채 울고 있
었다더군요.”

바르텔레미가 침대로 다가갔다. 총의 총부리는 바닥을 향해 있었
고 칼도 칼집에 고이 모셔둔 채 아무 억양도 없는 목소리로 말했지
만 나탕은 왠지 아저씨가 완력으로 위협하고 있는 듯한 인상을 받
았다.

아저씨가 지노를 유심히 들여다보더니 한 발짝 뒤로 물러났다.

“기드로군.”

나탕은 어떻게 한 마디 말에 그처럼 노골적인 멸시를 담을 수 있
는지 의아했다.

바람이 더욱더 기승을 부리며 오두막을 산산이 부숴버릴 듯했다. 세 남자는 차가운 음식으로 끼니를 때웠다.

지노는 속내를 털어놓으면서 마음이 가벼워졌는지 안색도 좋아지고 기운도 돌아왔다. 시크는 몹시 좋아하며 주인에게서 잠시도 떨어지지 않았다.

바르텔레미는 무겁게 입을 닫고 있었다. 지노와 한 지붕 아래에 있는 것조차 싫은 기색이 역력했다. 그럼에도 자리를 뜨려고 하지는 않았는데, 그건 조금 전 이 집 주인이 샤에가 돌아올 거라는 예견을 내놓았기 때문이었다.

"그냥 내가 아는 것의 한 부분이야." 지노는 사과를 구하는 사람처럼 설명하려고 애썼다. "장막이 찢어지고 미래의 길들이 보일 때 그 길들 사이에서 계속 샤에가 보였어. 가능성들이 그렇게 겹치고 집중되는 걸로 봐서 샤에는 머지않아 나타날 것 같아."

나탕의 가슴에서 심장이 고동쳤다. 기쁨 반 걱정 반으로 괴로울 정도로 가슴이 벅찼다.

"샤에는 언제?"

나탕이 지노를 재촉했다.

"나도 몰라."

더 이상 주먹을 들이대봐야 소용없었다. 지노는 자신의 능력을 아직 제대로 구사할 줄 몰랐고 자신이 얼마나 제대로 미래를 보는가에 대한 확신도 없었다. 나탕을 돕고 싶은 마음은 굴뚝같았지만 그럴 수가 없었던 것이다.

상을 치운 후 지노가 나탕에게 물었다.

"기드가 뭐지? 내 기억이 맞는다면 전에도 내가 가이드라고 했더니 너는 칼을 뽑아들고 내 목을 치려고 했었잖아."

"그렇게 하지 않은 게 유감이군!"

바르텔레미 아저씨가 창문에 이마를 기댄 채 돌아보지도 않고 내뱉었다.

나탕은 화들짝 놀라 무슨 말을 하려고 했지만 지노가 그러지 말라는 신호를 보냈다.

"당신들 생각에는 왜 내가 죽어 마땅한데요?"

그렇게 묻는 지노의 목소리는 차분했다.

바르텔레미가 지노에게로 몸을 돌려 깊은 초록빛 눈으로 그를 내려다보았다.

"네가 기드이기 때문에, 그리고 너희가 능력이라고 생각하는 그 힘이 실상은 저주이기 때문에. 기드들이 나타난 후로―그리고 기드들은 아주 오래전부터 있었지―그들의 같잖은 예언과 우습지도 않은 박애주의는 인류의 불행을 재촉할 뿐이었지. 내 아내 이자벨라도…… 아니, 됐어! 너희들에게 개인적인 원한은 없어. 하지만 너희가 죽는다면 지구 상에는 그만큼 위험이 사라지겠지. 그게 다야."

나탕이 주먹으로 탁자를 내리쳤다.

"잊으셨나요? 제가 발렌시아 고문서를 찾을 수 있었던 것도 어떤 기드 덕분이었어요. 자알라브와 싸울 수 있도록 도와준 사람도 기드였고요. 옹쥐에 대한 실마리를 얻을 수 있었던 것도 기드의 힘이었죠. 그리고 아저씨가 풀려난 것도 따지고 보면 기드의 힘이에요. 지금 아저씨의 코지스트 일가가 로트르의 손에 놀아나고 인간의 불행을 재촉하고 있다는 걸 잊으셨나요? 기드들의 잘못이 아니라고요!"

나탕은 분한 마음을 감추지 않고 속 시원하게 질러댔다. 울컥한 바르텔레미는 반박하려 했지만 나탕은 그럴 틈을 주지 않았다.

"코지스트들의 힘을 모두 합친 것보다 라피의 지혜와 지노의 넉넉한 마음이 더 고귀해요. 그걸 모르시다니 아저씨답지 않군요. 아저씨는 자기 잘못, 자기 가족의 잘못도 인정하셨던 분이잖아요!"

시크가 나탕의 말이 옳다는 듯이 왈왈 짧게 짖었다.

그러다 강아지의 울음이 갑자기 겁에 질린 듯 낑낑대는 소리로 바뀌었다. 세 사람의 놀란 눈이 강아지에게 쏠렸다.

시크는 그 자리에서 도망치지도 못하고 사지를 부들부들 떨며 방으로 들어오는 흑표범을 바라보고 있었다.

25

나탕은 반가워 소리를 지르며 한 발을 내디뎠다가 이내 멈추었다.

뭔가가 이상했다.

샤에는 사람의 모습으로 돌아오지 않았다. 더 의아한 것은 나탕에게는 눈길도 주지 않고 오직 바르텔레미만을 야수의 눈으로 노려보고 있었다.

"세상에 이럴 수가, 이 짐승이 뭘 어쩌려고 여길 들어왔담?"

지노가 조심조심 물러서면서 더듬더듬 말했다.

흑표범은 온몸에서 빗물을 줄줄 흘리며 귀를 바짝 세우고 앞으로 달려들 태세로 몸을 움츠렸다. 사나운 으르렁거림이 가슴에서부터 솟아났고 주둥이가 벌어지며 무서운 송곳니가 번득였다.

바르텔레미는 총이 놓여 있는 자리까지의 거리를 가늠해보았다. 벽에 걸려 있는 총을 낚아채기에는 너무 멀었다. 그는 야수에게서 눈을 떼지 않은 채 검의 손잡이를 잡았다.

"샤에, 뭐 하는 거야?"

나탕이 낮은 음성으로 내뱉었다.

처음에는 표범의 노란색 홍채를 보고 기쁨의 전율을 느꼈었다. 눈동자 색이 돌아왔다는 것은 옹쥐의 독을 몰아냈다는 증거였으니까. 그런데 지금은 뭐가 뭔지 이해할 수 없었다.

아니다. 한 가지만은 분명히 알 수 있었다. 나탕이 끼어들지 않는다면 샤에는 바르텔레미 아저씨에게 달려들 것이고 아저씨는 맞서 싸울 것이다. 표범의 모습을 하고 있는 샤에는 아주 강했지만 아저씨가 검을 든 이상 결과는 알 수 없었다.

두 사람이 싸운다면 피를 부르고 말 것이다.

나탕은 사태를 더 악화시키지 않기 위해 애써 냉정을 유지하며 바르텔레미 아저씨와 샤에 사이를 막아섰다. 그는 아저씨를 등지고 자기 몸으로 표범 앞을 막아섰다.

"비켜라."

아저씨가 단호하고도 결연한 말투로 명령했다.

나탕은 그 말을 무시했다. 천천히, 샤에의 주의를 끌기 위한 마음으로 무릎을 꿇었다. 그러고는 샤에를 향해 부드럽게 속삭였다.

"여긴 하나도 위험하지 않아. 그러니……"

순간 샤에가 앞으로 박차고 나왔다.

힘이 넘치는 몸집으로 나탕을 뛰어넘어 곧바로 바르텔레미에게 달려든 것이다. 아저씨는 물 흐르듯 유연하게 검을 뽑아 표범을 겨누었다.

지노가 비명을 질렀다. 그는 나탕이 왜 자기 집에 들어온 표범을 자꾸 샤에라고 부르는지 몰랐지만 뭔가 비극적인 내막이 있음을 간파했다. 수없이 많은 미래의 그림들, 매일매일 그의 꿈에 깃들던 정경들이 갑자기 한 점으로 모이면서 어둠이 산산이 흩어졌다.

한 가지 확신이 퍼져 나갔다. 이 싸움은 절대 일어나서는 안 된다!

표범의 살기 어린 몸집은 완벽한 곡선을 그리고 있었고 바르텔레미는 충격에 대비하기 위해 방어 자세를 취하고 있었다.

나탕이 앞으로 튀어 나갔다.

누군가가 이 광경을 보았더라면 자신의 눈을 의심했을 것이다. 웅크린 자세에서, 먹잇감을 향해 몸을 날린 표범을 막아설 만큼 빠르고 힘차게 뛰어오르다니 가당키나 한 일인가?

불가능한 일이다.

나탕의 팔이 표범을 움켜잡았다.

사람과 표범이 한 덩어리로 뒤엉켜 바닥으로 떨어지고 탁자를 들이받으며 데굴데굴 구르다가 벽에 부딪쳤다.

나탕은 온 힘을 써서 샤에를 벽에 붙이고 제압하려 했다. 샤에가 차분해지기를, 사람의 모습으로 돌아오기를 바랐다. 그러나 그렇게는 되지 않았다.

표범은 격하게 울부짖었다. 그러고는 몸을 비틀어 발톱으로 나탕의 등을 할퀴었다. 피가 왈칵 솟았다.

나탕은 비명도 제대로 지르지 못하고 손의 힘을 풀었다.

표범의 아가리가 그의 어깨, 목덜미 바로 아래를 물어뜯었다. 뼈 부러지는 소리에 몸서리가 절로 쳐졌다.

“안 돼, 샤에, 안 돼!”

나탕은 외쳤지만 표범은 그를 떨쳐내려고 발톱으로 배를 찌르고 밀어냈다.

그는 뒤로 나가떨어졌고 더 이상 싸울 수 없었다. 티셔츠는 무서운 속도로 피에 물들었고 어깨에서부터 무시무시한 고통이 전신으로 퍼졌다.

“샤에, 그만둬. 제발 부탁이야.”

나탕은 일어서려고 헛되이 애쓰며 신음했다.

눈앞이 잿빛으로 흐려졌다. 그래도 바로 옆에 있는 표범의 검은 실루엣은 구분할 수 있었다.

실루엣의 윤곽이 흔들렸다.

맹수가 있던 자리에 샤에가 나타났다.

불안으로 일그러진 얼굴, 눈물이 가득한 눈으로.

“나트! 나트!”

샤에가 소리 질렀다.

바르텔레미가 정확하게 그 순간 공격에 나섰다. 샤에는 그를 등진 채 무릎을 꿇고 오로지 나탕에게만 신경이 집중된 상태였으므로 목덜미가 고스란히 바르텔레미의 공격에 노출되어 있었다.

일본도가 허공을 갈랐다.

“멈춰!”

시간도 정지한 듯 단호한 명령이었다.

바르텔레미는 샤에의 목덜미를 딱 10센티미터 남겨두고 검을 멈춘 채 서서히 몸을 돌렸다.

지노가 그의 뺨에 돌격소총을 겨누고 있었다.

눈빛이 살아 있었고 총을 든 손도 떨리지 않았다.

"무슨 일인지는 모르지만 한 가지는 확실하다. 오늘 이 집에서는 아무도 살생할 수 없어. 물러나!"

지노의 목소리는 눈빛 못지않게 단호했다.

이번에도 어떤 반박도 제기할 수 없는 명령이었다. 바르텔레미는 마지못해 검을 물리쳤다.

"칼을 바닥에 내려놓고 발을 써서 장롱 쪽으로 밀어."

일본도가 바르텔레미의 손이 닿지 않는 곳으로 치워지자 지노는 샤에를 돌아보았다.

"감정적으로 굴지 않을 수 있겠어?"

"난…… 나는……"

"대답해!"

"아…… 알았어."

샤에는 사랑하는 이에게 자신이 입힌 끔찍한 상처를 바라보며 무서움에 부들부들 떨었다.

"됐어, 그럼 이제 할 일을 가르쳐주지. 나탕은 빨리 치료를 받아야 해. 하지만 당신들은 오히려 둘 다 미쳐 날뛰며 성질을 부리고 있지. 나는 당신들을 못 믿어. 그러니까 당신들이 나탕을 돌보는 동안 나는 감시를 하겠어. 방에 보면 붕대, 소독약 그리고 상처를 꿰맬 수 있는 도구들이 있다. 나탕을 침대로 옮기고 당장 치료부터 해."

그 순간, 나탕은 주위에 어른대던 검은 물결이 자신을 덮치는 것을 느꼈다. 그는 지노가 길게 늘어놓는 말을 끝까지 듣지 못한 채 기절해버렸다.

"조금이라도 수상한 짓을 하거나 공격적으로 나오면 쏜다. 공격
하지 말라면서 공격하겠다고 위협을 하니 좀 그렇지만 어쨌든 이
소년이 어리석은 당신들 때문에 죽어선 안 돼."

26

"부러진 데는 없는 것 같군."

바르텔레미가 나탕의 어깨를 조심스럽게 만져보고는 말했다.

복부의 상처를 닦아내고 있던 샤에가 고개를 들었다. 불안한 기색은 사라졌지만 묘하게 허무한 표정이 떠올랐다. 오직 그녀의 두 눈만이 진실한 감정을 나타내고 있었다. 증오였다.

바르텔레미는 그 눈빛에서 읽어낼 수 있는 감정에 아랑곳하지 않고 빈정대듯 미소를 지었다.

"꿰맬 줄은 아나?"

바르텔레미는 지노의 방에서 찾은 실과 구부러진 고리 모양의 바늘을 들고 샤에에게 물었다.

"아니."

"그럼 내가 꿰맬 테니 이쪽 어깨를 맡아."

지노가 감시하는 가운데 그들은 자리를 바꾸었다.

샤에는 자신의 송곳니가 나탕의 목 가까이 입힌 상처에 습포를 덮고 그 부분을 붕대로 고정했다. 어떻게 이런 짓을 할 수 있었을까? 하마터면 나탕의 목을 끊어놓을 뻔했다. 복수심과 미움으로 눈이 멀어 나탕을 죽일 뻔했던 것이다. 아니, 정말로 죽이고 싶었다.

상처를 꿰매기 위해 바늘로 살을 찌르자 나탕이 흠칫하며 신음 소리를 토했다. 샤에와 바르텔레미의 눈이 마주쳤다.

"어째서?"

바르텔레미는 그저 그렇게만 물었다.

그는 지노의 심상치 않은 움직임을 감지하고 서둘러 안심시켰지만 목소리에 담긴 빈정거림까지 숨기지는 못했다.

"물어보는 거야. 그냥 질문이라고."

바르텔레미는 실에 매듭을 지었다. 그리고 두 번째 상처를 꿰맬 준비를 했다.

"말 좀 해보지?"

"당신이 우리 부모님을 죽였으니까. 그래서 난 당신을 증오하니까."

바르텔레미의 얼굴이 창백해졌다.

"네가? 네가 나를 증오한다고? 아무것도 모르는 주제에? 내 딸을 죽인 네가 나를 증오해?"

"당신 딸은 로트르의 손에 놀아났어. 배신자였다고!"

"네 부모는 배신자가 아니었다고 누가 그러든?"

지노가 마른 기침을 하며 목소리를 가다듬었다.

"당신들이 하는 일에나 집중하시지!"

바르텔레미와 샤에는 말없이 지노가 시키는 대로 했다.

두 사람은 나탕의 배에 난 상처를 꿰매고 어깨를 붕대로 싸맨 후 조심스럽게 몸을 뒤집었다. 바르텔레미는 등에 난 상처도 치료했다.

샤에는 마디가 하얗게 되도록 주먹을 불끈 쥐고 상처를 봉합하는 바르텔레미를 바라보았다. 비겁한 행동으로 자신의 미친 짓을 수습할 수 없게 될지 모른다는 두려움만 아니었다면 있는 힘을 다해 그 자리를 박차고 나갔을 것이다.

이어서 바르텔레미가 나탕을 안고 샤에가 피에 젖은 붕대를 갈아 준 다음 다시 그를 자리에 눕혔다.

"이제 괜찮을 거야. 부상도 그렇지만 쇼크 때문에 의식을 잃었던 게지."

바르텔레미가 나탕의 맥을 짚어보고 말했다.

샤에가 안도의 한숨을 쉬는 바람에 바르텔레미도 슬며시 미소를 지었다. 희미한 미소였지만 지금까지 보이던 적대적인 경멸은 비치지 않았다. 지노가 그에게 물었다.

"얼마나 있어야 정신을 차릴까요?"

바르텔레미가 더 크게 미소 지었다.

"자, 이제 다시 존댓말을 쓰기로 하셨나?"

지노는 거북했는지 체면을 유지하려고 총을 더 단단히 잡았다. 바르텔레미는 잠시 큭큭 웃으며 지노에게 다가갔다.

"뭐 하는 겁니까?"

지노가 물었다. 바르텔레미는 팔을 내밀어 조심스럽지만 물리칠 수 없는 몸짓으로 지노의 손에서 총을 내렸다.

"이런 종류의 총기에는 이중 안전장치가 되어 있지. 첫 번째 안전장치는 여기, 두 번째는 여기. 그러니 자네가 누구에게 총상을 입힐 가능성은 없지. 장전도 하지 않은 총으로는 더더욱 그렇고."

그는 총을 지노와 샤에의 손이 닿지 않는 벽에 기대어놓았다.

"자네의 물음에 답하자면, 나탕은 지금부터 10분 안에 깨어나야 할 거야. 만약 그때까지 깨어나지 않으면 최대한 빨리 병원으로 데려가야지."

당황한 지노가 머리를 긁적거렸다.

"그럼 우리는 그동안 뭘 하죠?"

지노가 물었다.

"하긴 뭘 해, 기다려야지."

바르텔레미는 그렇게 대꾸하고 의자에 앉아 팔짱을 꼈다. 지노는 좀 당혹스럽기는 했지만 세 '손님' 중 아무도 죽지 않았다는 데 만족했기에 그도 의자에 앉아 팔짱을 꼈다.

그는 기드가 무엇인지, 이 세 사람 옆에서 그가 해야 할 역할이 무엇인지 전혀 알지 못했다. 그래도 그들의 운명이 떼려야 뗄 수 없는 인연으로 미래에 얽혀 있다는 것은 알 수 있었다.

미래라는 것이 있기를 바란다면 말이다.

나탕이 눈을 떴다.

몸을 일으키려 했지만 통증에 인상을 찡그리고 터지려는 비명을 삼켰다.

"날 용서할 수 있겠니?"

그는 흠칫 놀랐다. 샤에가 자기 옆에 앉아서 불안과 죄책감이 가득한 눈으로 지켜보고 있었기 때문이다.

"누가 널 잡아줬어? 바르텔레미 아저씨는 어디 있지? 지노는? 무슨 일이 있었던 거야?"

나탕이 흔들리는 목소리로 물었다.

"바르텔레미는 옆방에 지노와 있어. 둘 다 잘 있어. 나트, 나……
정말 미안해."

나탕은 살가운 기색 없이 샤에를 뚫어져라 바라보았다.

"나도 그래. 넌 날 믿어도 돼. 해명해줄래?"

"나트, 그 사람이 우리 아빠와 엄마를 죽였어. 내가 여섯 살 때 바르텔레미가 우리 부모님을 죽였단 말이야. 그 사람이 내 행복을 앗아갔어. 그 사실을 알았을 때 나에겐 한 가지 바람뿐이었어. 반드시 그 죗값을 치르게 하겠다는 바람. 조금 전 여기 와서 바르텔레미를 봤을 때, 그토록 냉혹하고 건방진 낯짝을 봤을 때, 너무 분해서 정신을 차릴 수 없었어. 내가 무슨 짓을 하고 있는지도 몰랐어. 그래서 내가 너를 죽일 뻔했어, 나트."

샤에는 얼굴을 두 손에 묻고 큰 소리로 오열했다. 고통스러운 울음. 감정이 실리지 않은 울음이었다.

"비긴 셈 치자고 하면 제일 간단하겠구나."

"뭐?"

"비긴 셈 치자고. 너는 나를 죽일 뻔했지만 내 목숨을 구해주기도 했지. 네가 없었으면 임과 크락스가 날 죽였어. 그러니까 우리는 서로 비긴 걸로 볼 수 있잖아.”

샤에가 깊이 숨을 들이마셨다.

“그 말은 나를 원망하지 않는다는 뜻이야?”

“미안한데, 널 달래줄 기운은 없어. 샤에, 있잖아, 네가 바다로 피신했을 때 나는 너를 영영 잃어버렸다고, 내 삶도 너와 함께 끝나버렸다고 생각했어. 그러다 아까 네가 들어왔을 때 처음에는 헛것을 보는 줄 알았지. 그러다 기적이 정말로 일어났구나, 생각했어. 그리고 난 지금 붕대로 온몸을 싸매고 있구나. 내 감정을 오해하지 마, 샤에. 네가 옹쥐의 독을 이기고 돌아왔다는 사실만이 중요하긴 하지만 좀 더…… 낭만적으로 재회하기를 바랐어.”

그는 붕대 감은 어깨를 손으로 만져보았다.

“부러진 거야?”

“거의 그럴 뻔했지.”

“바르텔레미 아저씨는? 너와 아저씨 사이의 원한은 얼마나 청산된 거지?”

“지노가 총을 들이대며 억지로 우리를 막았어. 나트, 나는 그 사람이 미워. 그 사람이 죽어버렸으면 좋겠어. 이렇게 뭔가를 간절히 바라기는 처음일 만큼!”

나탕은 초록빛 눈으로 샤에의 흑빛 눈을 들여다보았다.

“바르텔레미 아저씨가 죽는 게 내가 사는 것보다 더 중요해? 우리 둘보다 더?”

샤에는 고개를 세차게 저었다.

“아냐, 나트. 그건 정말 아니야.”

“다행이네. 우리는 할 일이 아주 많고 아직 아저씨와 우리는 당분
간 함께해야 하니까.”

샤에는 반박하려고 입을 열었지만 나탕은 그럴 틈을 주지 않았
다. 그는 발로 바닥을 딛고 일어났다. 현기증이 일어나서 넘어지지
않으려고 침대 다리에 기대야만 했다. 어지럼증이 가라앉기를 기다
렸다가 다시 몸을 일으켰다.

샤에는 움직이지 않았다.

“가자.”

나탕은 샤에를 보지 않고 말했다.

발톱으로 찢고 할퀸 상처보다 샤에가 그를 만질 수 없다는 사실
이 더 아프다고, 그렇게 표현할 수는 없었다.

27

"지노가 기드라면 그도 알아야 해요."

"그게 과연 좋은 생각인지 모르겠구나."

나탕과 바르텔레미의 시선이 서로 팽팽하게 맞섰다.

시작은 좋았다. 나탕이 등장하자 모두들 안도하며 기뻐했다. 통증도 그럭저럭 견딜 만했고 샤에와 바르텔레미의 적대적인 분위기도 통제하에 있었다. 그래서 그들이 당장 내려야 할 결단에 대한 대화가 시작되었다.

그들의 대화를 줄곧 지켜보기만 하던 지노가 침묵을 깨고 부탁했다.

"당신들은 레위니옹 섬을 떠나요. 그렇게 해요. 하지만 떠나기 전에 당신들이 말하는 파미유에 대해 자세히 알고 싶군요. 샤에가 왜, 어떻게 표범으로 둔갑하는지, 무엇보다 그 기드라는 게 뭔지 알고 싶어요. 오해하지 말아요. 이건 단순한 호기심이 아니라 어떻게든 나의 느낌을 좀 더 원대한 그 무엇으로 확인해야 한다는, 좀 더 이치에 맞게 파악해야 한다는 긴박한 필요성 때문입니다.”

지노가 구구절절 심경을 토로하자 모두들 입을 꾹 다물었다. 그 다음에 바르텔레미와 나탕이 서로 다른 의견으로 맞서기 시작했던 것이다.

바르텔레미는 이 섬에서 나가려면 메타모르프 소녀의 힘을 빌려야 한다는 사실을 굴욕으로 여겼고 기드 주제에 뭔가를 요구한다는 것 자체도 싫었다. 반면에, 나탕은 기드들을 최대한 옹호하고 파미유들 사이의 평등을 지지하고 있었다.

지노는 대립의 빌미를 제공한 입장에서 감히 끼어들지 못하고 그들의 이야기를 듣기만 했다.

“무슨 일이든 간에 이 사람에게 누설한다는 건 말도 안 돼!”

바르텔레미가 고함쳤다.

“이미 많은 얘기를 했고요, 그 정도로 그만둘 생각도 없습니다.”

나탕도 언성을 높여 맞받아쳤다.

“내가 안 된다고 하면 안 돼!”

바르텔레미가 호령하자 잠시 조용해졌지만 샤에가 깔깔대고 웃음을 터뜨렸다. 유리를 발로 밟아 깨뜨리는 듯한 웃음소리였다.

“당신이 뭔데 안 된다는 거야?”

한마디 물음에 이보다 더 노골적으로 경멸을 담을 수는 없었다. 바르텔레미는 경직되었다. 그의 눈이 칼을 찾았다. 장롱 밑에 있던 일본도는 이제 그의 의자에 기대어 세워져 있었다.

"샤에!"

나탕과 지노가 소리를 질렀다.

샤에도 후회하는 듯이 그들에게 미소를 지어 보였다.

"겁내지 마. 난 다만 문제를 잘못 파악하고 있다는 건 말해주고 싶었어."

"어떤 점에서?"

나탕이 물었다.

"지노는 기드잖아. 파미유에 속한다는 게 어떤 의미인지 지노에게 제대로 설명할 수 있는 사람이 이 세상에 있다면 그 사람은 바로 라피야. 게다가 치명적인 바이러스와 피비린내 나는 괴물들이 제멋대로 돌아다니는 현실을 감안하면 결론은 뻔하잖아. 지노도 데려가야 해!"

바르텔레미가 반박하려는데 나탕이 재빨리 선수를 쳤다.

"샤에 말이 옳아요! 게다가 코지스트들을 우리 편으로 모으려면 앙통 할아버지가 빠져서는 안 되잖아요. 할아버지도 라피와 함께 계세요. 아니, 아저씨, 제 말을 끝까지 들어보세요. 파미유들끼리 미워해봤자 로트르만 득을 봐요. 아저씨도 부인하진 못하시겠죠. 아저씨와 샤에가 서로 못 잡아먹어 안달하는 바로 그 미움, 아저씨가 지노를 업신여기는 것도 그 미움 때문이죠. 우리가 따로따로 상대해서는 절대 로트르와 싸울 수 없어요. 아저씨도 저만큼 잘 아시잖아요. 우리가 힘을 합쳐야 로트르를 이길 수 있어요. 그리고 힘을 합친다는 것은 서로 믿고 존중한다는 뜻이죠."

나탕은 말을 맺고 바르텔레미의 눈치를 살폈다. 나탕의 조리 있는 주장이 갑옷처럼 단단한 편견을 뚫고 와 닿기 시작했는지 아저씨는 깊은 생각에 잠겨 있었다.

샤에가 찍소리 못 하게 마지막 일격을 날렸다.

"문은 잠겨 있죠. 우리가 모두 함께 가지 않으면 문을 열어주지 않겠어요."

바르텔레미의 입가에 쓴웃음이 번졌다.

"나를 죽이기로 작정한 메타모르프가 한 명, 부상당한 코지스트가 한 명, 길 안내를 할 수 없는 기드가 한 명, 그리고 외동딸을 잃고 정신이 나간 나까지. 기막힌 팀 구성이군. 로트르는 그냥 버티기만 해도 이기겠어!"

정든 집을 떠나는 지노나, 같은 차에 올라타야 하는 샤에와 바르텔레미가 가장 괴로웠던 것은 아니다. 그들을 따라오는 시크가 가장 딱했다. 작고 누런 개는 샤에가 5미터 이내로만 다가오면 공포에 질려 바들바들 떨었다. 시크는 앞으로 벌어질 일을 깨닫자마자 장롱 밑에 숨어서 꼼짝도 하지 않았다.

시크 없이 떠날 생각은 아예 해보지도 않았던 지노는 개를 달래느라 무던한 참을성을 발휘했다. 겨우 개를 장롱 밑에서 나오게 했을 때는 이미 밤이 되어버렸다.

비가 그치지 않았다. 강력한 엔진의 사륜구동 차량이 있다고 하나 군데군데 파헤쳐진 도로를 지나가기가 쉽지 않았고 산에서 흘러내리는 진흙탕 물살을 두 번이나 뒤집어써야 했다.

그래도 그들은 지름길에 해당하는 해안 도로로 진입할 수 있었다. 도로에는 차 한 대 보이지 않았다. 바르텔레미가 북쪽으로 빠지기 위해 방향을 꺾으려는데 샤에가 그를 불렀다.

"소금호수와 낭떠러지가 여기서 먼가요?"

"20분쯤 가야 하지. 왜?"

"나탕의 칼이 거기 있어요. 아마 아직도 있을 거예요."

"괜찮아. 그냥 칼일 뿐인데."

나탕이 말했다.

바르텔레미는 본인도 일본의 이름난 장인이 제작한 검을 갖고 있는 입장이었으므로 차를 잠시 세우고 생각해보았다.

"그러면 꽤 돌아가야 하는데, 나는 과연……"

바르텔레미의 말이 끝나기도 전에 뒷좌석 문이 열리는 소리가 났다. 샤에가 밖으로 나갔다. 그녀는 금방 비에 폭삭 젖어버렸다.

"내가 네 칼을 가져올게. 적재 구역에서 만나."

열린 차창 사이로 샤에가 말했다.

"아니야. 난 그 칼이 필요하지도 않고 우린 지금 급해."

나탕이 대꾸했다.

"밤이고 폭우가 쏟아지니까 내가 표범으로 변하면 이 차보다 더 빨리 달릴 수 있어. 걱정하지 마. 재수 없는 놈들을 만나게 되면 싸우지 않고 피할게. 임이 나를 악착같이 쫓아오지도 않을 거고 크락스는 나만큼 빨리 움직일 수 없어."

샤에는 더 기다릴 것도 없이 모습을 바꾸었다. 지노가 얼빠진 눈으로 지켜보는 가운데 표범이 된 샤에는 어둠 속으로 사라졌다.

"샤에가 왜 저래? 그러니까, 왜 네가 필요하지도 않다는 칼을 굳이 찾으러 간다는 거야?"

"표범들은 저런 식으로 용서를 구하는 법밖에 모르거든."

나탕은 어두운 밤을 바라보며 중얼거렸다.

그들은 30분쯤 더 달렸고 생 질레뱅을 지나갈 때야 겨우 스치듯 보이는 불빛과 인기척으로 사람들이 있다는 흔적을 감지했다. 단순히 사람들이 폭풍우를 피해 있었을 수도 있고 더 심각하게는 전염병이 아직도 확산되고 있다는 뜻일 수도 있었다. 만약 후자의 경우라면 섬은 곧 거대한 묘지로 변할 터였다.

따닥따닥 꽂히는 빗줄기와 점점 더 심하게 부는 바람 때문에 속도를 마음껏 낼 수 없었다. 도로보다 아래쪽에 위치한 적재 구역에 다다랐을 때, 그곳이 물에 잠긴 광경을 보고도 별로 놀랍지 않았다. 바르텔레미는 차를 몰고 들어가려 했지만 차 문까지 물에 잠겼다. 엔진이 멈춰버렸고 다시는 시동이 걸리지 않았다.

"100미터만 더 가면 되는데. 내려서 걸어가야겠어요."

나탕이 말했다.

그들은 겨우겨우 문 앞에 이르렀다. 나탕은 부상자였으므로 바르텔레미가 거의 업다시피 해야 했다. 지노는 시크를 품에 안고 몸을 숙인 채 앞장섰다.

"이런 게 기드라면 난 포기할래."

부지가 조금 오르막으로 변하면서 비록 머리에는 빗줄기가 무섭게 퍼부었지만 걸음마다 물에 빠지지는 않았다. 문득 빗줄기 사이로 절벽이 나타났다. 그들이 생각했던 것보다 훨씬 가까이 있었던 것이다.

샤에가 그들을 기다리고 있었다.

아무 말 없이 그녀는 나탕에게 칼을 내밀고 문을 열었다.

화창한 오후의 환한 햇살이 마법의 오라처럼 그들 주위에 퍼졌다.

"먼저 갑니다, 여러분."

샤에가 문 건너편으로 사라지면서 말했다.

28

지노가 다른 세상의 집과 그 주위를 바라보며 입을 다물지 못하고 멍하니 서 있는 바람에 위르자트로 가는 문까지 끌고 가야만 했다.

"저기…… 여기가 어딘데? 여긴 낮이잖아. 그리고…… 저 바깥의 풀밭은 뭐고, 여기 이 방은 또 뭐고, 이 계단은…… 어디로 가는 거야? 잠깐만! 도대체 이곳은 어디지? 이게 있을 수 있는 일이냐? 발코니는 왜…… 저게 안 보이냐고……"

"조용히 좀 해!"

나탕이 결국 호통을 치며 지노의 어깨를 잡고 억지로 자기 쪽으로 돌려세웠다.

"그래도……"

"아니, 입 다물어! 여기는 다른 세상이라고 부르는 곳이고 우리는 그곳에 있는 집에 들어와 있어. 지금 네가 알아야 하는 건 주위에 있는 이 많은 문들이 세계 구석구석으로 통한다는 사실뿐이야."

"구석구석…… 하나도 모르겠어. 누가 이 집을 지었지? 어째서 여기만 낮일 수가……"

"그만 좀 해, 지노. 말하자면 너무 복잡하고 지금은 설명할 시간도 없어."

"하지만……"

"나중에. 일단 가자."

그들은 지노를 밀기도 하고 잡아끌기도 하며 그들이 찾는 문에 다다랐다. 문을 열자 덥고 건조한 바람이 방 안으로 훅 끼치며 석양의 흑갈색 빛이 그들의 실루엣에 오렌지색 후광을 드리웠다.

"여긴 또 어디야?"

지노가 걱정스럽게 물었다.

"북아프리카."

나탕이 대꾸했다.

샤에는 의견을 내놓았다. 그녀는 지노의 신중함을 높이 샀고 그가 바르텔레미를 전적으로 신뢰하지 않아서 좋았다. 바르텔레미는 바람직한 행동을 보여주고 있었지만 그가 하루아침에 다른 파미유들에 대해, 특히 기드들에 대해 애정이 샘솟았다는 바보 같은 생각을 할 순 없었다. 그는 라피가 사는 곳을 알 필요가 전혀 없었다.

그들은 문을 지키듯 여기저기 놓인 거대한 황토색 바윗덩어리들 사이로 꼬불꼬불 돌아가는 오솔길을 걷다가 마을로 가는 내리막길에 접어들었다. 나탕과 샤에가 앞장을 섰고 그다음은 바르텔레미, 마지막으로 연신 감탄사를 내뱉는 지노가 따라왔다. 다른 세상의 집에 있을 때보다는 그나마 덜했지만 여전히 놀라서 어쩔 줄 모르는 눈치였다.

"세상에, 놀라워라! 어떻게 몇 분 사이에 수천 킬로미터를 지나올 수 있었을까? 저기는 사막인가? 사하라 사막은 아니겠지? 맞아? 그럼 저 산은? 우리가 어디 있는 거라고 했지, 나탕?"

지노는 위르자트 마을 초입에 이르러서야 겨우 잠잠해졌다.

밤공기는 향기로웠고 마을 사람들은 평화롭게 자기 일에 매달려 있었다. 나탕은 염소 떼를 몰고 가는 소년과 바구니를 짜는 할머니에게 손을 들어 인사를 했다.

라피의 집 앞에는 마디와 굴곡이 많고 잎이 무성한 아르간나무 한 그루가 서 있었다. 그 나무 가지 아래에 백발의 두 남자가 가부좌를 틀고 앉아 있었다. 한 사람은 긴 머리, 다른 사람은 거의 밀다시피 한 짧은 머리였다. 두 사람은 대화에 아주 심취했던지 손님들이 지척에 왔을 때야 겨우 알아차렸다.

나탕과 샤에는 라피를 한눈에 알아봤지만 다른 남자가 누구인지를 깨닫고는 놀라 펄쩍 뛰었다. 앙통 할아버지였던 것이다!

코지스트 노인네가 환하게 웃으며 자리에서 일어났다.

"나탕!"

앙통 할아버지가 두 팔을 활짝 벌리며 외쳤다.

나탕은 어안이 벙벙했다. 그가 마지막으로 보았던 할아버지는 어둠처럼 검은 눈으로 인정머리 없이 손자의 죽음을 선고하던 모습이었다. 오늘 그를 반기는 이 노인, 너무나 평화로운 얼굴의 이 노인이 과연 할아버지인가?

할아버지는 나탕이 주저하는 기색을 알아차리고 미소를 거두었다.

"미안하구나. 내가 어리석고 가증스럽게 굴었지. 너에 대한 애정은 여전하다만, 네가 다시는 이 할아비와 말도 하기 싫다고 해도 이해하마. 너에게 용서를 구할 것이 너무 많지. 나도 다 안단다. 그래도 쥐구멍에 숨지 않고 이렇게 나서는 이유는 그저 내 체면만 생각해서 비겁하게 피할 수 없기 때문이란다. 이 할아비는 변했다. 네가 이 말이 믿기지 않는다면 하는 수 없지만 옹쥐의 독이 내 몸속에 들어와 반백 년 전부터 내가 안고 있던 문제점들과 뒤엉켜버렸지. 그렇게 나를 최악으로 만들었어. 라피가 그 독을 몰아내주었다. 그러면서 오랜 세월 내가 살아오면서 쌓아왔던 앙금까지 깨끗하게 씻어주었어."

나탕은 너무 놀랍고 기뻐서 휘파람을 불 뻔했지만 참았다.

할아버지는 아주 자연스럽고 꾸밈 없이 진실을 말하고 있었다. 로트르의 손아귀에 떨어질 뻔했던 앙통, 오랜 세월 파미유의 우두머리로서 폭군처럼 굴던 앙통과는 천지 차이였다. 라피는 옹쥐의 독을 이기고 살아남으면 사람이 변한다고 말했다. 하지만 앙통 할아버지의 엄청난 변화에는 경악하지 않을 수 없었다.

샤에도 돌고래들의 도움과 바다의 힘으로 옹쥐의 독을 이겨냈다. 적어도 나탕이 짐작하는 바로는 그랬다. 그렇지만 샤에는 앙통 할아버지처럼 근본적으로 변한 것 같지 않았다.

나탕은 설명을 바라듯 라피를 돌아보았다. 그러나 라피가 아무 말도 해주지 않을 것임을 즉시 깨달았다.

지금 당장은 말이다.

라피는 벅찬 감정에 휘둥그레진 눈으로 지노를 바라보고 있었다.

"자네는 누구인가?"

마침내 그가 물었다.

"저요?"

지노가 깜짝 놀랐다.

"그래, 자네."

"음…… 저는 지노라고 하고요, 여기 있는 사람들 말로는 제가 기드라고 부르는 뭐래요."

라피는 기쁨의 탄성을 감추지 못했다.

"이럴 수가! 이런 일이 일어나다니!"

바르텔레미는 한 발짝 물러서서 이 광경을 쭉 지켜보았다. 그는 바라는 만큼 초연하게 보고 있기는 힘들었다.

그는 앙통이 있었으면서 에놀라의 타락과 죽음에 아무런 손도 써주지 못했다고 앙심을 품지는 않았다. 앙통이 로트르의 손아귀에서 빠져나오고 상태도 좋아졌으니 마음도 놓였다. 다만 에놀라에게도 이런 행운이 있었더라면. 그는 그런 생각을 몰아냈다. 지금까지 있었던 일과 행운은 아무 상관도 없다. 아버지인 자기가 부족했기 때문에 에놀라는 로트르의 마수에 떨어졌던 것이다. 바르텔레미는 눈물을 억누르려고 눈을 감았다. 눈물을 보인다는 것은 용납할 수 없었다.

눈을 다시 뜬 이유는 라피를 보기 위해서였다. 그는 이 베르베르인과 유독 새파란 그의 눈을 기억하고 있었다. 드디어 깨달았다. 그 옛날의 가이드는 나탕의 부모를 서로 만나게 하려고 그 모든 일을 꾸몄던 것이다. 그들 사이에서 서로 다른 세 파미유의 혈통을 한 몸에 이어받은 아이가 태어나도록.

샤에도 똑같이 계획적으로 세상에 태어났을까? 그 아이 역시 나머지 세 파미유의 피를 물려받지 않았는가.

바르텔레미는 그 음산한 겨울밤을 추억했다. 그날 밤, 그는 코지스트들의 안녕을 위한 일이라고 믿었기에 샤에의 부모를 제거했다. 당시에는 그들 사이에 아이가 있는 줄 몰랐다. 만약 알았다면 샤에도 죽였을까? 여섯 살짜리 아이를 냉혹하게 살해했을까? 갑자기 공포가 엄습하며 소름이 끼쳤다.

나탕과 샤에.

바르텔레미는 그들을 바라보았다. 나탕은 할아버지를 보고 놀라서 말을 잊었고, 샤에는 앙통을 사나운 눈으로 쏘아보고 있었다. 저 두 사람의 사랑은 현재와 미래를 한 줄기 빛으로 비추는 등대였다. 아직은…… 틈이 보였다. 두 사람의 감정의 빛에는 한 점 어둠이 드리워져 있었다.

그는 갑자기 뭔가 이상하다는 것을 깨달았다. 그가 기억하기로 두 사람이 입을 맞추거나 서로 몸이 닿는 모습을 한 번도 본 적이 없었다. 그러한 태도는 그들이 선택한 것으로 봐야 하나? 아니면 그들에 대한 코지스트들의 처사 때문인가?

바르텔레미는 인상을 찡그렸다. 자기 생각을 돌아보면서부터 지금까지 자기가 고수하던 입장이 아주 불편하게 여겨지기 시작했던 것이다.

시크가 낑낑대는 바람에 좌중의 침묵은 깨졌다. 라피가 제일 먼저 몸을 털었다.

"안으로 들어가십시다. 오늘 아침부터 타진[8]이 여러분을 기다리고 있답니다. 우리는 중요한 결단을 내려야 합니다."

<hr>

8. 고깔 모양의 뚜껑이 있는 도자기 냄비.

하트

1

"누가 우리를 도와줄 수 있는지 정말로 가르쳐줄 수 없나요?"

"그럴 수 없어, 나탕. 나는 기드일 뿐, 예언자가 아니란다. 너희는 옹쥐와 싸우게 된다는 것만은 확실하지. 미래로 얽혀드는 모든 길들이 그 대결을 짐작케 하지만 그 길들이 워낙 혼란스러운 그림을 보여주기 때문에 어느 길이 다른 길보다 낫다고 말해줄 수는 없단다. 난 그저 용기를 내서 신중하게 처신하라고 권고할 뿐이야. 내 친구들, 나도 마음은 여러분과 함께하겠습니다."

라피는 한 손을 가슴에 얹고 고개를 숙였다. 앙통이 다른 세상의 집 안으로 들어가려는 순간, 지노가 망설이며 외쳤다.

"제가 몇 마디 덧붙여도 될까요?"

다섯 사람의 시선이 자기에게 쏠리자 지노는 얼굴이 빨개졌다.

"말해보려무나."

라피는 다른 일은 다 중요하지 않다는 듯이 말했다.

"저는 많이 배우지 못한 놈이라 어제 저녁부터 여러분이 저에게 애써 설명하신 말씀을 잘 못 알아듣겠습니다. 라피 하디 맘눈 압둘 살람께서 저를 옆에 두고 당신이 아는 지식을 가르쳐주신다니 무척 감사하지만 저는 이분의 기대치에 미치지 못할까 봐 두렵습니다."

"하지만 쉽게 할 수 있는 말을 길게 꼬아서 하는 재주가 벌써 탁월한데."

나탕이 놀리듯이 말했다. 지노가 웃었다.

"제가 하고 싶은 말은, 로트르는 서로 다른 세 부분으로 되어 있다는 겁니다. 자알라브는 그의 포스, 웅쥐는 그의 하트, 에크테르는 그의 소울이죠."

"그렇지. 하지만 자네는 앞으로 라피하고 얼마든지 파미유의 역사를 복습할 수 있을 텐데. 우리는 우리대로 파리로 돌아가 웅쥐와 싸워야 하고. 그자가 아직도 파리에 있다면 말이야."

바르텔레미가 말했다.

"바로 그겁니다."

"바로 그거라니, 뭐가?"

바르텔레미가 조급하게 물었다.

"자알라브는 힘을 써서 제압할 수 있었잖아요. 그건 우연이 아닙니다. 웅쥐도 아마 같은 방법을 써야만 꺾을 수 있을 겁니다."

"웅쥐는 로트르의 하트인데."

나탕이 골똘하게 생각하며 말했다.

"심장을 뚫으면 되겠군."

바르텔레미가 말했다.

"제가 설명을 잘못했나 봐요. 말도 안 되는 헛소리를 지껄인 거죠. 그래도 내 말을 머릿속 한구석에라도 박아두세요. 자알라브는 포스였기에 힘으로 패망했죠. 옹쥐도 심장을 통해서만 꺾을 수 있어요."

"우리는 잊지 않을 거야."

샤에가 약속했다. 그러고는 라피를 돌아보며 물었다.

"제가 이 문을 건너간 후에 빗장을 채우기 바라세요? 누군가 이 문을 써서 위르자트로 오려고 할지 모르니 잠가놓으면 어때요?"

굳이 누구라고 지목하지 않았지만 코지스트들을 두고 하는 말이 분명했다. 라피는 안심하라는 듯이 손짓을 했다.

"그럴 필요는 없을 게야. 너희를 기다리고 있는 싸움이 어찌 끝나든 간에, 전과는 상황이 달라진 거다."

나탕은 부상당한 어깨를 움직여보았다. 라피가 통증을 없애고 빨리 흉터가 져서 새살이 돋게 하는 연고를 발라주었다. 복부와 등에 입은 상처에도 같은 연고를 발랐다. 그는 이제 옹쥐와 싸울 만큼 건강을 되찾은 기분이 들었다.

"갑시다."

나탕은 자신 있는 걸음으로 다른 세상의 집 안에 들어섰다. 샤에가 그 뒤를 따랐고 이어서 바르텔레미가 들어갔다. 앙통은 서두르지 않고 지노, 라피와 차례대로 악수를 나누었다.

"고맙소, 친구. 진심으로 감사드리오."

앙통이 라피에게 말했다.

나탕은 이게 꿈이 아닌지 자기 살을 꼬집어볼 뻔했다.

그들이 통과하려고 했던 문은 좀체 열리지 않았다. 그렇다고 잠 거 있는 문은 아니었다. 나탕과 바르텔레미가 힘을 합쳐 밀었더니 문짝이 살짝 벌어졌다. 그 틈으로 거의 문 위의 횡목(橫木)까지 쌓인 눈이 보였다. 눈 더미가 무너지지 않아서 넷이 힘을 합쳐 문을 조금 씩 밀고서야 눈을 헤치고 나갈 공간이 생겼다. 그래도 바깥까지 나 가는 데 꼬박 두 시간이 걸렸다.

파리는 눈에 묻히고 추위에 얼어붙어 있었다.

지난주에 시작된 눈보라는 가라앉았지만 소강상태일 뿐이었다. 거리에는 문을 막고 있던 것과 같은 눈 더미가 곳곳에 3미터 높이로 쌓여 있었고 그로 인한 물질적 피해는 상상을 초월했다.

하지만 그것이 최악은 아니었다.

"서글프지만 예상할 수 있는 일이지."

골목길로 들어서며 바르텔레미가 말했다.

그는 감정의 동요를 보이지 않았지만 나머지 사람들은 부들부들 떨 었다. 뼛속까지 에는 추위 때문이 아니라 눈앞에 펼쳐진 광경 때문이 었다.

가게 진열창은 여기저기 깨져 있었고 눈에 파묻히지 않은 얼마 안 되는 차량들은 망가져 있었다. 1층의 유리창들도 성한 것이 거 의 없었다. 가방을 들고 건물들 사이로 후다닥 뛰어가는 사람들, 두 려움 때문인지 양심의 거리낌 때문인지 조심스럽게 지나가는 사람 들이 더러 눈에 띄었다. 가까운 건물에서 날카로운 외마디 비명이 터지더니 이내 섬뜩한 침묵이 이어졌다.

"무슨 일이죠?"

나탕이 놀라 중얼거렸다.

"레위니옹 섬과 마찬가지 상황이지. 눈보라가 치면서 사회의 질서가 무너지고 사람들은 끔찍한 양자택일에 놓인 거야. 자신의 최선 혹은 최악을 드러내야 하는 상황이지!"

"있을 수 없는 일이에요. 한 주 만에 이럴 순 없어요. 옹쥐의 바이러스가 도는 거예요. 일종의……"

"아니다, 나탕."

바르텔레미가 그의 말을 끊었다.

"사회가 복잡할수록 시민들을 짓누르는 제약이 무겁지. 그래서 사회의 조직은 되레 느슨해진단다. 드롬이나 아르데슈에 열흘 내내 눈이 내린다면 농작물에나 피해를 주겠지.[9] 파리 같은 대도시에서는 더 비극적인 결과를 일으키는 거야. 전기도 없고, 통신수단도 없고, 늘 익숙하던 교통수단도 없고…… 굶을지도 모른다는 생각으로 겁에 질리고 군대까지 포기하고 나서니 파리 시민들은……"

샤에가 손을 들어 조용히 하라고 신호를 보냈다.

"최악의 짓도 저지를 수 있는 사람들 얘기를 하고 있군요."

그녀의 목소리는 냉혹했다.

그녀는 가로수 길 끝을 가리켰다.

"그들이 오네요!"

---

9. 드롬과 아르데슈는 둘 다 프랑스에서 알프스 산맥과 가까운 지역이다.

2

　나탕은 마사무네를 등에 메기까지 망설였다. 여전히 그 검에 애착이 있었지만 더 이상 검으로 살생을 저지르고 싶지 않았다.

　바르텔레미의 몇 마디는 나탕을 설득하기에 충분했다.

　"네가 주저하는 마음은 안다, 나탕. 너의 신념을 존중하기도 하고 말이야. 그 신념을 지키느냐는 이제 너에게 달려 있어. 옹쥐를 처치하기 위해 파리에 간다는 것은 싸우고 살생을 해야 한다는 뜻이지. 네가 그렇게 할 수 없다면 여기 라피와 지노 옆에 남아라. 여린 마음을 지닌 사람은 우리에게 아무 도움도 안 될 테니."

　그 말은 나탕에게 상처가 되었다. 아저씨는 나탕이 그들을 버릴 수 없다는 것을 알고 있었다. 그러면서 나탕의 감정과 최근에 그를 혼란에 빠뜨린 비폭력의 이상을 실천할 수 없는 입장을 교묘하게 건드렸던 것이다.

나탕은 목에 뭐가 걸린 것처럼 갑갑한 마음으로 쓰카에 띠를 묶어 어깨에 찼다. 순식간에 검을 뽑을 수 있도록 마사무네의 손잡이를 어깨 위로 튀어나오게 했다. 다시 전사가 된 것이다.

더는 그 선택을 후회하지 않았다.

대로에서 나타난 사람들은 그들 쪽으로 걸어왔다. 열두 명의 사내들이 고산지대에서나 입을 법한 옷을 껴입고 있었는데 지금까지 보아왔던 사람들과 마찬가지로 불안해 보였지만 그와 대조적으로 자신감도 있어 보였다. 야구 배트를 든 사람도 있었고, 팔에 쇠사슬을 두르고 있는 사람, 금속 막대를 든 사람, 더 기묘하게는 경기병들이 차고 다니는 칼을 지닌 사람도 있었다.

"저들은 누구지?"

앙통이 그들을 보면서 말했다.

"이제 알고 싶지 않아도 알게 될 것 같네요."

바르텔레미가 중얼거렸다.

"무슨 뜻이지?"

"저들이 누구인지, 어디서 왔는지는 중요치 않아요. 다만, 저들에겐 공통점이 있네요. 눈보라가 오지 않았더라면 자기들도 평생 발견하지 못했을 공통점이."

"무슨 공통점."

"탐욕스럽고 못됐다는 점이요."

그 무리는 이제 30미터 전방에 와 있었다. 샤에가 공기의 냄새를 맡았다.

"총은 갖고 있지 않네요. 아니, 잠깐만…… 빨간색 점퍼를 입은 사람은 총이 있어요. 그 사람한테서만 화약 냄새가 나요.”

샤에가 알렸다. 바르텔레미는 고개를 끄덕였다.

“총 든 사람을 먼저 처리해야겠군.”

“우리가 도망치면 되잖아요.”

나탕이 제안했다.

“우리가 뺏길 만한 물건이 있으니까 도망친다고 생각하고 쫓아올 걸. 정면으로 부딪쳐야 해. 샤에, 후드를 둘러써서 머리카락과 얼굴을 최대한 가리는 게 좋겠다.”

“왜죠?”

“저들이 우리를 공격해봤자 득보다 실이 많다고 생각한다면 피차 난투극을 피할 수 있을 테니까. 하지만 우리 틈에 어리고 예쁜 여자가 있다는 걸 알면 싸움을 피하기가 어려워지겠지.”

샤에는 투덜거렸지만 그의 말에 따랐다.

남자들이 다가왔다.

험상궂은 열두 명이 불같은 시선으로 노려보자 나탕은 등줄기에 소름이 돋았다. 빨간 점퍼가 바르텔레미 앞에 멈춰 섰다. 바르텔레미는 상대를 거만하게 굽어보았다. 다른 사내들은 한 발짝 뒤에 멈춰 섰다. 그 한 발짝의 거리가 그들의 권력 관계를 확실하게 보여주었다.

“뭐 하느라 여기서 알짱대는 거야?”

우두머리가 거만하게 물었다.

그 물음에는 순전히 떠보려는 속셈밖에 없었다. 바르텔레미는 침착하게 대답했다.

“친구 집에 가는데.”

“여긴 우리 구역이야!”

“아하.”

무심한 한 마디. 빨간 점퍼가 되레 당황해서 거들어달라는 듯이 부하들을 돌아보았다.

“어쩌면 우리에게 줄 선물이 있을걸.”

야구 배트를 든 사내가 말했다.

“지나가고 싶으면 선물을 바쳐야지.”

또 다른 놈이 거들었다. 우두머리가 고개를 끄덕거렸다.

“우리 친구들 이야기 잘 들었지? 굳이 싸움판을 벌이고 싶진 않지만 요즘 세상이 살기 어려워서 말씀이야. 피차 잘해보자는 뜻으로 성의를 보이면 기꺼이 받아주지……”

그는 말을 멈추었다. 지금 막 샤에를 발견하고 아무리 봐도 여성스러워 보이는 몸집을 뜯어보았던 것이다. 음탕한 표정이 얼굴에 떠올랐다.

“……이 아가씨면 되겠네! 그렇잖아도 거리 분위기가 심상찮은데 이 아가씨는 우리와 있으면 안전할 거야.”

“어림없지!”

나탕이 끼어들었다. 그러는 사이 샤에는 몸이 굳어서 뻣뻣해졌다. 빨간 점퍼가 주머니에 손을 넣었다.

바르텔레미는 행동을 개시했다.

상대는 총을 꺼내 휘두르려다가 다리가 풀렸다. 바르텔레미가 그의 손목을 발로 차서 총을 멀리 날려 보냈다. 바르텔레미는 눈 깜짝할 사이에 검을 뽑아 휘둘렀다.

빛나는 칼사위. 막을 도리가 없었다. 빨간 점퍼는 피할 수 없었다.

강철끼리 부딪치는 소리. 나탕의 마사무네가 바르텔레미의 칼을 가로막은 것이다.

"안 돼요!"

나탕이 고함쳤다.

바르텔레미가 성난 눈빛으로 살짝 자세를 풀려는데 빨간 점퍼가 섣불리 움직였다. 도망치려고 했는지 공격하려고 했는지 파악할 시간은 없었다. 나탕이 냅다 상대의 턱을 발로 차서 반쯤 기절 상태인 놈을 부하들에게 내동댕이쳤기 때문이다.

나탕은 반동을 이용해 휙 돌아서며 마사무네의 칼등으로 야구 배트를 든 놈의 관자놀이를 후려쳤다. 상대는 기절했다. 다시 한 번 몸을 돌려 아까 샤에를 선물로 바치라던 놈의 모가지에 칼을 들이밀었다.

"까딱했다가는 이 거리가 피바다가 될 줄 알아!"

나탕은 날카로운 그의 칼날처럼 매서운 목소리로 외쳤다. 놈들은 얼음처럼 굳어버렸다.

"이제 길에서 꺼져!"

토를 달 수 없는 명령이었다. 놈들은 빨간 점퍼 우두머리와 관자놀이를 맞은 사내를 부축해서 비켜났다. 그러고는 목숨이 간당간당하다는 것을 깨닫고 줄행랑을 쳤다.

나탕은 자신의 일행을 돌아보았다.

모두들 여차하면 나설 태세를 취하고 있었지만 얼굴에 나타난 표정은 제각각이었다.

샤에의 얼굴에는 애정 어린 감탄이, 앙통 할아버지의 얼굴에는 자랑스러움이 가득한 표정이 떠올랐다.

군더더기 없는 동작으로 칼을 칼집에 집어넣은 바르텔레미는 화가 난 듯했다.

"네가 아저씨 체면을 구기는구나. 앞으로 내가 하는 일에 참견할 생각은 일절 하지 마라!"

"아저씨야말로 제가 나서지 않게 해주세요."

나탕의 대꾸에는 망설임이나 두려움이 없었다. 아까 검이 부딪쳤던 것처럼 두 사람의 시선이 번쩍하고 부딪쳤다. 그들 사이에 살벌한 긴장이 흘렀다.

"저런 자들을 죽여봤자 쓸데없잖아요. 저깟 놈들은 우리에게 전혀 위험하지 않다고요."

나탕은 당황하지 않고 말했다. 바르텔레미의 초록빛 눈동자가 번득였다.

"네가 감히 나에게 이래라 저래라 하는 게냐?"

"그래서야 안 돼지. 하지만 이 경우에 한해서는 나탕 말이 옳다. 질 나쁜 놈들이지만 그들 또한 옹쥐의 희생양이야. 그러니 우리의 힘과 분노는 옹쥐에게 쏟아부을 수 있도록 아껴두어야 한다."

앙통 할아버지가 중간에 나서서 말했다. 할아버지의 힘 있는 말에 바르텔레미도 고개를 끄덕거렸다.

"가자. 우리에겐 할 일이 있다."

아저씨는 그렇게만 말했다.

3

사람들이 콩코르드 광장으로 길게 행렬을 이루며 걸어가고 있었다. 샤에가 그들을 손가락으로 가리켰다.

"저들은 눈보라에도 변하지 않았어. 네 아저씨가 또 지나치게 행동한 거야."

샤에는 나탕에게 지적했다. 나탕이 빙그레 웃었다.

"네가 바르텔레미 아저씨를 지나치다고 말할 수 있니?"

얼굴이 붉어진 샤에는 아무 말도 못했다.

거대한 공사 차량들이 눈을 없애지는 못하고 한쪽으로 밀어내며 광장을 정리했다. 군용 헬리콥터들은 잠시 눈이 그친 틈을 타서 광장 한복판에 착륙했다. 군인들은 헬리콥터에서 내린 어마어마한 양의 생필품을 가로세로 50미터는 되는 사각형 모양의 탁자 위에 늘어놓았다. 수백 명의 사람들이 배급을 기다리고 있었다. 전투복을 입은 군인들이 식량을 나누어주었다.

나탕은 그 광경을 촬영하는 카메라맨을 여럿 보았다. 부모가 줄을 서서 기다리는 동안 눈밭에서 뛰어노는 아이들도 있었다.

"생각했던 것만큼 총체적 난국은 아닌데요."

나탕이 바르텔레미에게 말했다. 아저씨는 어깨를 으쓱했다.

"오래가지 않을걸. 눈보라가 또 오거나 군대가 보급할 수 있는 물건이 떨어지면 분명히 굶는 사람이 생기고 아주 혼란스러운 상황이 될 거야. 이제 곧 둘 중 한 가지 경우는 발생할 거라고 보는 게 이치에 맞지. 어쩌면 두 가지가 한꺼번에 닥칠 수도 있고. 기적이 일어나지 않는 한 일주일 후에 파리는 썩은 고기를 탐하는 무리가 들끓는 묘지로 변할 거다."

나탕은 놀란 눈으로 아저씨를 쳐다보았다. 그는 아저씨의 말을 인정하지 않았다.

하지만 금세 현실을 받아들이기 시작했다. 그는 아저씨를 잘 몰랐다.

그렇게 다정했다가 순식간에 섬뜩하리만치 냉정한 모습을 보이는 사람을 어떻게 안다고 자신할 수 있겠는가. 파미유 일원을 위해 사람의 목을 치는 일도 서슴지 않고 자기 목숨도 내걸 수 있는 사람이었다. 서로에 대한 신뢰를 표현하는 동시에 극도로 비관적인 전망도 내비칠 수 있는 사람이었다.

그들은 콩코르드 광장에서 가브리엘 길로 나갔다.

극지방을 방불케 하는 날씨였다. 이따금 허벅지까지 눈에 빠지면서 걸어야 했고 옷은 다 젖어서 보호 기능을 상실했다.

샤에는 하마터면 변신할 뻔했지만 참았다. 눈표범이 된다면 추위도 거치적거리지 않을 것이고, 인간의 모습으로 이를 딱딱 부딪치는 것보다는 동료들에게 도움이 될 수 있었을 것이다.

하지만 동료 두 사람이 그런 모습을 곱게 보지 않을 것 같아서 참았을 뿐이다.

동료라.

킥킥대고 웃으려다 참았다. 바르텔레미와 앙통이 동료라니, 기껏해야 일시적인 동맹일 뿐인데.

특히 바르텔레미와는 절대로 한 편이 될 수 없었다.

레위니옹 섬에서는 살기 어린 광란에 휩싸여 이성을 잃을 뻔했었지만 지금은 그렇지 않았다. 하지만 바르텔레미라는 코지스트를 봐야 한다는 것은 여전히 견디기 힘들었다. 그자에 대한 감정은 미움뿐이었고 그쪽도 마찬가지였다.

앙통에 대해서는 의문이 쌓였다. 그는 말이 거의 없었고 고령에도 불구하고 불평 없이 걸어가고 있었다. 이제 사람과 사물을 바라보는 그의 눈빛에는 나탕을 제외한 코지스트들 특유의 거만함이 온데간데없었다.

샤에는 돌고래들과 인도양을 가르며 줄곧 느꼈던 따뜻하고 기분좋은 느낌을 기억하고 있었다. 동료들. 돌고래들은 정말로 그렇게 부를 수 있었다. 진정한 동료들이었다.

돌고래들은 옹쥐의 독을 풀어주고 샤에가 늘 목말라하던 평온을 주었다. 믿음을 담아 그녀의 눈을 열어주었다. 영원히 그들 곁에 머물고 싶은 마음을 돌린 것은 오직 나탕에 대한 사랑뿐이었다.

옹쥐와 싸우면서 앙통도 변할 수 있었던 것일까? 진짜로 사람이 바뀌었나? 그래, 그럴 수도 있다. 그런다고 앙통과 진짜 동료가 되는 것은 아니니 의심해서 나쁠 건 없었다.

당분간은.

"너희가 옹쥐를 마지막으로 보았던 그곳에 가면 그가 있을까?"

바르텔레미가 물었다. '너희'라는 말을 썼지만 분명히 나탕에게 묻는 말이었다. 그래서 대답도 나탕이 했다.

"거기 아니면 어디서부터 찾아야 할지 모르겠어요."

"너무 빈약한 추리인데."

"물론 그래요. 그렇지만 그럴싸한 근거가 몇 가지 있어요."

"말해보렴."

"옹쥐도 자알라브처럼 자력으로 다른 세상의 집에 들어가지는 못해요. 그런데 그가 파리에 엄청난 눈을 몰고 와서 교통이 마비됐잖아요. 그러니 멀리는 못 갔을 거계요. 그런데 굳이 자기 아파트를 두고 떠났을까요?"

바르텔레미는 바로 대답하지 않았다. 그는 단호한 얼굴로 정면을 똑바로 응시한 채 생각에 잠겼다.

"자알라브도 그 집에 들어갈 수 없는 것으로 되어 있었지. 하지만 결국 들어갔었다."

"맞아요, 배신자가 들여보내주었으니까요. 자알라브는……"

나탕이 아뿔싸 하며 입을 다물었다. 어쩌면 이렇게 어리석고 잔인한 말을 내뱉었을까? 물론 자알라브는 다른 세상의 집에 들어갔었다. 그럴 능력은 없었지만 배신자가 함께했다. 가문을 배신한 소녀가.

에놀라. 다름 아닌 바르텔레미의 딸이.

"죄…… 죄송해요."

나탕이 더듬대며 사과했다.

바르텔레미는 못 들은 체했다.

건물 현관문은 잠겨 있었다. 아주 두툼한 그 문짝은 힘으로 부수고 들어가기엔 어림없어 보였다. 강철판을 덧댄 잠금장치와 비밀번호 키가 함께 있었다.

바르텔레미가 건물의 외관을 살펴보았다. 벽을 타고 오르기에는 까다로운 건물인 데다 그들은 꼭대기 층까지 가야 했다.

"2층 창문으로 들어간 다음 안에서 내려와 문을 열어주마."

"제가 할 수 있어요."

나탕이 말했다.

"아니면 제가 할게요. 저라면 누굴 만난다 해도 쉽게 따돌릴 수 있을 거예요."

샤에도 거들었다. 어떻게 따돌리느냐에 대해서는 자세히 말하지 않아도 모두들 알아들었다.

"우리 넷이 모두 2층 창문으로 넘어가는 게 가장 현명한 방법 같구나. 시간을 벌 수 있을 게야."

앙통이 말했다.

"할아버지가 하실 수 있으시겠어요?"

나탕이 걱정스럽게 물었다. 앙통은 손자에게 그저 한쪽 눈만 찡긋해 보였다.

그들이 발코니까지 올라가는 데는 불과 몇 초밖에 걸리지 않았다. 창문을 어렵잖게 열고 하얀 커버를 씌운 가구들이 놓여 있는 넓은 아파트 안으로 들어갔다. 그런 후 층계로 통하는 문을 열고 나왔다.

바르텔레미가 앙통을 돌아보며 물었다.

"정말로 총을 드리지 않아도 돼요?"

"그래."

늙은 코지스트는 결연하게 대답했다. 그러고서 위층으로 올라가는 계단을 가리켰다.

"가자꾸나. 로트르의 하트가 우리를 기다린다."

4

바르텔레미는 꼭대기 층 계단참에 이르러 검을 뽑았다.

나탕도 따라서 검을 뽑았다. 처음으로 왜 자신이나 아저씨는 총을 가져오지 않았는지 의문이 들었다. 바르텔레미 아저씨는 마음만 먹으면 얼마든지 총을 소지할 수 있었다.

생 루이의 일로 아저씨가 얼마나 권총을 잘 다루는지 똑똑히 알았다. 그런 아저씨가 경찰의 검문에 걸릴까 봐 총을 두고 오지는 않았을 것이다.

아니, 그건 다른 문제다.

나탕이 내면 깊숙이 감지할 수 있는 문제였다.

파미유들의 오랜 원수 로트르는 옛 조상들이 그와 처음 대결했을 때 사용했던 수단으로만 싸울 수 있다. 나탕은 그런 느낌이 왔다.

또한 가마타 사부가 내린 마사무네에 그 어떤 현대적 기술로 만

들어낸 무기보다 더 큰 힘이 흐르고 있는 듯했다. 로트르의 힘과 맞
서기에 적합한 힘이.

바르텔레미가 문고리를 잡았다.

문이 열렸다.

집 안은 나탕과 샤에가 기억하는 모습 그대로였다. 붉은 육각 타
일이 깔린 좁은 현관, 인도산 벽걸이가 차지한 벽과 클라랑스 가뇽
의 작품이 차지한 다른 쪽 벽, 녹색 식물, 따뜻한 느낌의 세간, 한쪽
에 걸린 거대한 평면 텔레비전, 야수의 가죽으로 만든 소파 그리고
그 소파 위의……

"잘 오셨소, 친구들. 기다리고 있었지."

날씬한 몸에 완벽하게 어울리는 회색 양복, 선글라스, 갈색 곱슬
머리의 에밀리아노가 눈부시게 하얀 치아를 드러내며 매혹적인 미
소를 지었다.

에밀리아노.

옹쥐.

"네 명뿐인가? 그럼 이 일을 마무리하고서 그 라피 벤인지 뭔지
하는 자를 찾으러 가야겠군. 할 일이 참 많네. 유감이야."

"이 일이 마무리되면 당신은 아무 데도 못 가. 죽은 사람이 가긴
어딜 가."

나탕이 내뱉었다.

"정말 재치 있는 말인데! 그 말을 들으니 진짜로 어떻게 될지 궁
금해서라도 죽어보고 싶은데?"

그사이 바르텔레미는 격전을 벌이게 될 장소 탐색을 마쳤다. 그

는 이 공간의 크기를 가늠하고 가구와 문의 위치를 기억에 담았다. 준비는 끝났다. 바르텔레미가 한 발짝 앞으로 나섰다.

"이런, 이런, 대단하신 바르텔레미께서 싸울 마음이 드셨나? 이제 곧 그럴 마음이 싹 가실 텐데!"

옹쥐는 야유조로 말했다.

그는 샤에와 앙통에게 손짓했다. 잠깐이지만 건방지기 짝이 없는 손짓이었다. 힘이 꿈틀대는 신호, 같은 편에게 달려들어 싸우라는 절대적인 명령이었다.

샤에와 앙통은 꼼짝도 하지 않았다.

옹쥐는 눈살을 찌푸리며 순간적이지만 얼굴빛이 변했다. 그러나 금방 기세를 되찾았다.

"내가 몸속에 넣어준 독을 몰아냈군? 좋게 봐줄 수는 없지만 용쓴 건 인정하지. 앙통에겐 그 귀찮은 기드가 손을 쓴 것 같고 샤에에게서는 뭔가 유유히 움직이며 잡히지 않는 형체들이 보이는군. 어떻게 빠져나오셨을까? 샤에, 너에게 내가 가장 큰 기대를 걸었었는데, 일을 이렇게 망치다니!"

바르텔레미는 경계 태세로 옹쥐에게 검을 겨누며 한 발 더 나아갔다.

"진정하시죠! 우리가 서로 마음 맞을 만한 부분이 분명히 있을 테니."

"부질없이 사람 조종하려 들지 마."

나탕도 한 발 나서며 엄포를 놓았다.

"조종이라니? 제안을 하려는 거야. 아주 흥미로운 제안."

"네놈의 제안에는 흥미 없어!"

"정말 그럴까?"

바르텔레미와의 거리가 불과 3미터밖에 되지 않았는데 옹쥐는 선글라스를 벗었다. 완전히 새까만 눈의 시선이 나탕에게서 샤에에게로, 다시 바르텔레미에서 앙통에게로 옮겨 갔다가 다시 나탕에게로 돌아왔다.

"어떨까?"

나탕은 대꾸하지 않았다. 머릿속에서 튀어나온 장면이 눈앞의 현실을 가로막았다. 자기 눈을 믿을 수 없었다.

첩첩산중으로 산장 한 채가 엄청난 눈에 파묻혀 있었다. 산장 안에서 난롯불이 아늑한 온기를 전해주었다. 길고 너른 침대에 샤에가 누워 있었다. 거부할 수 없었다. 그녀가 나탕에게 팔을 벌리며 금방이라도 안길 듯했다. 그의 애무, 그의 입술, 그의 손길을 애원하고 있었다.

나탕은 초인적인 의지로 고개를 돌렸다. 그에게 주어진 것은 샤에가 아니라 채워지지 않은 욕망이 빚어낸 환상이었다. 나탕이 아는 진짜 샤에와는 거리가 먼 환상. 그는 샤에의 장단점과 욕망, 두려움을 잘 알았다. 어쩌면 영원히 손댈 수 없겠지만 그래도 그가 사랑하는 진짜 샤에를 알고 있었다.

산장은 사라졌다. 검은 눈으로 흥미진진하게 그를 바라보고 있는 옹쥐만 보였다.

"아니. 네가 보여준 사랑에는 관심없는데."

나탕은 마사무네를 더 세게 움켜쥐며 호기롭게 외쳤다.

그 옆에서 바르텔레미가 몸을 떨었다.

그는 순식간에 세상을 내려다보는 테라스에 서 있었다. 에놀라가 곁에 서서 미소를 짓고 있었다. 딸의 어깨를 다정하게 쓰다듬으면서 바르텔레미는 그들이 함께 세운 계획, 그들에게 펼쳐질 미래를 떠올렸지만 마음을 가다듬고 분노를 끌어내자 그 광경이 산산이 흩어졌다. 아무도 그를 조종할 권리는 없다.

두 사람 뒤에서 샤에는 으르렁대며 표범으로 변했다. 옹쥐가 뻗는 유혹의 마수에서 피할 수 있는 유일한 방법이었다. 평화로운 마을의 작은 집, 부모님이 그녀의 곁에 있고 나탕이 있다. 그리고 그 집에서 가까운 한 언덕에서 바르텔레미가 분에 못 이겨 바위를 손톱으로 긁어내리며 그녀의 행복을 죽도록 시기한다.

문간에 서 있던 앙통이 짧게 소리내 웃었다.

"내가 너무 늙어서 네놈의 수작질이 와 닿지 않는구나. 나를 유혹하려면 네놈을 저승으로 돌려보내는 상상밖에 안 통할 게야."

"노망난 늙은이, 그건 당신 생각이지. 나는……"

바르텔레미가 공격에 나섰다.

그는 번개처럼 빠르게 옹쥐와의 거리를 좁히고 검을 휘둘렀지만, 허공을 가를 뿐이었다.

옹쥐는 믿기지 않는 속도로 일어나 안전한 곳으로 튀었다. 모두가 그런 그를 쏘아보고 있는데 옹쥐의 몸이 변했다.

날씬한 실루엣이 고대의 전사처럼 떡 벌어지면서 그는 거무튀튀한 피부의 거인이 되었다. 완벽한 신체 비율의 근육질 몸집에서 살인기계 같은 위협적인 기운이 풍겼다. 그는 한 점 그늘 없는 미소를 띠고 넓적한 양날 검을 종잇장처럼 가볍게 다루었다.

패배를 모르는 사람의 미소였다.

바르텔레미와 나탕은 각각 왼쪽과 오른쪽에서 공격에 들어갔다. 그들의 몸놀림은 딱딱 맞아떨어졌다. 그들이 검을 휘두를 때 표범의 힘찬 몸집이 그 사이로 날아올랐다. 표범은 옹쥐의 어깨를 잡고 발톱으로 할퀸 뒤 그의 뒤쪽으로 넘어가 등을 쨌다.

옹쥐는 돌아서려고 했지만 일본도 두 자루가 그의 복부에 흉측한 상처를 남겼다. 나탕과 바르텔레미는 다시 검을 치켜들었다. 두 자루의 검은 각각 한쪽 팔을 베고 옹쥐의 목에서 교차했다. 그동안에도 표범의 날카로운 송곳니는 뒤에서 목덜미를 물어뜯고 있었다.

옹쥐가 무릎을 꿇고 주저앉았다.

바르텔레미의 검은 마지막으로 허공을 갈랐다.

로트르의 하트였던 자의 목 없는 시체가 쓰러졌다. 떨어져 나간 머리통이 벽까지 데굴데굴 굴러갔다. 타닥 하고 튀는 소리가 나면서 구역질 나는 연기가 일어났다. 시신의 나머지 부분이 갑자기 흔적조차 없이 사라졌다.

"끝났어."

나탕이 중얼거렸다.

그때, 뒤에서 들려온 조소 어린 목소리에 모두가 소스라쳤다.

"끝나다니? 정말 그렇게 생각해?"

5

옹쥐가 그들 앞에 전사의 모습 대신 자신이 특히 좋아하는 모습으로 서 있었다.

에밀리아노의 모습으로.

그는 미소를 지었다. 다정하다고 해도 좋을 만한 미소였다.

"딱한 친구들, 자네들은 정말 예상하기가 쉬워. 시시한 검으로 비장하게 몇 번 베면 나를 제거할 수 있을 줄 알았나? 정말로 그렇게 생각했던 거야?"

바르텔레미가 분한 마음에 화를 냈다. 그는 호랑이처럼 날렵하게 튀어 나가 옹쥐에게 검을 휘둘렀다. 옹쥐의 몸은 실체가 없는 것처럼 강철의 칼날도 통과했다.

"미안해서 어째!"

바르텔레미가 다시 검을 휘둘렀다.

검에는 걸리는 것조차 없었다.

옹쥐는 폭소를 터뜨리며 바르텔레미의 이마에 손을 얹었다. 바르텔레미는 고압선에 닿은 듯 대번에 뒤로 팅겨나갔다.

바르텔레미는 반쯤 정신이 나갔지만 불굴의 의지로 몸을 일으켰다.

나탕이 공격에 들어갔다. 정확히 바로 그 순간, 샤에도 옹쥐에게 달려들었다.

마사무네가 옹쥐의 몸을 꿰뚫었지만 아무런 상처도 남기지 못했다. 표범은 반대쪽에서 상대를 할퀴었지만 역시 흠집 하나 입힐 수 없었다. 나탕은 눈을 찡그렸다.

옹쥐의 실루엣은 이제 현실과 조화되지 못했다. 검에 베인 후로 생명의 일부가 완전히 변질된 듯 옹쥐의 몸은 투명하게 보였다.

"잘 봤어, 이 친구야. 너희들의 검이 완전히 소용없었던 건 아냐. 그렇다고 그 검이 계속 쓸모가 있을 거라고는 바라지 마. 난 이 세상에 썩어 없어질 몇 점 살덩이로 존재하는 게 아니라 그보다 한층 탄탄하게 매여 있거든. 아무리 날카롭게 벼린 칼이라 해도 그 고리를 끊을 순 없지."

"마음의 끈이다!"

나탕이 지금 막 차분한 음성으로 이 말을 내뱉은 할아버지를 돌아보았다. 옹쥐가 다시 웃음을 터뜨렸다.

"마음의 끈이라? 노망난 늙은이, 아니라고 할 수야 없지. 나는 로트르의 하트, 곧 심장이니 이 세상에 나를 묶어주는 끈을 그처럼 가당찮게 부를 수 있을지도."

"인간관계 따위를 두고 하는 말이 아니다. 네가 주장하는 것보다 훨씬 연약한 끈, 너를 너의 마지막 버팀목들과 이어주는 끈 얘기지.”

앙통이 반박했다.

“버팀목이라니?”

옹쥐가 야유하듯 반문했다.

“그래, 네 개의 버팀목. 바로 우리들.”

“저런, 저런……”

“너는 네가 조종하는 사람들에게서 힘을 끌어내지. 그들에게 독을 퍼뜨려서 너 자신의 불멸을 얻는 거야. 상대적인 불멸이라고 해야겠지. 네 목숨을 보전할 속셈뿐 아니라 너 자신을 버리기 위해서 존재할 권리를 부정해버리면 그걸로 끝이니까.”

“말은 좋은데!”

“그래, 말이야, 옹쥐. 네가 사람들의 마음을 어지럽히기 위해 써먹는 말이 그들의 마음을 치료하기도 해. 말에는 엄청난 힘이 있지. 폭풍을 다스리는 자여, 네가 누구보다 잘 알 것이다. 너는 사람들을 타락시키기 위해 말을 썼지. 내가 우리 파미유를 휘어잡기 위해 오랫동안 말에 의존했던 것처럼. 그런데 최근에 어느 베르베르인 친구가 다른 말로 나를 너의 독에서 해방시키고 눈을 열어줬다. 말이란 그런 것이야!”

늙은 코지스트는 적에게 신경도 쓰지 않고 여전히 표범의 모습을 하고 있는 샤에게 다가갔다.

그가 샤에 앞에 무릎을 꿇었다.

“애야, 비록 네게 말을 하고 있지만 이는 또한 너를 통해 네 조상들에게 말하는 것이기도 하다. 너에게 용서를 구한다. 겸손한 마음으로. 나의 파미유가 너의 파미유에게 입힌 고통에 대해서, 눈멀고 거만했던 나의 태도에 대해서, 피 흘림과 아이들의 눈물과 빛을 잃은 태양에 대해서. 다시는 그런 잘못을 저지르지 않겠다. 그 죄를 어찌 다 갚을 수 있겠니. 샤에, 너에게 용서를 빈다. 그리고 약속한다. 만약 너의 삶과 나탕의 삶이 하나가 된다면 나는 행복한 마음으로 너를 친손녀처럼 여길 것이다. 기뻐하고 자랑스러워할 게야.”

앙통 앞의 공기가 심상찮게 흔들렸다.

표범이 있던 자리에 샤에가 나타났다. 그녀는 얼굴을 가리는 검은 머리채를 뒤로 넘기고 검은 눈동자로 노인의 에메랄드빛 눈을 들여다보았다.

“저…… 저는……”

아무런 준비도 안 된 상태에서 용서해달라는 말을 듣자 심란해진 샤에는 아무런 말도 할 수 없었다. 외톨이로 저주받은 시절, 의심과 고통의 시절에 그랬던 것처럼 상대의 말이 와 닿지 않았다.

앙통은 샤에를 부축해 일으키고는 손을 잡았다. 샤에는 떨리지 않았다.

“샤에, 말할 필요 없다. 네 눈을 통해 다 읽었으니까. 알아두렴, 우리에게 어떤 미래가 기다리고 있든 너는 나에게 기대도 좋아. 이제는 내가 있으니까.”

앙통은 진솔한 마음을 담아 짧게 말했다. 단순한 언어 이상의 말이 회오리처럼 불어와 상처를 깨끗이 씻어주었다. 샤에는 그 순간 한 치의 거짓도 없는 앙통의 진심을 보았다. 더 이상 아무 말 없이 있을 수 없었다.

"고맙습니다…… 할아버지."

샤에가 조그맣게 속삭였다.

앙통은 손자를 돌아보았다. 나탕도 살짝 떨고 있었다.

"나탕, 너에게도 마찬가지다. 진심으로 사과한다. 너무 모질고, 깐깐하고, 몰라도 너무 모르는 할아비였지. 과거의 모습을 흘려보내지는 못해. 완전히 다시 태어날 수는 없는 법이지. 너에게 거짓말은 하지 않겠다. 나는 네 아비가 그리웠고 네 어미가 그리웠다. 영영 볼 수 없는 그 두 사람에 대한 책임은 내가 평생 지고 살아야겠지. 그래도 알아다오. 이제 네가 이 할아비를 필요로 한다면 네 곁에 있어주는 것이 내 삶의 이유가 될 거다."

나탕은 목이 꽉 메는 동시에 마음속에 평화가 깃드는 것을 느꼈다. 나탕은 입을 열어 할아버지에게 고맙다는 말을 하려고 했다. 할아버지와 포옹하려고 한 걸음 나아가려는 찰나, 옹쥐의 째질 듯한 웃음소리에 말문이 막혀 그 자리에서 굳어버렸다.

"이렇게 감동적일 데가! 암살과 모략에 평생을 바친 코지스트에게서 이런 말을 듣다니!"

옹쥐의 신랄하고 노골적인 말은 앙통의 고백이 그들 주위에 단단히 형성한 막에 부딪쳐 튕겨 나갔다. 하지만 나탕은 그 막의 약점도 알아차렸다. 게다가 이미 그 막이 갈라지기 시작하는 느낌이었다.

감히 고백할 수는 없었지만 사랑이 로트르를 저지할 수 있을지 의심스러웠다.

그때 샤에가 앞으로 나섰다.

6

샤에는 지금껏 이렇게 강함과 약함, 확신과 의심이 뒤죽박죽으로 섞인 적이 없었다. 그녀는 제정신이 아니었다.

심장은 모순적인 감정들로 혼란에 빠졌다. 그런 와중에 이성을 찾으려고 헛되이 애쓰는 중이었다. 앙통의 말과 그 뒤에 이어진 행동이 이 엄청난 혼란을 일으켰다. 앞으로 나아가려면 여기서 빠져나가야 했다. 기어이 어둠을 뚫고 나아가야 했다. 그래야 살 수 있다.

보이지 않는 울음이 그녀를 뒤흔들었다. 자신이 설 자리를 찾을 수 없었다. 결심을 할 수도 없었다. 과거를 훌훌 털고 앞으로 발을 내디뎌야 하는데. 그러다 문득, 눈물을 속으로 꾹꾹 참느라 숨이 막힐 것 같은 순간에 길이 뚫렸다.

그리고 깨달았다. 용서를 구하거나 내리는 힘을. 무익한 후회가 자유를 가로막는다는 것을. 희망이 얼마나 강력한가를.

샤에는 주저하며 바르텔레미에게 한 걸음 다가갔다. 그리고 떨리는 목소리로 말했다.

"에놀라의 일은 죄송해요. 그럴 수밖에 없었다는 말이 사과가 되진 않겠지요. 그 애를 죽이면서 저는 아저씨의 한 부분도 죽였지만 또한 저 자신의 한 부분도 죽였던 거예요. 영원히 아쉬워할 한 부분을요. 죽음은 무를 수 없는 일, 제가 그럴 수밖에 없었던 이유들은 별로 중요하지 않아요. 남을 죽이든, 내가 죽든, 아니면 죽음을 받아들이든 그건 실패죠. 어떻게 되든 다 실패한 거예요. 아저씨께 용서를 빌어요."

그녀는 고개를 푹 숙이고 바르텔레미의 젖은 눈을 보지 않았다. 바르텔레미의 마음속에서 둑이 터졌다. 오랜 세월 절대로 터지지 않을 거라고 믿었던 둑이 무너졌다.

무너진 둑 뒤에 새로운 길이 보였다. 그 길로 가고 싶지만 두렵기도 했다. 일단 그 길에 발을 들이면 어쩔 수 없이 끌려가 절대로 되돌아올 수 없을 터였다. 그 한 발짝을 내딛지 못했다. 생각을 말로 표현할 수 없었기 때문이다.

말, 여전히 말이 필요했다.

"미안하다. 앙통 아저씨처럼, 너처럼 말할 수 없구나. 나는…… 내가 느끼는 감정을 말로 표현할 수 없구나."

바르텔레미는 긴장했다. 샤에도 입을 열 힘을 냈는데 그가 정말로 침묵할 수 있을까?

"아니다! 그래도 해야 해. 나는…… 그 끔찍한 일을 두고 한없이 슬프다. 그 일에 내가 가장 큰 책임을 느끼지. 부끄럽단다. 얼마나 죽도록 부끄러운지 모른다. 그리고 정말 믿을 수 없는 감정은 우리 모두가……”

그는 잠시 심호흡을 했다가 말을 이었다.

“내가 네 부모를 죽였다. 너는 내 딸을 죽였고. 넌 우리가 정말……”

말문이 막혔다. 더는 말을 꺼낼 수 없었다.

샤에는 잠시 바르텔레미를 유심히 살피다가 그가 차마 맺지 못했던 질문에 대답했다. 그 질문은 샤에 자신의 의문에 대한 소리 없는 메아리와도 같았다.

“그래요, 우리는 할 수 있어요.”

샤에의 말에 경멸 섞인 박수소리가 이어졌다.

“애석하여라! 너희 하는 꼬락서니가 지금 얼마나 볼썽사나운지 알아?”

묘하게도 옹쥐의 말은 확신이 없었다. 나탕은 옹쥐가 여전히 투명하게 변해가는 모습을 보면서 그다지 놀라지 않았다. 옹쥐는 무너지고 있었다. 마치……

나탕은 불현듯 깨달았다. 지노가 마지막으로 했던 말이 뚜렷이 떠올랐다.

‘자알라브는 포스였기에 힘으로 패망했죠. 옹쥐도 심장을 통해서만 꺾을 수 있어요.’

그들은 옹쥐의 육체적 껍데기를 죽일 수 있었지만 옹쥐의 정신은 그의 희생양이 되었던 이들의 마음에 뻗은 잔가지들을 통해 여전히 남아 있었다. 앙통, 바르텔레미, 샤에가 털어내려 애쓰는 마음에 그 잔가지들이 뻗어 있었던 것이다!

나탕은 갑자기 자신에겐 아무것도 없다는 생각이 들었다. 자칫 오만하게도 자신에겐 용서를 구할 일이 없다고 생각했던 것이다. 그는 자신의 마음에 채찍질을 했다. 마음을 연다는 것이 꼭 누구에게 용서를 구한다는 뜻이겠는가. 그보다 훨씬 간단한 일일 수도 있었다.

"나도 할 말이 있어!" 나탕은 크고 분명한 소리로 외쳤다. "나는 여기 있는 사람들을 있는 그대로, 장점과 단점 모두를 그대로 보고 있어요. 있는 그대로의 모습을 알고, 그런 여러분을 좋아해요."

그 방에서 나탕이 신 나서 외치듯 고백하는 말은 상당히 엉뚱하게 들렸다. 같은 편조차 깜짝 놀란 얼굴로 그를 쳐다보았고 웅쥐는 멸시하듯 쏘아보았다. 나탕은 당황하지 않았다.

"우리는 모두 가슴 아프고, 말도 안 되고, 잔혹한 순간들을 겪었죠. 그런 순간들이 우리 마음에 의심을 심고, 우리를 짓누르고, 눈물을 흘리거나 누군가를 미워하게 했어요. 그 순간들은 참담했지만 정말 중요한 것을 빼앗아가진 못하죠. 나는 여러분을 있는 그대로 보고, 있는 그대로 사랑해요. 앙통 할아버지, 한때는 우리가 마음이 맞지 않았지만 할아버지는 그래도 내 할아버지이고 앞으로도 영원히 그럴 거예요. 바르텔레미 아저씨, 아저씨도 마찬가지예요. 아저씨가 우리를 구해주었기 때문에, 아저씨는 정직한 분이기 때문에, 우리 아빠가 아저씨를 믿고 저에게 아저씨 집으로 가라고 했기 때문에 그래요."

나탕은 샤에를 바라보았다.

"그리고 샤에, 너는…… 나는 늘 너를 좋아했고 지금도 좋아해. 처음 만나기 전부터도 난 너를 좋아했어."

옹쥐는 괴로움과 분노가 섞인 신음소리를 내며 으르렁댔다. 그의
형체를 이루는 윤곽선이 흔들리는가 싶었지만 놈도 엄청난 정신력
을 쏟아부었는지 다시 제자리를 찾았다. 이제 옹쥐는 사악한 존재
라기보다는 허깨비에 더 가까워 보였다. 그렇지만 옹쥐가 다시 입
을 열었을 때 그 거만한 목소리는 조금도 누그러지지 않았다.

"그게 다인가? 안됐군, 그 정도론 어림없을 거야. 나의 일부는 영
원히 너희 안에 있을 거라고. 너희의 그 애절한 사랑에도. 지금은
모르겠지만 어느 날 나의 한 부분이 지배권을 쥐고 말걸. 내가 약해
졌다고 생각하나? 잘 들어! 샤에, 내 말을 잘 들어!"

네 사람의 눈이 옹쥐에게 쏠렸다. 옹쥐는 자신의 승리를 확신한
다는 듯이 자신만만하게 말을 이었다.

"너는 바르텔레미와 앙통과 화해했지. 그리고 나탕은 너를 좋아
해. 그래서 행복해? 샤에, 나에게 말해봐. 내 품에서 느꼈던 벅찬
마음이 정말로 그립지 않을까? 우리가 입을 맞추었을 때, 내 손이
네 몸의 곡선과 비밀스러운 부분을 어루만졌을 때, 너도 그때를 기
억하지? 너에게 키스하는 내 입술과 너를 쓰다듬던 내 손길을 기억
할 테지? 나탕도 알아? 나탕은 영원히 알 수 없을 네 몸을 나는 훨
씬 더 잘 알고 있지. 설마 잊었다고는 말 못 하겠지?"

샤에는 눈을 내리깔았다. 긴 머리채가 늘어져 얼굴을 가렸다. 그
녀는 나지막하게 대답했다.

"아니, 난 아무것도 잊지 않았어."

7

나탕은 얼음 비수가 심장에 박히는 기분이었다. 앙통과 바르텔레미는 부르르 떨었고 옹쥐의 실루엣은 다시 또렷해졌다.

"절대로 나를 완전히 떨쳐버리지 못해. 왜 그런지 알아?"

옹쥐는 짐짓 다정한 체하며 물었다. 그러고는 대답을 기다리지 않고 덧붙였다.

"내가 곧 너희요, 너희가 곧 나이기 때문이지. 나는 너희 마음에 감춰진 부분에 숨어 사는 어두운 부분, 너희의 살의, 질투, 배신이거든. 너희가 서로 배신하고 거짓말하고 속이게 만드는 사악한 충동이란 말이야. 나는 너희고 너희는 나야."

나탕은 더 이상 그의 말을 듣고 있지 않았다.

악몽에 어김없이 나타나던 이미지, 모두 떨쳐냈다고 생각했던 환영이 태풍처럼 거세게 밀려왔다.

샤에가 에밀리아노에게 몸을 맡긴 채 키스를 하고 포옹을 한
다…… 날씬하고 섬세한 몸이 에밀리아노가 원하는 대로…… 그녀
가 눈을 가늘게 뜨고 검은 머리를 마구 풀어헤친 채 신음소리를 낸
다. 가무잡잡한 살갗이 땀으로 빛난다……

나탕은 몸부림쳤다.

그 모습 하나하나에 맞서서, 마음속에서 솟아나 그를 미치게 하
는 끔찍한 괴로움에 맞서서.

무서운 질투와, 원한과, 포기하고 싶은 마음과 맞서 싸웠다.

옹쥐의 독에 맞섰다.

샤에를 계속 사랑하기 위해 싸웠다.

샤에를 사랑한다.

이렇게 사랑할 수 있을 거라고는 상상도 못했을 만큼.

그 사랑이 너무나 강하고 절대적이었기에 옹쥐의 독은 미세한 입
자로 분해되어 희망의 바람에 날아가버렸다.

나탕은 샤에를 향해 고개를 돌렸다.

그녀는 미동조차 하지 않고 나탕을 바라보며 그의 반응을 기다리
고 있었다. 계속 싸우기 위해서였다. 나탕을 전적으로 믿고 있었지

만 만약 나탕이 그녀를 버린다면 죽을 작정이었다.

나탕은 기대를 저버리지 않았다.

"사랑해."

그 말은 희미한 속삭임이었다. 샤에는 겨우 숨을 다시 쉬기 시작했다.

믿을 수 없는 힘이 솟아 나왔다. 산을 뒤엎고, 오랜 악령들을 무찌르고, 새로운 악령마저 막아낼 수 있는 힘이었다.

예상을 완전히 깨고 샤에가 깔깔깔 웃음을 터뜨렸다.

"옹쥐! 넌 아무도 농락할 수 없을걸."

샤에가 한 발 앞으로 나갔다. 자기 말을 귀담아들으라는 듯이. 그를 조금도 두려워하지 않는다는 것을 보여주겠다는 듯이.

"가엾은 옹쥐, 너는 내게서 몸뚱이밖에 보지 못했지. 감히 아니라고 말할 텐가? 내가 좋아하는 사람에게 네가 보여줄 수 있는 건 부질없는 환영뿐이지. 옹쥐, 너는 단 한 번도 내 영혼에, 혹은 내 마음에 다가오지 못했어. 눈곱만큼도 다가오지 못했다고. 네가 나에게 무슨 자취를 남겼다고 떠드는 거야? 네가 날 가졌다고? 네가 날 만족시켰다고?"

샤에는 옹쥐를 깔보는 시선으로 쏘아보았다.

"잘난 척하기는! 추잡한 욕정에 나를 끌어들이려고 거짓말을 할 수밖에 없었던 변태 주제에! 네 환상조차도 훔쳐온 거잖아!"

샤에가 한 마디 한 마디 쏘아붙일 때마다 옹쥐는 파르르 떨었다. 검에 베였을 때보다 더 심한 충격을 받는 것 같았다.

샤에의 말은 아직 끝나지 않았다.

"너에게 고마워해야겠어. 너는 맹인인 척했지만 네 눈이 정말로 멀었다는 건 몰랐구나. 나의 가장 멋진 꿈보다 더 좋은 선물을 네가 줬지 뭐야. 딱하군, 넌 인간의 감정을 정말 너무 몰라. 나는 나탕을 사랑해. 세상 그 무엇보다 사랑하고 있어. 나탕에게도 여러 번 말했었지. 그런데 오늘 네 덕분에 그 사랑을 증명해 보일 수 있게 됐어."

샤에는 그녀를 뚫어져라 보고 있던 나탕에게 다가갔다.

그녀는 나탕의 눈을 들여다보며 서서히, 아주 서서히 손을 뻗어 그의 목덜미를 쓸었다. 나탕은 그런 그녀를 끌어안고 처음으로 그 보드라운 살갗을 느꼈다. 그들은 서로 몸의 온기를 느끼며 힘차게 부둥켜안았다. 그리고 두 사람은 천천히 입을 맞추었다.

다정하지만 정열적인 키스, 부드러우면서도 격렬한 키스, 끝없는 키스.

영원히 함께하자는 약속처럼 두 사람의 미래에 보내는 키스.

두 사람의 입술이 떨어지는 순간, 샤에의 얼굴이 달라져 있었다.

그녀가 옹쥐를 돌아보았다.

"네가 죽으면 어떤 지옥에 떨어질지는 모르지만 네가 나에게 선물한 이 행복은 잊지 마."

그녀는 폭풍을 다스리는 자의 투명한 윤곽을 마지막으로 보았다.

"옹쥐, 고마워. 진심으로."

그녀는 그렇게 말하고 완전히 등을 돌렸다. 그러고는 나탕에게 찰싹 몸을 붙였다. 그토록 현실이 되기를 꿈꾸었던 일이었건만 이제 두 사람의 입술이 언제 그랬냐는 듯 자연스럽게 서로를 찾고 있었다. 입맞춤은 바다가 되었고 두 사람은 그 바다에 빠졌다.

아주 푹 빠져버렸다.

그들에겐 옹쥐의 소리 없는 부르짖음도 들리지 않았고 옹쥐가 허공에서 사라지는 모습도 보이지 않았다. 발끝을 들어 살금살금 자리를 피하는 앙통 할아버지와 바르텔레미 아저씨도 보이지 않았다.

바깥에서 환한 햇살이 파리를 비추었다.

눈이 녹기 시작했다.

"차를 조금 더 줄까요?"

라피는 대답을 듣지도 않고 찻주전자를 높이 들어 손님들의 찻잔에 뜨거운 음료를 따랐다. 모두들 큼직한 문양의 양탄자에 가부좌를 틀고 둘러앉아 지노가 맛있게 만든 치킨 커리를 먹고 난 참이었다.

"저는 베르베르 음식을 진짜 좋아해요. 그런데 라피는 지난주까지 마살레, 콤바바, 부카네가 뭔지도 몰랐다는 거예요. 이 음식에 대한 무지를 타파하는 게 급선무였다니까요!"

지노가 말했다.

나탕과 샤에는 오전 중에 앙통, 바르텔레미와 함께 위르자트에

도착했다.

옹쥐를 물리치고 나서도 파리에 남아 있는 임들을 쫓아내는 데 꼬박 엿새가 걸렸다. 이 작고 검은 기묘한 원숭이들을 둘러싸고 별의별 소문이 나돌았다. 이놈들이 얼마나 사나운지 소문이 자자했고, 이놈들을 죽이면 사라져버린다는 믿기지 않는 루머도 돌았다.

앙통과 바르텔레미는 언론이 섣불리 달려들어 공포감을 조성하기 전에 이 문제를 해결하기로 마음먹었다. 눈은 서서히 녹았다. 이제 곧 평상시와 다름 없는 생활 리듬이 돌아올 것이다. 그러니 하루라도 빨리, 어쩌면 촌각을 다투어 해결해야 할 문제였다. 긴급한 조치가 필요했다.

바르텔레미, 나탕, 샤에는 첨단 장비를 갖춘 코지스트 대원들을 대동하고 임 사냥에 나섰다. 그리고 수색 작업 중 크락스의 자취를 발견했다. 최근에 지나간 흔적이었다. 레위니옹 섬에서 샤에가 해치웠던 놈이었으면 싶었지만, 흔적이 오래되지 않은 것으로 보아 그런 것 같진 않았다.

바르텔레미와 간단한 상의를 한 후에 크락스를 없애는 일을 급선무로 삼았다. 크락스는 지능까지 갖춘 놈이다. 로트르에게 충성을 바친다는 점도 그렇지만 사납고 재생 능력까지 뛰어나기 때문에 누구든 놈을 맞닥뜨렸다가는 살아남지 못할 터였다.

샤에는 표범의 모습으로 처음에는 파리를, 나중에는 남쪽 지방까지 내려가면서 크락스의 흔적을 추적했다. 그녀는 엄격한 지령을 받았다. 절대로 크락스와 맞서 싸우지 말 것, 위치만 파악해서 크락스를 담당할 특공대 대장에게 알릴 것.

크락스는 고속도로를 따라 매우 빠른 속도로 내려갔다. 샤에는
두 시간이면 따라잡을 수 있는 거리를 두고 크락스를 쫓았다. 그 후
크락스는 방향을 바꾸어 퐁텐블로 숲으로 들어갔다. 샤에는 그 숲
에서 결판을 짓게 될 거라고 생각했다. 하지만 그건 착각이었다.

크락스의 발자국은 밀리에서 멀지 않은 지방 도로에서 뚝 끊겼
다. 나탕과 바르텔레미는 현장에 도착해 확인해보고 처음에는 크락
스가 자기 세계로 돌아간 줄 알았다. 하지만 샤에가 크락스의 자취
가 사라진 바로 그 자리에 쌓인 눈과 타이어 자국을 보여주었다.

"트럭이 여기 멈췄다가 크락스를 싣고 간 거야. 싸움이 벌어진 흔
적도 없고. 이건 트럭 운전수와 크락스가 서로 아는 사이라는 뜻이
지. 그들은 만나서 합류하고 지체 없이 떠난 거야."

샤에의 추리였다.

"어느 쪽으로?"

샤에는 남쪽을 가리켰지만 이내 어깨를 으쓱했다.

"아마 이쪽 같아. 확실하게 단정하기는 힘들어. 이제 도로의 눈이
많이 녹아서 바퀴 자국을 보고 추적할 수가 없어."

그들은 실망과 불안을 안고 파리로 돌아갔다.

텔레비전 뉴스를 보니 다시 웃을 수 있었다. 세계 곳곳에서 상황
이 급격히 좋아지고 있었던 것이다. 남부 유럽에 퍼붓던 비도 그쳤
고 집중호우로 불어난 강물은 비록 수위가 높은 상태지만 더 이상
집과 주민을 덮치지 않았다.

브라질 연구 팀은 아메리카 대륙을 휩쓰는 콜레라 비브리오균에
효과적인 약을 개발해냈다. 전염병은 이제 서서히 진압되고 있는 중

이었다. 이탈리아에서 발생한 급성 뇌막염도 사정은 마찬가지였다. 바이러스가 사람에게 무해한 것으로 돌연변이를 일으킨 것이다.

몇 주 전부터 아시아 동부에 쉬지 않고 몰아쳤던 태풍도 가라앉았고 남태평양의 화산활동도 차차 잦아들었다.

"그게 다가 아니에요. 레위니옹 섬에서 아프리카 동부 해안 지역으로 퍼졌던 악도 없어졌어요."

"없어지다니, 어떻게?"

지노가 놀라 물었다.

"옹쥐의 죽음과 분명 관계가 있는 것 같지만 의사들은 그런 내막은 모르지. 그들은 다만 그 병에 걸렸던 사람들이 이제 아무런 증상도 보이지 않는다고 확인했어. 하지만 그 수수께끼를 해명하지는 못하고 이런저런 추측만 내놓고 있지. 악이 그렇게 많은 희생자를 배출하지만 않았어도 재미있는 해프닝 정도로 생각할 수 있으련만."

"파리 시민들은?"

이 물음에는 바르텔레미가 대답했다.

"눈에 파묻혔던 대도시의 대부분이 그렇듯이 파리도 모든 것이 제자리로 돌아왔다. 사회학자들이 잔뜩 달려들어 그동안 있었던 사건, 일부 시민들의 퇴행적인 행동, 자연재해가 집단 무의식에 미치는 결과 등을 분석했지. 정치인들은 정치인들대로 누구에게 책임을 물어야 하는지 밝힌다고 입씨름 중이고. 기후학자, 기온분석가, 지

구과학자들은 드디어 세상이 이상기후에 경각심을 갖고 그들의 이야기에 귀를 기울인다고 기뻐하고 있지. '검은 눈송이 숭배단'이나 '해방의 얼음 추종자' 같은 수상한 단체들이 나타났다는 점도 잊으면 안 돼. 그래도 전체적으로는 다 잘 풀렸어. 회사들은 대부분 다시 돌아가고, 지하철도 운행하고, 자동차나 기차도 다닐 수 있지. 시민들은 다시 자기 할 일을 하게 됐고. 아무 일도 없었던 것처럼 말이야."

"코지스트들은 어떤 입장입니까?"

라피가 물었다.

나탕은 며칠 전까지만 해도 그렇게 코지스트들을 경계하던 라피가 그처럼 스스럼없이 묻는 모습에 슬며시 웃음 지었다. 코지스트들이 라피를 쫓아내려고 할 수도 있었고 여차하면 암살도 주저하지 않았을 테니, 라피가 조심했던 것도 당연하다.

앙통 할아버지도 똑같은 생각을 했던 모양이다. 입꼬리를 끌어올리며 손자의 미소와 똑같은 미소를 지었으니까.

"파미유의 여러 지부들이 각자 자기들이 사는 나라에서 최대한 신속하게 대책을 세우고 있소. 모두 최근에 일어난 사건에 대해 알게 됐고 이제 우리의 상대가 누구인지도 똑똑히 파악하고 있지요. 내일은 적의 약점을 알아내기 위해 한자리에 모이기로 했소."

"에크테르 말인가요?"

나탕이 물었다.

"그래, 에크테르, 로트르의 소울. 로트르의 가장 위험한 부분이기도 하지. 우리 정보통에 따르면 에크테르가 남아메리카에서 손을 쓰기 시작한 것 같다만 나는……"

"할아버지는 우리에게 에크테르에 대한 정보를 주지 않으셨어요."

나탕이 할아버지의 말을 가로막으며 말했다.

"그럴 틈이 없었잖니."

"에크테르가 정말로 로트르의 가장 위험한 부분이라면 왜 진즉에 등장하지 않았을까요?"

샤에가 끼어들었다.

"그는 모습을 드러냈어. 하지만 그가 짜고 있는 음모는 옹쥐의 술책보다 더 교묘하지. 너희가 크락스를 추적하는 동안 나는 내 집에 소장한 옛날 자료들을 연구해보았단다. 그 자료에서 알아낸 사항과 우리가 얼마 전까지 겪었던 일을 비교해보았지. 로트르는 애당초 3대 요소로 이루어져 있었기 때문에 우리의 조상들은 그 세 부분을 쪼갤 수 있었다. 가장 미숙한 부분은 자알라브, 곧 포스지. 그의 역할은 나탕과 샤에, 너희 둘을 찾아내는 걸로 끝이었어. 비록 자알라브가 실패하고 우리 세상에서 떠났대도 로트르의 힘에 무슨 영향이 미치는 게 아니야. 옹쥐의 임무는 폭풍과 전염병으로 세상을 혼란에 빠뜨리는 거였지. 그리고 자알라브가 실패했으니 너희 둘을 죽일 임무도 부수적으로 떠맡았고. 옹쥐의 실패는 로트르의 계획에 좀 더 큰 타격을 줬을 게다."

"그런 말을 들어도 에크테르의 역할이 뭔지 저는 잘 모르겠어요."

샤에가 말했다.

"모든 정황으로 미루어보건대 에크테르는 여러 국가들의 정부에 침투한 것 같다. 그중 세 나라는 대단한 강대국이야. 테러 사태가 급격히 늘어나고, 중동의 긴장이 고조되고, 최근에 남아메리카에서 쿠데타가 연달아 일어났지. 아마 부분적으로는 에크테르가 조장한 짓일 게야. 동남아시아의 인종 학살, 유럽 국가주의의 부상 그리고 전 세계 어디서나 볼 수 있는 극단적인 보수주의도 마찬가지지."

"심상치 않은 사태죠. 저도 그렇게 생각하긴 해요. 하지만 그런 일이 옹쥐가 일으킨 자연재해만큼 무서운 결과를 낳을까요?"

나탕이 물었다.

"훨씬 더 무섭지." 앙통이 바로 대꾸했다. "인간들을 자신의 노예로 삼는다는 궁극적 목표는 여전해. 하지만 에크테르는 인간들에게, 우리들에게 빠져나갈 구멍을 전혀 남기지 않지. 에크테르가 목표를 달성하면 공포와 죽음의 시대가 열릴 거다."

샤에가 가장 먼저 반응을 보였다. 그녀는 단호하게 말했다.

"요컨대 우리가 할 일은 하나뿐이군요. 그 에크테르라는 놈을 찾아서 자알라브와 옹쥐를 제거했던 것처럼 제거하는 거예요!"

"아니다."

좌중의 시선이 라피에게 쏠렸다. 라피는 앎을 지닌 자만이 뿜어내는 차분한 힘을 실어 '아니다'라는 단 한 마디를 내뱉었다.

"아니라니, 왜요?"

샤에가 물었다.

"너희에겐 승산이 없기 때문이지."

9

라피는 그 자리에 있는 사람을 한 명, 한 명 바라보았다.

모두 라피의 설명만을 기다리고 있었다. 그러나 라피 본인은 참으로 오랜만에 무엇을 밝혀야 하고 무엇을 함구해야 할지 구분이 가지 않았다.

신중을 기하는 뜻에서 최소한의 내용만 말하고 싶었다. 그러나 한편으로 나탕과 샤에의 수심 가득한 얼굴을 보니 입을 열지 않을 수 없었다. 라피는 오랜 망설임 끝에 드디어 말문을 열었다.

"기드는 미래의 일면들을 의심스럽게 추측하기도 하고 확실히 알기도 하지. 현재에서 출발하는 무한히 많은 길들을 다 끌어당기듯이 너무나 선명하게 드러나는 면은 확실히 안다고 할 수 있어. 마치 우주가 모든 가능성을 담기에는 너무 좁아서 자꾸만 가능성을 좁히고 이미 정해진 교차로를 지나갈 수밖에 없도록 유도하는 거야. 그러한 교차로, 소위 우리가 말하는 '마디'는 애매한 확률을 벗어나 거의 사실에 가까운 확실성을 지닌단다. 그런 마디를 피하기란 아주 어렵고 대개 헛된 시도에 그치지."

"제가 잘 알아듣고 있는 건지 모르겠어요."

나탕이 용기 내어 고백했다.

"다르게 얘기해보자. 나탕, 너는 자유로운 존재지. 네가 자유롭게 행하는 모든 일은 너의 미래에도 영향을 끼치지만 다른 사람들의 미래에도 영향을 준단다. 아무도 그 미래를 예측할 수는 없어. 심지어 미래를 예측하려고 노력하는 기드조차도. 이건 거의 절대적인 원칙이란다."

"거의?"

"그래, 거의. 미래의 어떤 점들은 고정된 것처럼 보이거든. 그 점들이 내가 조금 전에 말했던 마디란다. 마디란 원래 그런 것이기 때문에 너의 행위, 나의 행위, 그 누구의 행위에도 영향을 받지 않아. 마디는 변하지 않는 거란다."

"그래서요?"

"너와 샤에, 너희 둘과 에크테르의 대결이 그런 마디야. 너희가 무슨 작정을 하고 어디로 가든 너희는 그 대결에 이르고 말 거다."

"도대체 무슨 문제가 있다는 거죠? 라피는 벌써 오래전부터 저와 나탕만이 로트르를 제압할 수 있는 유일한 인간이라고 했었잖아요."

"에크테르와 너희의 대결은 그 마디의 절반일 뿐이다, 샤에."

"절반? 그럼 나머지 반은요?"

"너희의 죽음이지."

샤에는 흠칫했다. 그녀는 나탕을 돌아보았고 나탕은 그녀의 손을 세게 힘을 주어 잡았다.

"그게 무슨 헛소리입니까? 어째서 이 아이들이 죽어야……"

바르텔레미가 흥분했다.

"잠깐만요!"

나탕은 아저씨의 말을 가로막고 라피를 바라보며 말을 이었다.

"라피의 이야기는 이치에 맞지 않아요. 우리는 자알라브와 웅쥐를 물리쳤어요. 우리에게……"

"내가 말했었지. 로트르를 꺾으려면 일곱 파미유의 피가 반드시 필요하지만 아마 그것만으로는 충분치 않을 거라고. 자알라브나 웅쥐와 싸우는 것이 너희의 소임이지만 그 싸움이 어떻게 끝날지는 전혀 모른다고. 그리고 오늘 나는 너희가 에크테르와 싸우면 목숨을 잃게 된다고 너희에게 말해주는 거란다."

"그런데 대결을 피할 수도 없다면서요. 무슨 말을 들어도 그런 얘기보다는 안심이 되겠네요."

샤에가 비꼬았다.

라피는 한숨을 쉬었다. 그는 기드들이 보는 미래의 장면을 이해시키려고 애쓰고 있었다. 약간 뒤로 물러나서 대화를 듣고만 있던 지노가 곤혹스러워하는 스승의 어깨에 든든한 손을 얹었다. 그러고는 대화를 중재하는 말투로 이야기했다.

"라피가 지금 너희에게 설명하려는 이야기를 이해하기까지 나도 며칠이 걸렸어. 하지만 오늘은 분명히 알겠어. 내가 설명을 해보도록 할게."

라피가 고개를 끄덕이자 지노는 말을 이었다.

"나탕과 샤에는 자알라브와 옹쥐를 막을 수 있는 유일한 인간이었어. 그 일을 해낼 수 있는 가능성은 실제로 있었지만 확실히 단정할 수 있는 일은 아니었지. 그래서 라피는 너희를 인도하는 일에 모든 것을 걸었어. 그렇지만 너희가 로트르의 3분의 2를 제거하면서 미래의 마디도 구체적으로 드러났던 거야. 너희와 에크테르의 맞대결은 거의 확실해. 그 대결이 비극적으로 결말을 맺는다는 점은 완전히 확실해졌고. 그러니까 이제 그 마디를 피해서 돌아갈 방법을 찾아야 해."

"알아들었어. 가까운 앞날에 우리가 에크테르와 대결할 확률은 99퍼센트, 그 대결에서 우리가 죽을 확률은 100퍼센트라 이거군."

나탕이 말했다.

"맞았어. 대결이 일어날 확률이 99퍼센트보다 더 높다는 점만 빼면."

"그럼 우리는 인류의 구원자에서 로트르에 희생당하는 사냥감으로 전락하는군."

"사냥감 역할은 맞지만 희생당한다는 생각은 하지 마. 마디는 피해 갈 수 있어."

"그러면 에크테르를 물리치는 일은 누가 하는데?"

라피가 다시 입을 열었다.

"코지스트들이 맡는다. 그들은 에크테르를 저지할 수 없지만 새로운 희망이 나타날 때까지 그를 훼방놓을 수 있어."

"로트르와 싸워 이기려면 일곱 파미유의 피가 필요하다고 생각했는데요."

샤에가 끼어들었다.

"그렇다."

"하지만……"

"샤에, 그 말은 맞아. 하지만 바로 거기에 우리의 문제가 있지. 자신의 조상 중에 일곱 파미유가 다 있다고 자랑할 수 있는 사람은 아무도 없어. 너와 나탕이 그나마 유리한 위치에 있다만, 너희 역시 각자 서로 상이한 세 파미유의 피를 물려받았을 뿐이야. 그러한 혈통으로 자알라브와 옹쥐를 제압한 것은 대단한 위업이었다. 그러나 에크테르하고 싸우려면 그것만으론 안 돼."

"당신 설명대로라면 지금 상황은 막다른 골목과 다를 게 없군요."

바르텔레미가 짚고 넘어갔다.

"실제로 막다른 골목이 맞소."

"우리 파미유의 힘을 총동원해도 에크테르를 방해하거나 발목을 잡는 정도밖에 안 될 거라 생각하시오?"

"그렇소."

"사실상 아무도 로트르를 제압할 수 없다고 생각하고 있소?"

"지금으로선, 아무도 없어요."

그 마지막 말이 돌이킬 수 없는 사형선고처럼 울렸기에 바르텔레미는 평정심을 잃고 아무 말도 하지 못했다. 나탕과 샤에는 여전히 손을 꼭 잡고 있었다. 두 사람은 오랫동안 서로를 바라보았다. 이윽고 나탕이 라피를 돌아보며 말했다.

"우리가 죽을 거라고 예고하다니, 우리의 승리를 축하하는 방법으로는 아주 고약한걸요. 라피가 우리에게 충고해줄 게 있다면요?”

그렇게 말하는 나탕의 목소리에서 불안이 손에 잡힐 듯 뚜렷하게 묻어났다.

라피는 환하게 미소를 지어보았다. 그 미소는 음울한 분위기를 날려 보내는 효과가 있었다.

“너희의 죽음을 예고하진 않았다. 에크테르와 맞서지 말라고 엄중하게 지시한 거지. 나의 충고는 우선 그 애달픈 표정부터 활짝 펴라는 거다. 그리고 젊음을 한껏 즐기는 것보다 중요한 일은 없다고 말하련다. 너희 자신을 생각하렴, 그건 너희의 의무가 아니라 권리란다.”

“오로지 우리 생각만?”

“오로지 너희 생각만!”

“추격도 그만두고요?”

“추격도 그만두고!”

“피를 흘리지 않고?”

“피를 흘릴 일도 없이, 더 이상 미친 듯이 도망칠 것도 없이, 끔찍한 괴물들과 싸우지도 말고, 배신과 공포와 눈물도 잊어라.”

“하지만 라피가 했던 말은……”

“그 말은 잊어라. 아무도 미래를 예언할 수는 없어. 게다가 반쯤 노망난 베르베르 노인네가 하는 말 아니냐.”

앙통 할아버지는 아직까지 아무 말도 하지 않고 있었다. 할아버지는 라피에게 한통속 같은 미소를 지어 보이고 축배를 들기 위해 찻잔을 치켜들었다.

"내 새끼들, 너희를 위해 잔을 들자! 너희가 이룬 대단한 일을 위해, 너희를 기다리는 행복한 세월을 위해!"

자리에 모여 앉은 다른 이들도 잔을 번쩍 들었다. 그들의 박수를 받으며 나탕과 샤에는 뜨겁게 입맞춤을 나누었다.

새로운 시작

젊은 여인이 하늘과 땅 사이를 휘휘 날아다니는 독수리를 바라본다.

하늘은 풍덩 빠질 수도 있을 것처럼 깊고 푸르다. 햇볕이 내리쬐는 황토색 대지에는 군데군데 초록의 색다른 오아시스가 자리 잡고 있다.

독수리가 널따란 날개 끝을 살짝 틀어서 마을을 굽어보는 산봉우리로 날아오른다.

사냥을 하는 것이다.

여인은 뾰족한 바위 뒤로 독수리가 사라질 때까지 줄곧 눈으로 좇는다. 독수리는 날갯짓 한 번 없이 유유히 날아간다.

그녀가 저처럼 날아보지 못한 지 얼마나 되었던가? 변신을 하지 않은 지 얼마나 오래되었던가? 독수리나 표범으로 살아보지 않은 지가…… 4년? 5년?

6년. 6년이나 됐다. 그들이 위르자트에 정착한 지 6년째다. 길다면 길고 짧다면 짧은 6년, 참으로 감미롭고 아름다웠던 6년.

행복했던 6년.

밑에서 부르는 소리가 들린다. 그 목소리에서 날카로운 불안을 느낄 수 있다. 일곱 달 전부터 그녀가 조금만 멀리 떨어져 있어도 그는 이렇게 소란이다.

여인은 쾌활하게 큰 소리로 대답한다. 그녀의 놀라운 청력은 곧바로 그가 뛰어오는 소리를 알아차린다. 6년, 그동안 그는 항상 그녀 옆자리를 지키기 위해 뛰었다.

그녀는 그를 맞이하러 조심조심 내려온다. 손바닥으로 둥그렇게 튀어나온 배를 어루만지며.

이렇게 행복한 순간은 전에 없었다.

하얀 강두라 차림으로 바위에 걸터앉은 라피가 마을로 걸어가는 나탕과 샤에를 바라본다.

저 두 사람이 스스로 선택한 길을 평화롭게 걸어갈 수만 있다면 그는 자신의 눈, 목숨, 영혼까지도 내놓으리라.

그러나 불가능한 일이다.

이제 카운트다운에 들어갈 때다.

3권에서 계속……